"中国翻译家译丛"顾问委员会

主　任

李肇星

顾　问

（按姓氏笔画排序）

于友先　卢永福　孙绳武　任吉生　刘习良
李肇星　陈众议　肖丽媛　桂晓风　黄友义

目　录

荒原 ……………………………………………………… 1
　前言 ………………………………………………… 3
　J. 阿尔弗瑞德·普鲁弗洛克的情歌 ……………… 7
　一位女士的画像 …………………………………… 13
　前奏曲 ……………………………………………… 19
　多风之夜狂想曲 …………………………………… 22
　窗前的早晨 ………………………………………… 25
　《波士顿晚报》 …………………………………… 26
　海伦姑妈 …………………………………………… 27
　南茜表妹 …………………………………………… 28
　歇斯底里 …………………………………………… 29
　谈情说爱的一席话 ………………………………… 30
　哀伤的少女 ………………………………………… 31
　夜莺歌声中的斯温尼 ……………………………… 33
　小老头 ……………………………………………… 36
　笔直的斯温尼 ……………………………………… 41
　河马 ………………………………………………… 44
　荒原 ………………………………………………… 47
　《荒原》浅说 ……………………………………… 74

我自己的歌 …………………………………………… 81
　译本序 ……………………………………………… 83
　我歌唱"自己" …………………………………… 100

从鲍玛诺克开始 …………………………… 101
大路歌 ……………………………………… 116
一路摆过布鲁克林渡口 …………………… 128
展览会之歌 ………………………………… 135
来自不停摆动着的摇篮那里 ……………… 147
一首波士顿民谣 …………………………… 155
啊,船长!我的船长! ……………………… 158
风暴的豪迈音乐 …………………………… 160
向着印度行进 ……………………………… 168
哥伦布的祈祷 ……………………………… 180
我自己的歌 ………………………………… 183
《我自己的歌》译后记 …………………… 248

荒　原

[英]T.S.艾略特　著

前　言

托马斯·斯特恩·艾略特（Thomas Stearns Eliot,1888—1965）于一八八八年出生在美国密苏里州圣路易斯市。他的祖先早在十七世纪便从英国移民到美国。他的父亲经商为业，母亲是一位诗人。艾略特早年曾经在哈佛大学、剑桥大学等著名学校学习，受过良好的教育。他主修的是哲学，教授过他的人中包括白壁德和桑塔亚那等名气和影响当时都很大的学者。后来他在欧洲完成了一篇研究英国哲学家布拉德雷的博士论文，但是由于迷恋上了诗歌创作而始终没有回到哈佛大学进行论文答辩。一九一七至一九二五年间，他在伦敦一家银行任职员。一九二二年《荒原》发表后，艾略特成为知名诗人，便辞去在银行的职务，担任多家文学刊物的编辑和出版商，同时继续从事文学创作与评论。他一九二七年加入英国国籍，而且很快就皈依英国国教。一九四八年他荣获诺贝尔文学奖，以后又获得美国自由奖等多种重要奖项，还从英、美和欧洲各国的大学获得十六个名誉博士学位。

艾略特长期研究哲学，对人类自身，特别是人的本质、命运和人与社会的关系都有深刻的思考。但是在文学方面，艾略特推崇但丁、英国玄学派诗人、伊丽莎白时期的剧作家和十九世纪末的法国象征主义诗人。他自己的诗歌和戏剧创作深受这些文学前辈的影响。艾略特一生写下的诗歌数量不多，但是影响却很大也很广。在西方，他的诗最有影响的时期是在两次世界大战之间，在东方则要稍晚一些。他的诗主题比较集中，主要表现个人在现代社会中所承受的异化的厄运。在他看来，所有的社会弊病都与失去传统的宗教信仰有关，个人因此认识不到生命的价值和意义。他的诗在风格上自成一家，在诗句结构和格律上比较自由，打破了传统的诗法，但又与惠特曼的诗歌有明显的不同，大量引用文学、人类学、哲学、宗教、政治学等多种学科的著作，有的诗用多种欧洲语言写成。他的诗一方面充满失望和怀旧的情绪，另一方面也多讽刺内容,把拯救人类的希望寄托在宗教信仰上。

艾略特的诗大部分都表现两次世界大战给人类尤其是人的精神带来的灾难性的后果。《普鲁弗洛克的情歌》(1917)开始表现出艾略特诗歌的一些典型特征。诗中的主人公好像是一个二十世纪的哈姆莱特,认识到生活琐碎无聊,没有意义,也想到下决心改变这种状况,只是由于始终没有足够的勇气,想干的事情总是干不成。《荒原》(1922)表明艾略特已经成为一个思想更深刻、艺术上比较成熟的诗人。这首诗的内容正如它的标题所提示的,是描写一次大战后西方社会如同荒原一样的病相。

> 什么树根在抓紧,什么树枝在从
> 这堆乱石块里长出?人子啊,
> 你说不出,也猜不到,因为你只知道
> 一堆破碎的偶像,承受着太阳的鞭打
> 枯死的树没有遮荫。蟋蟀的声音也不使人放心,
> 礁石间没有流水的声音。……

社会犹如一片荒野,人的精神空虚,类似有欲无情的动物。艾略特还用古代的繁荣作为对照,更突出了人类文明蒙受灾难后的荒凉。诗中使用了表面上没有联系的意象,内容上也有比较大的跳跃,以表现社会现实分崩离析的状况,所以一时难以为读者理解,后来艾略特增加了一些必要的注释才使诗的内容变得可以理解。

《空心人》(1925)在内容和风格方面都与《荒原》大致相同,但是《圣灰星期三》(1930)则有了明显的变化。这首诗是艾略特皈依英国国教后写成并发表的第一首诗,主题并不复杂,强调人应当有宗教信仰,但是空虚的生活又使人无法树立信仰。在艾略特看来,这个矛盾是现代社会的根本问题。

一般评论家都认为《四首四重奏》(1943)是艾略特最重要的诗歌。它也是艾略特写下的最后一首诗,以后主要写剧本和评论文章。艾略特用了八年的时间才写成这首诗,在这期间诗的四个章节分期发表。艾略特借鉴交响乐的结构形式,使四个章节如同四首四重奏,表现相同的主题,描写在荒原中生活的人寻求灵魂拯救的历程。每一章都以一个真实地名为题。第一章"被焚烧的诺顿"指的是英国格洛斯特郡一座古老的庄园。被焚烧的庄园象征二次大战后的社会。第二章"东科克"是英国的一个农庄,十七世纪艾略特的祖

先由此出发前往美洲。艾略特选择这一地点表现他对人类历史的意义的思考和对人的精神再生的认识。值得提及的是艾略特去世后也按照他生前的意愿安葬在东科克。第三章"干燥的萨尔维吉斯"说的是离美国马萨诸塞州海岸不远的一片岩石,仍旧描写艾略特对历史和现实的思考。最后一章"小吉丁"是指英国天主教徒居住的一个村社。在这一章中,艾略特充分表现了他对人类命运的认识,思想不受时间和空间的局限,从古到今,从生到死,从现实到他与叶芝和马拉美的灵魂的复合体会面交谈,最后写到精神拯救。与他的早期诗歌相比,艾略特在这首诗中对语言和节奏的运用更加得体,意象也比以前准确优美。

艾略特的剧作都采用了诗体的形式,在主题上与他的诗歌一样,主要描写人的信仰方面的问题。他的剧作中有几部取材于古希腊戏剧,结构上采用三一律。有的批评家认为《大教堂谋杀案》(1935)代表了艾略特在戏剧创作方面的最高成就。这部作品描写一一七〇年英国坎特伯雷大主教托马斯·贝克特遭暗杀这一历史事件,通过分析暗杀背后的政治因素表现了宗教信仰和社会权力之间的冲突。剧中不仅采用了三一律,而且还运用了合唱等希腊悲剧中常用的形式。《鸡尾酒舞会》则采用喜剧的形式,通过分析精神病例说明人的精神追求才是生命的意义。艾略特的其他剧作还有《全家重聚》(1939)、《机要秘书》(1953)和《政界元老》(1958)。

艾略特在文学评论方面也做出了重要贡献,提出了一些新的见解和概念。以往的观点认为文学传统抑制作家发挥个人才能,特别是独创性,艾略特在《传统与个人才能》(1917)中试图纠正对文学传统的偏见。他认为传统对于作家是必不可少的,不论作家是否意识到,任何创作都不可能独立于传统之外;作家只有有意识地认识和依靠传统才有可能在这一基础上有所突破和创新,才有可能达到创作中理想的非人格化。在诗歌创作与批评方面,艾略特提出了两个很有影响的概念。一个是"客观对应物",指人的感性经历可以在特定的景物和事件中得以表现,并由此传达给读者;诗人的任务就是寻找这些表现内心感受的景物和事件。另一个是"感受的分离",指作家在创作中应当使思想与感情分开。

艾略特还对莎士比亚、多恩、德莱顿和弥尔顿等重要作家作了重新评价,对他同时代人以及后代人的文学评论观点有着重要影响。不过批评家们通常认为,艾略特对许多艺术问题有独特而深刻的思考,但是他并没有形成自己有系统的思想体系。他的文学评论也大体上如此。

艾略特曾经说过，他在宗教方面是一个英国国教信徒，在政治上是一个保皇主义者，在文学上是一个古典主义者。这几个特征比较全面地概括了他的思想和文学艺术的主要倾向和特点。他观察和思考的是西方社会中属于中上阶层的人，正如他自己也是其中的一员一样。他在文学作品中也是表现这一阶层的人的思想和感情。

收入这本选集中的诗都是艾略特有代表性的作品，这些诗基本上反映了艾略特诗歌的一个轮廓。其中除了《荒原》是三十年代翻译的，其余都是近年翻译而还没有发表过的。

我依照的原作版本是《艾略特诗集：1909—1935》，这本书是艾略特一九四六年赠送给我的。他在书的扉页上签名并写道："为赵萝蕤而签署，感谢她翻译了我的《荒原》。1946年9月7日。"

赵萝蕤

一九九六年夏

J. 阿尔弗瑞德·普鲁弗洛克的情歌*

如果我认为我是在回答一个
随时能回到阳世的人，
这火焰就不应再摇摆；
但是既然从未有过从这个深渊里
生还的人，如果我听说的属实，
我回答你就不怕丢人现眼了。①

让我们走吧，你和我，
此时黄昏正朝天铺开
像手术台上一个麻醉过去的病人；
走吧，穿过某些行人稀少的街道，
那些人声嗡嗡然的投宿处
不眠夜在只住一宿的旅舍里度过
还有到处牡蛎壳的那些满地锯木屑的小饭馆：
街道一条接一条就像用意险恶的
一场冗长辩论
把你引向一个压倒一切的问题……
啊，不要问，"指的是什么？"

---

* 这首诗是用韵的，但译者偏重于保持原文的句法与辞藻，只好牺牲了韵。
① 见但丁《神曲·地狱篇》，第二十七章第六十一至六十七行。参看田德望译："那团火焰以自己的方式咆哮了一会儿后，尖端就晃来晃去，然后发出这样的气息：'假如我相信我的话是回答一个终究会返回世上的人，这团火焰就会静止不摇曳了；但是，既然，果真像我听到的那样，从来没有人从这深渊中生还，我就不怕名誉扫地来回答你。'"

走吧，我们去拜访。
在屋里妇女们来来去去
谈论着米开朗琪罗①。

那黄雾的背脊摩擦着窗玻璃，
那黄雾的口鼻摩擦着窗玻璃，
它用舌尖舔黄昏的各个角落，
在排水沟的潭潭上徘徊不去
让烟囱里掉下的煤灰落在它背脊上
偷偷溜过阳台，突然纵身一跃，
又注意到这是个柔和的十月夜晚，
在房子附近蜷起身子睡着了。

而且实在还有时间
让沿着街道滑行的黄烟
用背脊摩擦窗玻璃；
还有时间，还有时间
为接待你将要照面的脸孔准备好一副脸；
还有时间去扼杀与创造，
还有时间用手完成所有事业
在你的盘子上拾起并丢下一个问题；
你有时间我也有时间，
还有时间犹疑一百遍，
看见并修改一百种想象中的景象；
在取用一片烤面包和茶水之前。
在屋里妇女们来来去去，
谈论着米开朗琪罗。

---

① 米开朗琪罗(1475—1564)，意大利文艺复兴时期的伟大画家，雕塑家，建筑家，诗人。这时的妇女们都附庸风雅。

而且实在还有时间
再考虑一下,"我有无勇气?"又是,"我有无勇气?"
还有时间转身走下楼梯,
带着我头发中心的那个秃顶——
［她们会说:"他的头发真是愈来愈稀薄了!"］
我早上穿的外套,我的硬领笔挺地托住下巴,
我的领带华丽又绝不刺眼,但为一只朴素的别针固定住——
［她们会说:"他的胳膊腿真的瘦了!"］
我有无勇气
打扰这个宇宙?
一分钟之内还有时间
作出决定与修改也可在一分钟内转向反面。

因为我已经熟悉这一切,熟悉这一切——
熟悉了那些黄昏,早晨,下午,
我曾用咖啡勺衡量过我的生活;
我从远远那房间的音乐掩盖下面
熟悉了那些微弱下去的人声逐渐消失。
因此我该怎样大胆行动?
而且我已经熟悉这些眼睛,都熟悉了——
那些用公式化了的片语盯住你看的眼睛,
而我在被公式化时,狼狈地趴伏在一只别针上,
我被别针别住,在墙上挣扎,
那我又该怎样开始
吐尽我生活与举止的全部烟蒂头?
　　我又该怎样大胆行动?

我已经熟悉这些胳膊,都熟悉了——
戴镯子的,雪白的,赤裸的胳膊,
［但是在灯光下,一层浅褐色的茸毛!］
是衣裙上的香味

使我说走了题?
放在桌上或是裹在披肩里的胳膊。
　　我就该大胆行动了吗?
　　我又该怎样开始呢?

该不该说我在薄暮时经过狭窄的街道
望着寂寞的只穿着衬衫的男人们在探身窗外时
他们烟斗里往上冒的那烟?……

我应该是一对褴褛的钳子
慌张地爬过沉寂的海洋那样的地板。

而下午,黄昏,睡得又是多么安详!
被纤长的手指安抚过,
睡着了……困倦地……或者它在装病,
卧倒在地板上,在你我身旁。
我该不该在饮过茶吃过蛋糕与冰点之后,
鼓起勇气把当前硬逼到紧要关头?
但是我虽曾又哭泣又禁食,又哭泣又祈祷,
虽然我见过我的头颅[稍有点秃顶]被放在盘里端了进来,
我不是先知①——这也没有什么了不起;
我曾见我成为伟大的那一时刻一闪而灭,
我也曾见过那永远站着的侍者,举着我的大衣,吃吃而笑,
一句话,我害怕。

而且到底这是不是值得,
在这些杯子,橘子酱,茶水之后,
在动用这些瓷器,在议论有关你我的同时,

---

① 先知施洗约翰拒绝了莎乐美的爱情。莎乐美以舞姿博得了继父犹太国王希律的极大赞赏,他答应满足莎乐美的任何要求。莎为了报复,要求将施洗约翰的首级装在盘里交给她。希律王照办了。见《马太福音》第十四章。

这是不是就值得,
用微笑来接受下这桩事情,
把宇宙压缩成一个球
让它朝某个压倒一切的问题滚去,
并且说:"我是拉撒路①,从死人那里来,
我回来把一切都告诉你们,我会把一切都告诉你们。"——
如果这个人在她身边把枕头枕好,
  并且说:"我完全不是这个意思。
  不是,完全不是。"

而且到底这是不是值得,
这是不是值得,
在多少次日落,多少次前院和那些洒过水的街道之后,
在读过这些小说之后,饮过茶之后,在扫过地板的这些长裙之后——
这,还有许多许多别的?
不可能说清我究竟是什么意思!
但正像一盏幻灯把神经的图案投射在银幕上:
这是不是值得
假如这人把枕头枕好或脱掉披肩,
然后把头对着窗子那边,而且说:
  "完全不是这样,
  那完全不是我的用意。"

不!我不是王子哈姆莱特,天生就不够格;
我是个侍臣,一个能在需要推一把时
起点作用,创造一个两个新局面,
给王子出点主意,无疑是个顺从的工具,
毕恭毕敬,甘心供人使用,

---

① 拉撒路是耶稣热爱的信徒玛利妹妹的兄弟。他死了四天,耶稣使他复活了,见《约翰福音》。另一个拉撒路是个乞丐,见《路加福音》。他死后被抱在先祖亚伯拉罕怀里,而财主死后却受着地狱里的煎熬。

机敏,谨慎,而且小心翼翼;
卓有高见,但有点不痛不痒;
其实有时,有点儿可笑——
有时几乎是个"丑角"。

我越发见老了……我见老了……
我将把我的裤边卷起。

我要不要把头发朝后分开?我有没有勇气吃一个桃子?
我将穿上白色法兰绒裤子,在海滩上漫步。
我听见美人鱼们在彼此面对面歌唱,
我想她们不会是为我而歌唱。

我曾见她们乘着浪头驶向海洋
梳理着吹回海岸的波浪的白发,
在风儿把海水吹得又黑又白的时候。

我们在大海的一间间房间里徘徊
是海娃们用红色褐色的海草打扮起来的
直到人声把我们唤醒,于是我们淹死。

一九一七年

一位女士的画像

你犯下了通奸罪,
但那是在异邦,
而且那女子已死。

《马耳他岛的犹太人》①。

一

在烟雾弥漫的一个十二月的下午
这个场景似乎已自动为你安排好——
于是"我已为你保留了今天下午";
在落下了窗帘的房间里点着四枝蜡烛,
头顶的天花板上是四个光圈,
是为所有要说的或留着不说的话准备下的
一种朱丽叶坟墓式的气氛。
比如说吧,我们曾去聆听过最近那位波兰人
演奏前奏曲,通过他的头发与指尖。
"情感多真挚哪这位肖邦,我认为他的心灵
只能在二三知己中才得以复苏
他们不会去触动在音乐室里
受到磨损和疑问的那朵鲜花。"

---

① 英国戏剧家克里斯托弗·马洛(Christopher Marlowe,1564—1593)的佳作。

——谈话就是这样
在淡淡的意欲和细心领会的惋惜中
通过低沉的小提琴
和听似遥远的短号交缠在一起的音响
悄悄开始的。
"你不知道他们对我说来是何等重要,我的那些朋友们,
而且又是多么稀罕而新奇,觉得
生活的组成里有那么多零碎的东西,
[因为我实在不喜欢它……你早知道?你没有瞎!
　你真敏锐!]
竟能找到一个朋友是有这样的素质的,
不但有,而且还能给予别人
那些友谊赖以生存的素质。
我对你这样说意义有多么深——
没有这些友谊——生活,那才是噩梦!"

在那些小提琴的迂回曲折
和嘶哑的短号
奏出的调中
我头脑里开始一种咚咚沉闷的鼓声
可笑地槌敲着一首它自己的前奏曲,
不规则的单调声音
那至少是一个可以肯定的"走调"。
——让我们出去散步吧,借助吸烟可以安神

欣赏那些纪念碑,
讨论最近的重要新闻,
照公用的时钟对准我们的表。
然后小坐半小时喝我们的啤酒。

二

现在丁香正盛开
她在屋里放了一瓶
说话时用手指捻弄着一枝。
"啊,我的朋友,你不知道,你不知道
生活是怎么回事,尽管你双手掌握着它;"
(缓慢地她捻弄着丁香枝)
"你让它从你身边流过去,你让它流过去,
青春是残酷的,从不追悔
对待它看不清的情况只是微笑。"
我微笑,当然,
继续喝着茶。
"然而这些四月里的斜阳,多少唤醒了
我已经埋葬的生活,和春天的巴黎,
我感到说不尽的内心平安,觉得这个世界
到底还是奇妙而年轻的。"
那声音听来像八月下午的一个
破损了的小提琴它那固执的不协调;
　"我一直深知你能了解
我的感情,一直深信你能感受
深知你能够超越鸿沟伸过手来。
你是无往不胜的,你没有阿基琉斯的脚踵。①
你会朝前去,而且在你胜利时
你能够说:在这一点上许多人失败了
但是我有什么呢,但是我有什么,我的朋友
能给你的呢,你能从我这里得到些什么呢?
只有即将走完她的全程的那个人的友谊和同情。

---

① 在希腊神话里,脚踵是英雄阿基琉斯身上唯一可以致命的弱点。

我会坐在这里给朋友们斟上茶水……"

我拿起帽子:我怎能对她说给我听的话
奉上一个懦夫的歉意呢?
你无论哪个早晨都会在公园里看见我
在读那些连环漫画和体育新闻。
我特别注意到
一位英国的伯爵夫人当演员。
一个希腊人在一次波兰人的舞会上被谋杀,
只有一个盗窃银行公款者供认不讳。
我不动声色,
我始终泰然自若
除了在一架街头钢琴出现的时候,它机械而疲倦地
反复唱着某个唱滥了的老调
伴随着那边花园里飘来的风信子花香
引起了别人曾经向往的东西。
这些想法是对还是错呢?

三

那个十月的夜晚降临了;除了稍有点
不安的感觉外我又像从前那样回去
走上楼梯转动门轴
感到我似乎是在跪倒用双手和膝盖登楼。
"这么说你是要出国了;什么时候回来?
但那是问了也白问的。
你说不好什么时候回来,
你会发现要学的东西很多。"
我的微笑沉重地落在那些小摆设中间。

16

"也许你可以给我写信。"
我的自我控制刹那间闪现了火花;
这是在我预料之中的。
"最近我时常在考虑
(但是我们的开端从来不知道我们的结局!)
为什么我们没有发展为朋友。"
我像一个微笑的人,在转过身去时突然
注意到他在镜子里的模样。
我那自我控制的最后火花熄灭了;我们确实在黑暗中。
"因为人人都这样说,我们的所有朋友,
他们都很有把握认为我们的情感
会十分接近!我自己也不十分清楚。
我们现在只有托诸命运了。
你至少可以写信。
恐怕还不太迟。
我会坐在这里给朋友们斟上茶水。"

我必须借重不同的形体
借以有所表现……跳啊,
跳啊像一只手舞足蹈的熊,
或者像一只鹦鹉那样鸣啼,像一只猢狲那样呼叫。
我们出去散步吧,借助吸烟可以安神——

哈!如果她某个下午死了又怎么办,
灰色而多烟雾的下午,黄色又玫瑰红的黄昏;
死了却留下我手里执着笔坐着,
望着房顶上方的烟雾往下降落;
犹疑不决,一时
不知该怎么感觉不知我是否清楚,
是明智还是愚蠢,太迟了还是过早……
说到底,她是否处于有利的一方?

这慢慢地沉落下去的音乐是成功的
既然我们谈的是死亡——
而我有无微笑的权利呢?

一九一七年

前 奏 曲

一

冬天的黄昏安身稳下来了
带来通道里牛排的气味。
六点钟。
多烟雾的日子那些已烧到极限的结尾。
现在是伴随着风带来的阵雨裹卷着
枯叶的那些满是污垢的
残片堆在你的脚边
还有空地上的报纸；
阵雨扑打着
破损了的百叶窗和烟囱的顶管，
而街的拐角处
一匹孤零零拉着出租车的马在吐着蒸汽跺着蹄。
然后是灯盏都亮了起来。

二

早晨已经醒来有了知觉
从铺着锯木屑的被踩踏过的街道那里
传来轻微的隔夜的啤酒味
所有的泥脚都抢着挤向
清早的咖啡摊。

时间恢复了
其他各种戴上假面的活动,
我们想到的是所有的手
正在拉开脏黑的遮阳帘
在一千间供应家具的屋子里。

三

你从床上掀掉一床毡子,
你朝天仰卧着,等候着;
你打着盹儿,守着黑夜显露
那些构成你灵魂的
一千种肮脏形象;
它们朝着天花板时隐时现。
等到世界全部都回来
阳光在百叶窗缝里偷偷爬上来
而你又听见阴沟里的那些麻雀,
你眼前形成了的是街道的这样一种模样
连街道本身都是难以理解的;
你坐在床沿,卷着你头发里的纸片,
用两只玷污了的手掌紧握住
那双黄颜色的脚底。

四

他的灵魂顺着天边用力伸开
天在一排城里的楼房后面隐没了,
或者在四点五点六点钟时
被固执的脚践踏着;
粗短的手指在装着烟斗,
晚报,和那些眼睛

吃准了某些可以肯定的东西
一个急于要承担起这个世界的
一条变黑了的街道的良心。
我被严严围绕着这些形象的
幻想所感动而且缠住它们,
我想到的某种无限温柔
忍受着无限痛苦的东西。

用手抹一抹你的嘴巴而大笑吧:
各种世界像在空地里拾柴火的
老妇人那样运转着。

一九一七年

多风之夜狂想曲

十二点钟。
沿着掌握在月光合成中的
街道的各处地方
在悄悄施展着月亮的魔术
消融着回忆的立足点
以及所有它的清楚关系
它的各种分歧与准确性，
我经过的每盏街灯
像一面决定命运的鼓在敲响，
而通过那些黑洞洞的空间
午夜在摇撼记忆中过去的一切
像一个疯子摇撼一株死了的天竺葵。

一点半，
街灯在飞溅唾沫，
街灯在喃喃说话，
街灯说："瞧那女人
她在借门洞的光犹疑着朝你走去
门开时像是对她咧嘴一笑。
你能看见她衣裙的边
是撕破了的而且被沙子玷污，
你看她的眼角
拧得像个歪曲的别针。"

记忆无情地抛出的
是一堆扭曲了的东西;
海滩上一根扭曲的树枝
已冲得光而且滑
好像世界暴露了
它骷髅的秘密
僵直而白。
工厂的场地上一个坏了的弹簧,
铁锈缠住了力量留下的那个形体
硬而弯曲而且随时会断裂。

两点半,
街灯说:
"瞧那猫在阴沟里趴伏着,
伸出它的舌头
吞食了一块已变味的牛油。"
同样,那孩子的手,机械地
伸出来把一个沿着码头滚动的玩具装在口袋里。
从孩子的眼睛里我看不见什么背后的东西。
我曾在街上看见过眼睛
想通过亮了灯的百叶窗往外张望,
又有一天下午水塘里的一只蟹,
一只背上驮着甲壳类的老蟹,
它咬住了我伸给它的一根棍子的一端。

三点半,
灯溅着唾沫,
灯在黑暗里喃喃说话。
灯在哼哼:
"瞧那月亮,

月亮完全没有恶意,①
她眨着无力的眼睛
她的微笑进入各个角落。
她抚平着草的头发。
月亮已失去了她的记忆。
苍白的麻点破坏了她的脸,
她的手捻弄着一朵纸制成的玫瑰,
它带着尘土和花露水的气味,
她是独自一个
浑身是所有一再干扰她头脑的
夜间发出的气味。"
回忆来自
没有太阳的枯干的天竺葵
和缝隙里的尘土,
街上栗子的气味,
关紧的屋子里女性的气味,
走廊里的香烟
和酒吧间里鸡尾酒的气味。

灯说:
"四点钟,
这里是门上的门牌。
回忆!
你掌握钥匙,
那盏小小的灯在楼梯上留下一个环形。
登楼。床是铺好的;牙刷挂在墙上,
把鞋脱在门口,睡吧,做好一辈子的准备。"

利刃的最后转动。

一九一七年

---

① 原文为法语。

窗前的早晨

她们在地下室的厨房里把早餐的盘子搅得乒乓响,
沿着被践踏的街边
我意识到女仆们阴湿的灵魂
在地下室门口垂头丧气地发出幼芽。

棕色的浓雾的波浪从街的尽头
向我抛掷拧歪了的人脸,
又从穿着泥污裙的过路人那里
投来一个漫无目标的微笑
悬在空中又沿着屋顶的方向消失了。

一九一七年

《波士顿晚报》

《波士顿晚报》的读者们
像田里已成熟的谷物那样在风中摇摆。

黄昏在街上微微加快速度时
在某些人中唤醒了生的欲望
给某些别人则是带来《波士顿晚报》,
我走上台阶按响门铃,疲倦地
转过身来好像转身向罗希福柯尔德①,点头告别
如果街正是时候,而他又在街道的尽头,
而我说:"海丽埃特表姐,给你《波士顿晚报》。"

一九一七年

---

① 罗希福柯尔德,法国十七世纪宫廷中的宠臣。著有《格言集》,评议他所处的社会,其中充满了忧郁与幻灭感。

海伦姑妈

海·斯林司比小姐是我未结婚的姑妈,
住在时髦住宅区的一座小房子里
享受着四个之多的仆人侍奉。
她去世的时候天堂沉默
她那头的街道也沉默。
百叶窗关了起来,殡仪馆的来人擦着他的脚——
他深知这类事情过去也有过。
那八条狗受到很好的待遇,
但那鹦鹉不久也死了。
那口德累斯顿的钟在壁炉架上嘀嗒走着,
而那男仆则是坐在吃饭桌上
搂着坐在他膝上的第二名女佣——
她女主人活着时她一直是很谨慎的。

一九一七年

南 茜 表 妹

南茜·艾利考特小姐
跨步走过那些山丘时粉碎了它们,
骑马经过那些山丘时粉碎了它们——
那些荒秃秃的新英格兰山丘——
带着猎狗
骑马经过饲养放牧牛群的草地。

南茜·艾利考特小姐抽烟
并能跳所有的现代舞;
她的姨妈姑妈不大有把握对此应有何等感受。
但是她们知道这是现代化。

在光滑的书架上守卫的
是马太与沃尔多,信仰的监护人,
那不可更改的法律的军队。

一九一七年

歇 斯 底 里

　　她笑的时候我意识到我被卷入了她的笑声中并变成了其中的一部分,直到她的牙齿只是偶然放光的星星,具有跳四方舞的才能。我咽着一口一口的气被吸入,每一次喘过气来便在最后她喉咙的深处变得无影无踪,受着微波般的肌肉的损伤。一个年长的跑堂用颤抖着的手匆匆忙忙地在长着绿锈的铁皮上铺着一条粉红兼白色的方格桌布,说:"如果先生和小姐打算在花园里喝茶,如果先生和小姐打算在花园里喝茶的话……"我决心如果她的双乳能停止颤动,那么下午的某些片段或许还可以收拾,而我也就谨慎仔细地朝这方面去努力。

一九一七年

谈情说爱的一席话

我说:"看这个月亮,我们那多情善感的朋友!
也许(我承认,也许有些离奇)
可能是普莱斯特·约翰①的气球
或者是高高挂着的一个破旧的灯笼
给可怜的赶路人在奔向苦难时照亮。"
　　　而她说:"你真能换题目!"

我又说:"是什么人在这些琴键上摸弄
一首精致的夜曲呢,它启发我们理解
这夜景和月光,我们就顺便从音乐中
体现出我们自身的空虚。"
　　　她说:"你这是指我吗?"
　　　"不,不,我是指我自己。"

"你,夫人,你真是会开玩笑,
你永远是'绝对化'的敌人,
把我们虚空的情怀给它一个扭转!
你的态度既冷漠又霸道
一下子就驳倒了我们疯狂的诗兴——"
　　　然后——"我们真是那样严肃吗?"

　　　　　　　　　　　　　　　一九一七年

---

① 普莱斯特·约翰(Priest John),即所谓的约翰神父,中世纪一个统治着远东地区的基督教神父与国王,所辖疆域为波斯与亚美尼亚。十五世纪后则指的是埃塞俄比亚的国王。

哀伤的少女

小姐,我应该怎样称呼你①

你站在台级的最高层——
斜倚着一个花坛
织吧,编织你头发里的阳光——
抱紧你胸口的花朵吧,你的脸色
显得又惊又苦,
把它们扔在地上,两眼
充满着瞬息便逝的怨恨,
但是织吧,编织你头发里的阳光。

我还是要他离开,
我还是让她站在这里悲哀,
正像灵魂离开了又破又烂的肉体,
正像头脑离开了它利用过的肉体。
我会找到
某种无比轻佻浮滑的办法
找到我俩都能理解的办法,
既简单又轻率,像一个微笑,和一只手的摆动。

她回过头去,带走了那金秋的天气

---

① 见维吉尔《伊尼德》第三二七页。

逼得我好多日子都在想象，
好多日子，好多个小时：
她的头发披在肩上，她怀里抱满了花。
我不明白他们在一起时是什么样子！
我大概已错过了一个手势一个体态。
这些思虑有时候仍然使
不安的午夜与静寂的正午感到惊讶。

一九一七年

夜莺歌声中的斯温尼[*]

天啊！我受到了致命打击。[①]

脖子像猿[②]的斯温尼劈开他的双膝
让他的两臂挂下来放声大笑，
沿着他牙床的斑马条纹
鼓胀成长颈鹿的小脓疱。

制造暴风雨的月华
朝着普拉塔河口湾[③]慢慢西行，
死亡和乌鸦在上空浮游
而斯温尼则是守卫着地府的角门[④]。

---

[*] 指英国理发师本杰明·巴克。因当地法官觊觎其妻之美貌，遭遇流放。返国后，他化名为斯温尼·陶德，对仇家进行了血腥的复仇。他还在《艾略特先生星期日的早礼拜》(*Mr. Eliot's Sunday Morning Service*,1918)和《荒原》(1922)第三节中出现过。在《夜莺歌声中的斯温尼》这首诗中作者主要用了两个典故：一个是阿伽门农(Agamemnon)的故事，他在宫中被妻子杀害了；一个是美丽的菲罗墨拉的故事，她被姊姊的丈夫忒瑞俄斯(Tereus)国王奸污，并被割去舌头，然后变为夜莺。作者把这两个被谋杀的故事和斯温尼的命运相比，当然斯温尼·陶德的被谋杀由于主人公的卑鄙而是一桩肮脏得多的交易。菲罗墨拉的故事见《荒原》第二节。有评论家把五处斯温尼的故事串连成一个凶杀案，但各家有异议。

这首诗是四行一节，第二、四行押韵。艾略特的短诗有时用这种形式。这首诗从第三节开始到结尾只是一句话，一气呵成。艾略特早年写过三首关于斯温尼的诗：《夜莺歌声中的斯温尼》(*Sweeney Among the Nightingales*,1918)，《笔直的斯温尼》(*Sweeney Erect*,1919)，《内心苦痛的斯温尼》(*Sweeney Agonistes*,1926,1927,1932)。艾略特说他在波士顿南部的一家酒吧见过此等人。

[①] 见埃斯库罗斯《阿伽门农》第一三四三行，作者引用的是希腊原文。
[②] 斯温尼的兽性如猿和第四行的长颈鹿。
[③] 阿根廷与乌拉圭之间的河口湾。
[④] 角门原文为 hornèdgate。睡梦由此而出。

昏暗的猎户和大犬两星座①
被遮住了；收缩了的大海不声不响；
披着西班牙斗篷的女人
设法坐在斯温尼的膝盖上

一个趔趄揪住了那块桌布
一只咖啡杯翻了个身，
在地板上重新稳住
她打个呵欠，把一只袜子拉整齐；

穿着深褐色衣服那不吭声的人
微张着口摊开四肢往窗台上靠；
侍者拿来了柑桔香蕉
无花果和暖房里的葡萄；

那穿褐色衣不吭声的脊椎动物
收缩并集中思想，退出去了；
娘家姓拉宾诺维奇的拉吉
用杀人的手拽了几个葡萄；

她和那披斗篷的夫人
犯嫌疑，被人认为是同道；
因此那抬不起眼皮来的男人
拒绝接受那取胜的一招，显得疲劳，

离开了房间重又出现
在窗外，往窗里探头探脑
紫藤萝的枝桠
圈成了金色的咧嘴一笑；

① 猎户星原为英俊猎户，被月神黛安娜杀掉，成为不死的星座；大犬座在荷马史诗中是猎户的犬。

店主不清楚是在和谁
单独在门口说短道长
几只夜莺
在离圣心修道院不远的地方歌唱，

在染血的树林里歌唱①
正当阿伽门农大声呼叫，
让点点鲜血染红了
那僵硬而不名誉的裹尸长袍。

一九二〇年

---

① 阿伽门农并非在树林里被杀害的，是菲罗墨拉在树林里被奸污、被割舌然后又遭杀害的，她变成了夜莺。按照《金枝》的第一章（艾略特曾在《荒原》中援引此书），在奈米（Nemi）树林里被杀害的还有一古代的僧侣，他被他的继承人杀害。这种为了再生和繁殖的祭仪性质的杀生当然和斯温尼无干。圣心修道院的属神的含义也一样。

小 老 头[*]

你既没有青春又非高寿而是在
饭后打个盹儿时梦见了二者。[①]

这就是我,干旱月份里的一个老翁,
一个男孩念书给我听,盼望着下一场雨。[②]
我既没有到过火热的隘口[③]
也没有在热雨里战斗过
也没有让膝盖深淹在盐碱的沼泽地,挥舞着弯刀
受着飞虫的叮咬,进行战斗。
我的房子是一所老朽的房子,
那个犹太人坐在窗台上,他是屋主,
是安特卫普的某一家小酒吧里出世的,
在布鲁塞尔长上了疮,在伦敦稍加调理又脱去了一层皮。[④]
在高处地头那山羊在夜间咳嗽;[⑤]
石块、藓苔、景天[⑥]、铁、粪便。

---

[*] 原文 Gerontion,这个词是作者根据希腊文虚构而成的,意为"小老头"。
[①] 引自莎士比亚的喜剧《请君入瓮》第三幕第一景,第三十二至三十四行。在剧中维也纳的公爵对被判死刑的年轻人说,生命不值得维持,何况你本无生命,只出现在梦中而已。
[②] 作者原打算用此诗作为《荒原》的前奏,因庞德不同意而单独发表了。但是"干旱"和"求雨"是《荒原》的主题。有的评论家认为《荒原》是此诗的扩大化。
[③] "火热的隘口"是希腊地名 Thermopylae(温泉关,或译塞莫皮莱)的直译,斯巴达人在此大败入侵的波斯人(公元前五世纪)。这里也影射性交。
[④] 此人患有花柳病。
[⑤] 有种看法认为山羊性欲特别旺盛。
[⑥] 即景天草,别名大红七,多见于沟谷、坡地,是一种喜爱生长在石缝、墙根的枝叶壮硕而开多种颜色花朵的植物。

那女人掌管着厨下、煮水沏茶,

黄昏时打喷嚏,拨弄着那个不听话的阴沟。

    我是一老翁,

过堂风口的一个呆板头脑。

迹象被当作神迹。"我们愿意你显个神迹给

  我们看!"①

"词中有道",说不出什么"词";

被黑暗包裹着②。在那一年春季

来了基督那猛虎③

在邪恶的五月,山茱萸和板栗、开花的犹大树,④

在说悄悄话时被取食,分享;

啜饮⑤;参加者有谢尔维若先生⑥

他用的是温柔的双手,在利摩日⑦时

他在隔壁房里立了整整一夜;

  芳贺川,在提香⑧的名画面前深深鞠躬;

---

① 参看《马太福音》第十二章第三十八至三十九节:"当时有几个文士和法利赛人,对耶稣说,夫子我们愿意你显个神迹给我们看。耶稣回答说,一个邪恶淫乱的世代求着神迹,除了先知约拿的神迹以外,再没有神迹给他们看。"
② 参见《约翰福音》第一章第一节:"太初有道,道与上帝同在,道就是上帝。"("道"的沦丧是艾略特《圣灰星期三》一诗的主题。)或参见《约伯记》第三十八章第九节:"是我用云彩当海的衣服,用幽暗当包裹他的布。"又见《路加福音》第二章第七节:"就坐了头胎的儿子,用布包起来。"艾略特在《朗塞洛特·安德鲁斯》一文中引了安德鲁斯有关耶稣诞生的一段:"迹象被当作神迹。夫子,我们愿意你显个神迹给我们看。……每个'词'都是神迹……'道'而无'词',永存的'道'却说不出:'词',这肯定是个神迹。包裹着的……也是个神迹。他使幽暗包裹着的海水滚动……"(英语的"道"为 the word)
③ 老头认为基督是一可怕而又令人羡慕的、有威力的猛兽,像《启示录》第五章第五节中的"犹大支派中的狮子",但他又记得基督被钉在十字架上的春季是一个被出卖的季节,在败坏基督教的世界上,基督的"道"没有人领悟。
④ 此句见亚当斯《亨利·亚当斯的教育》(*The Education of Henry A dams*)第十八章:"马里兰五月的特点就是邪恶,酷似圣餐时分尝面包和酒。"(见下文)
⑤ 见上注。
⑥ 这些人都是老翁的相识。也有评论家认为谢尔维若爱好瓷器,芳贺川爱好绘画,东吉夫人是巫婆而库尔泊小姐是她的主顾,很像《荒原》中的人物。
⑦ Limoqes,法国西南一城。
⑧ 意大利文艺复兴时期的著名画家。

东吉夫人,在暗室里

摆弄蜡烛;封·库尔泊小姐

在大厅里转过身来,一手扶在门上。

  空落的梭子

编织着风。我这里没有幽灵,

一个灌风的房子里的一老翁

在一座多风的小小圆山下。

懂得这个道理后,还谈什么宽恕?想想吧①

历史有许多曲折的通道,精心设计的走廊

和出口,她用悄悄话里泄露的野心进行欺骗,

把各种虚荣当作我们的向导。想想吧

她乘我们不注意的时候才给我们

而她所给的又这样柔顺,不易分辨

这种施舍只有使我们更加饥饿得慌。给得太晚

给的又是不能令人信服,或者虽然信服,

也只是在回忆中一种重新考虑后的热情。给得太早,

落到了软弱的手里,原想可以不需要

直到拒绝繁衍为恐惧。想一想

不管是恐惧或勇气都不能挽救我们。不正常的恶习

是我们的义勇这父亲生下的。美德

是我们的无耻罪恶强加于我们的。

这些眼泪是那结满愤怒之果的树上摇落下来的。②

新的一年里那猛虎跳了出来。它吞食了我们。

最后想想吧

我们还没有得出结论,而我

却在一所租来的房子里僵死。最后想想吧

---

① 这个短句的使用法近似勃朗宁(Robert Browning)的戏剧性独白,见《凯立本论赛台白斯》(*Caliban On Setebas*,1864)。

② 本应是知识之树,现在却结下了上帝的憎怒。参看第二节中的"犹大树"。

我不是毫无目的就弄成这个样子的
也不是什么倒行逆施的魔鬼们的
联合行动
我可以在这里诚实地和你见面。
我这个紧靠着你心坎的人离开了你①
在恐惧中失去了美,在追问中失去了恐惧。
我已甩去了我的热情:我何必保留它呢,
既然所保留的一切都必然掺假?
我失去了我的视觉、嗅觉、味觉和触觉:②
我还怎么利用它们来和你接近?
这些再加上一千种细微的考虑
能延长它们冰冻了的热狂所收取的利益,
在感觉已冷却时,刺激那层薄膜吧,
用辛辣的浆汁,借着乱人耳目的那许多镜子③
成倍增加品种。蜘蛛会怎么办,

暂停它的活动吗?象鼻虫肯
暂缓一时吗?德·倍拉希,弗莱斯卡·卡梅尔太太,④
已旋转越出了那令人战栗的熊星座周线
粉碎成细末。海鸥逆着风,在贝尔岛⑤的
多风的海峡,或朝着合恩角猛进
白色羽毛落入雪中海湾收容了它,
而一老翁被贸易风吹到了

---

① 参看米德尔顿(Thomas Middleton,1570?—1627)的剧本《怪人》(*The Changeling*,1623)第五幕第三景。艾略特酷爱这个时期的剧作,借古讽今是他的常用手法。诗句中的"你"指基督。
② 参看亨利·亚当斯的一句话,他认为人类文明"已到这种年龄,不像孩提时那样,已不能倚赖它的味觉、嗅觉、视觉、听觉,或记忆了"(《圣·圣·米歇尔与夏特》,*Mont-Saint-Michel and Chartres*,1913)。
③ 有的评论家认为"精心设计的走廊"和"乱人耳目的那许多镜子"是一九一八年凡尔赛宫镜厅那些协商和平者的各种阴谋,其目的是建立一个"波兰走廊"。
④ 这些人飞越了熊星座,他们的命运和海鸥与老翁一样,承受着风的敲打。
⑤ 在拉布拉多和纽芬兰之间。作者在这首诗中力图写出一种预兆不祥的感觉。

一个昏睡的角落。
　　　　屋里的住户,
一个干旱季节里的一个枯涩头脑的思想
　　内容。

　　　　　　　　　　　　　　一九二〇年

笔直的斯温尼

  至于那些我周围的树木
  让它们去枯干凋零吧;让那些岩石
  在汹涌的波涛中呻吟吧;在我背后
  一切是荒凉。看啊,看啊,女娃娃们。

  给我画一个散布在汹涌的爱琴海
    小岛周围的多洞穴的荒滩,
  给我画一些面对着狰狞而狂吼的
    海洋的、庄严而迂回曲折的岩石。

  给我展示天上的风神①
    再现那些吹乱了
  阿莉德尼②秀发的狂风
    急匆匆地吹鼓了那些难以捉摸的帆篷。

  早晨惊动了他们的手脚
    (诺息加和波立弗尼③)
  猩猩的手势在洋面的
    蒸汽中升起。

---

① 见希腊史诗《奥德赛》。
② 希腊传说中米诺斯(Minus,一位英明的国王)的女儿,曾有悲惨的经历。
③ 《奥德赛》中的人物。

团团毛发的枯瘦根带
   下面是割开的,挖出了眼睛,
啊,这个椭圆形还长着牙齿:
   从大腿朝上的镰刀形。

膝盖以上的折刀
   从脚跟到腰际都是笔直的
推揉着床架
   在枕旁张开。

斯温尼专心站直着光脸
   腰背宽厚,颈部微带红色,
懂得女人的性格
   揩去了脸部的皂沫。

(男人的身高
   是历史,爱默生说
他没有见过斯温尼的侧影
   在阳光底下叉开着腿。)

在他的大腿上试试刀锋,
   直到尖叫声消退下去。
床上那患癫痫病的
   弯下身子去,手叉着两边腰。

过道里的小姐们
   觉得受了干扰,丢了脸
叫证人证明她们无过,
   咒诅那些低级趣味的人。

并且说歇斯底里

会引起误会，
托纳夫人的意思是说
　　这对于这个家没有好处。

但是桃丽丝从洗澡房裹着毛巾出来，
　　赤着脚噼啪地走进来，
手拿着碳酸铵
　　和一杯白兰地。

一九二〇年

河　马[*]

同样，我们都应该尊重那些教会的执事们像尊重耶稣那样，我们应把主教当作天父，把长老们当作上帝的代表，当作使徒们。没有他们就没有教会。关于所有这些，我深信你们也是同意的。（圣伊格纳对特拉林们如是说）（St. Ignatinus to the Trallians）。

　　你们在读这封信简时，也要给教会里
　　那些"老底嘉"①们读一读

　　那背脊宽广的河马
　　把肚子趴伏在污泥里；
　　虽然它看起来壮大
　　却只是血和肉

　　血和肉是软弱无能的
　　神经容易受震动；
　　而"真正的教会"②是无敌的
　　因为它立足在岩石上。

　　在贪求物质利益时，
　　河马的蹒跚脚步会走错路，

---

[*]　原诗押 a b a b 韵。我未押，但求流畅。
①　信徒们因豪富而对宗教与教会变得冷漠。"老底嘉"人，即不冷不热的人。
②　罗马天主教会一直认为他们是"真正的教会"。这里的河马则是世俗社会。

而"真正的教会"在收敛
它的利息时却一动都不用动。

偌大的河马永远也
够不上芒果树上的芒果；
但是教会却能越过大海
尝到石榴和蟠桃的鲜味。

在交配时河马的声音
显得又古怪又嘶哑，
但是每个星期我们都听得见
教会与上帝欢然结成一体。

河马的白天是在睡梦中度过的，
晚上它出去狩猎；
上帝的行动是神秘的——
教会的吃与睡却是在同时。

我看见河马长上翅膀
从潮湿的大草原往上飞，
成群的天使围着它歌唱
赞美上帝，高呼和赛那。

羊羔的血将把它洗净
天国的双臂将把它抱紧，
我们看见它在圣贤中间
弹奏着黄金的竖琴。

它将被洗得雪白，
所有的贞烈少女会把它亲吻，

而"真正的教会"却留在下面
被裹在瘴疠的浓雾中。①

一九二〇年

---

① 参考《启示录》第三章第十四至十八节。"你要写信给老底嘉教会的使者说,那为阿门的,为诚信真实见证的,在上帝创造万物之上为元首的,说:我知道你的行为,你也不冷也不热,我巴不得你或冷或热,你既如温水,也不冷也不热,所以我必从我口中把你吐出去。你说,我是富足,已经发了财,一样都不缺;却不知道你是那困苦、可怜、贫穷、瞎眼、赤身的。我劝你向我买火炼的金子,叫你富足;又买白衣穿上,叫你赤身的羞耻不露出来;又买眼药擦你的眼睛,使你能看见。"

荒　原[*]

"NAM Sibyllam quidem Cumis ego ipse oculis meis vidi in ampulla pendere, et cum illi pueri dicerent: Σιβυλλατιθελεις; respondebat ilia: αποθανειν θελω."①

For Ezra Pound
il miglior fabbro. ②

一　死者葬仪

四月是最残忍的一个月，荒地上
长着丁香，把回忆和欲望
掺和在一起，又让春雨
催促那些迟钝的根芽。
冬天使我们温暖，大地
给助人遗忘的雪覆盖着，又叫

---

[*] 这首诗不仅题目，甚至它的规划和有时采用的象征手法也绝大部分受魏士登女士(Miss Jessie L Weston)有关圣杯传说一书的启发。该书即《从祭仪到神话》(*From Ritual to Romance*，剑桥版)。确实我从中得益甚深。它比我的注释更能解答这首诗中的难点。谁认为这首诗还值得一解的话，我就向他推荐这本书(何况它本身也是饶有兴趣的)。大体说来，我还得益于另一本人类学著作，这本书曾深刻影响了我们这一代人；我说的就是《金枝》(*Golden Bough*)。我特别利用了阿帖士、阿东尼士、欧西利士(Attis, Adonis, Osiris)这两卷。熟悉这些著作的人会立刻在这首诗里看出有些地方还涉及了有关繁殖的礼节。——原注

① "是的，我自己亲眼看见古米的西彼拉(女先知)吊在一个笼子里。孩子们在问她'西彼拉，你要什么'的时候，她回答说，'我要死'。"

② 献给艾兹拉·庞德
　最卓越的匠人。
　　　miglior fabbro，引自但丁《神曲·炼狱篇》。fabbro 即创作者或匠人。

枯干的球根提供少许生命。
夏天来得出人意料,在下阵雨的时候①
来到了斯丹卜基西②;我们在柱廊下躲避,
等太阳出来又进了霍夫加登③,
喝咖啡,闲谈了一个小时。
我不是俄国人,我是立陶宛来的,是地道的德国人。④
而且我们小时候住在大公那里
我表兄家,他带着我出去滑雪橇,
我很害怕。他说,玛丽,
玛丽,牢牢揪住。我们就往下冲。
在山上,那里你觉得自由。
大半个晚上我看书,冬天我到南方。

什么树根在抓紧,什么树枝在从
这堆乱石块里长出?人子啊,⑤
你说不出,也猜不到,因为你只知道
一堆破碎的偶像,承受着太阳的鞭打⑥
枯死的树没有遮荫。蟋蟀的声音也不使人放心,⑦
礁石间没有流水的声音。只有
这块红石下有影子,⑧

---

① 这一段情节摘自一九一三年版玛丽·拉里希伯爵夫人的回忆录《我的过去》,反映了上流社会生活的空虚无聊。
② 斯丹卜基西(Starnbergersee),慕尼黑附近一湖,也是一游乐之地,艾略特用它来代表欧洲中部的现代荒原。
③ 霍夫加登(Hofgarten),按词义应译作"御花园",是慕尼黑的一个公园。
④ 这一行原诗是德文:Bin gar keine Russin, Stamm, aus Litauen, echt deutsch。
⑤ 参阅《以西结书》第二章第一节。——原注
　《旧约·以西结书》上说:"他对我说:'人子啊,你站起来,我要和你说话。'"也可参阅《旧约·约伯记》第八章第十七节:"他的根盘绕石堆,扎入石地。"——译注
⑥ 参阅《旧约·以西结书》第六章第六节:"在你们一切的住处、城邑要变为荒场,邱坛必然凄凉,使你们的祭坛荒废.将你们的偶像打碎。你们的日像被砍倒,你们的工作被毁灭。"
⑦ 参阅《传道书》第十二章第五节。——原注
　《旧约·传道书》上说:"人怕高处,路上有惊慌,杏树开花,蚱蜢成为重担;人所愿的也都废掉,因为人归他永远的家,吊丧的在街上往来。"——译注
⑧ 可参阅《旧约·以赛亚书》第三十二章第二节:"必有一人像避风所和避暴雨的隐秘处,又像河流在干旱之地,像大磐石的影子在疲乏之地。"

（请走进这块红石下的影子），
我要指点你一件事，它既不像
你早起的影子，在你后面迈步，
也不像傍晚的，站起身来迎着你；
我要给你看恐惧在一把尘土里。

　　风吹着很轻快，
　　吹送我回家去，
　　爱尔兰的小孩，
　　你在哪里逗留？①
"一年前你先给我的是风信子；
他们叫我作风信子的女郎"，②
——可是等我们回来，晚了，从风信子的园里来，
你的臂膊抱满，你的头发湿漉，我说不出
　话，眼睛看不见，我既不是
活的，也未曾死，我什么都不知道，
望着光亮的中心看时，是一片寂静。
荒凉而空虚是那大海。③

---

① 见《特利斯坦和绮索尔德》(*Tristan and lsolde*)第一幕，第五至八行。——原注

　　在瓦格纳(Richard Wagner)歌剧中，第一幕第一景写特利斯坦和绮索尔德同船离开爱尔兰的时候。这几句诗是在船行驶时一个水手的情歌，唱的是幸福和淳朴的爱情。特利斯坦此时已把绮索尔德的未婚夫杀害，自己也受了伤。绮索尔德正要复仇，见特利斯坦已受伤，便不忍下手。特利斯坦伤愈后，带着绮索尔德向康沃尔去，打算把她献给马克王为后，因马克王丧偶已久，一直未曾续娶。就在他们向康沃尔驶近时，水手唱了这支歌，象征他们此时胸襟清静，还未尝到"爱的迷魂药"。这四句在原诗中保留着瓦格纳的原文。——译注

② 可参阅艾略特的一首法语诗《在饭店内》。其中的两句是：
　　我那时七岁，她比我还要小，
　　　她全身都湿了，我给她莲馨花。
艾略特用风信子和莲馨花来象征春天。

③ 见《特利斯坦和绮索尔德》第三幕，第二十四行。——原注

　　后来特利斯坦和绮索尔德都尝了迷魂汤，热烈地相爱。这件事给墨洛特（特利斯坦的负心知友）发现了，便去报告马克王，两人同来特、绮二人相会之地。墨洛特刺伤了特利斯坦，马克王也责他不忠，特利斯坦只得回到他的老家去，凄惶而寂寞。那时特利斯坦只有一个忠仆和他做伴。他裹着创伤等候绮索尔德追踪而来。忠仆在静候的时候，有地方上的牧羊人代他守望，但是他的回答是："荒凉而空虚是那大海。"这一句在诗中仍保留原文。——译注

49

马丹梭梭屈里士①,著名的女相士,
　　患了重感冒,可仍然是
　　欧罗巴知名的最有智慧的女人,
　　毒的纸牌②,这里,她说,
　　是你的一张,那淹死了的腓尼基水手,③

---

① 女相士的名字,引自赫胥黎(Aldous Huxley)小说《铭黄》(*Chrome Yellow*,1921)。
② 我并不熟悉太洛(Tarot)纸牌的确切组成,只是用来适应我自己的方便。按照传说,这套纸牌中的成员之一是"那被绞死的人",他在两方面适应我的目的:在我思想中,他和弗雷泽(《金枝》的作者Frazer)的"被绞死的神"联系在一起,又把他和第五节中使徒到埃摩司去的路上遇到的那个戴斗篷的人联系在一起。腓尼基水手和商人出现较晚;"成群的人"和"水里的死亡"则见于第四节。"带着三根杖的人"(是太洛纸牌中有确切根据的一员)我也相当武断地把他和渔王本人联系起来。——原注
　　在这里把《从祭仪到神话》一书的要义概述如下:
　　(一)故事说地方上的王,即渔王,患了病;(有的认为他已年老,受了伤,传说不一。)因为他的患病与衰老,所以原为肥沃之地,现在都变成了荒原。因此需要一位少年英雄——在传说中他是甘温(Gawain),或帕西法尔(Perceval),或盖莱海德(Galahad)——经历种种艰险,带着一把利剑,寻求圣杯,以便医治渔王,使大地苏醒。
　　(二)荒原的痛苦在于没有温暖,没有太阳,最主要的是没有水。这种祭祀在纪元前三千多年的《吠陀经》里已经有所记载:就是恳求英居拉释放七条大水,使土地肥美。另一个印度故事说一年轻的婆罗门利沙斯林额和他的父亲隐居在一座山林里,与世隔绝,只知道他自己和他的父亲。二个邻国忽逢旱灾,全国缺粮。国王在求神问卜之后才知道只要利沙斯林额一天保持他的童贞,他的国土也就一天保持干旱。于是,他派了一个漂亮的少女前去诱惑英雄。国王赐她一艘华丽的船只,上立一虚设的隐士居,命她去寻找那个年轻的婆罗门。女子等到他父亲不在的时候才去找少年,并说她自己也是个隐士。少年天真地相信了她,为她的美丽所动,忘记了自己的宗教。他父亲警告他,但他不肯听信。女子又来找他,诱劝他到她那个更加美丽的隐士居去。于是船就直驶旱国。国王把自己的女儿赐他为妻,在结婚的那一天,他的国土又重获甘霖。这个故事和阿帖士、阿东尼士和欧西利士所载大致相同,只有些细节小有差别。圣杯的故事和这个故事也密切相关。《荒原》诗中有各种影射。
　　(三)圣杯代表女性,利剑代表男性,两者同时代表繁殖力。在神话中杯与利剑都见于太洛纸牌。这是一套中世纪的纸牌,共七十二张,二十二张是关键。这套纸牌又有四个品种:
　　(a)杯(或名圣餐杯,或名酒杯)——即红桃。
　　(b)矛(棍或杖)——即方块。
　　(c)剑——即黑桃。
　　(d)碟(或圆形,或五角形,形式不同)——即梅花。
　　这套纸牌的来源不详,但吉普赛人常用来占卦算命,恐是他们传到欧洲来的。又有一说是印度传出的,因其中一张是一"主教"像,他有一把长胡子,背着三个十字架,表示东方的旧时信仰;另一张名"王"的,发型像一个俄国的王公,一手持一面盾牌,上刻一头波兰鹰。
　　(四)鱼是古代一种象征生命力的符记,渔王与之有关。
　　(五)在寻求圣杯时,要经过一座凶险的教堂,好比炼狱,经此而达到生命的顶峰。
　　这五点和理解《荒原》一诗的内容有关,故在此略为介绍。——译注
③ 艾略特用水或海来象征情欲的大海;而腓尼基水手、腓迪南王子(见莎士比亚的《暴风雨》)、土麦拿商人都是淹在其中的人物。但艾略特的水也不一定指情欲,例如第五节内画眉鸟的滴水歌,就是指生命的活水,不过这两种水并没有清楚的界限。

(这些珍珠就是他的眼睛,看!)①
这是贝洛多纳②,岩石的女主人
一个善于应变的女人。
这人带着三根杖,这是"转轮",
这是那独眼商人③,这张牌上面
一无所有,是他背在背上的一种东西。
是不准我看见的。我没有找到
"那被绞死的人"。怕水里的死亡。④
我看见成群的人,在绕着圈子走。
谢谢你,你看见亲爱的爱奎东太太的时候
就说我自己把天宫图给她带去,
这年头人得小心啊。

并无实体的城,⑤
在冬日破晓时的黄雾下,
一群人鱼贯地流过伦敦桥,人数是那么多,
我没想到死亡毁坏了这许多人。⑥

---

① 参看莎士比亚《暴风雨》中的丧歌:
　　你的父亲睡得有五𬍛深;
　　他的尸骨是珊瑚制成的;
　　这些珍珠是他的眼睛;
　　他的一切是不会消失的
　　而是经过了海水的变革,
　　变得又丰满,又奇特。
　　海仙们每小时敲着他的丧钟:
　　　　叮——当。
　　听啊,我现在听见她们,——叮当,敲着钟。
② 贝洛多纳(Belladonna)是意大利文,"美丽的女人",也是一种含毒的花。
③ 独眼商人即指第二〇七至二一四行的士麦那商人。
④ 见《金枝》第五册第二八八页。耶稣是主繁殖的神,象征春天,和渔王一样是被害的主繁殖的神。
⑤ 参看波德莱尔的诗:
　　这拥挤的城,充满了迷梦的城,
　　鬼魂在大白天也抓过路的人!
　　　　　　　　　　　　　　　——原注
⑥ 参阅《地狱》第三节第五十五至五十七行:
　　这样长的
　　一队人,我没想到
　　死亡竟毁了这许多人。
　　　　　　　　　　　　　　　——原注
　　凡引但丁的诗句,其译文大多经田德望同志审订过。——译注

叹息,短促而稀少,吐了出来,①
人人的眼睛都盯住在自己的脚前。
流上山,流下威廉王大街,
直到圣马利吴尔诺斯教堂②,那里报时的钟声
敲着最后的第九下,阴沉的一声。③
在那里我看见一个熟人,拦住他叫道:"斯代真!"④
你从前在迈里的船上是和我在一起的!⑤
去年你种在你花园里的尸首,
它发芽了吗?今年会开花吗?
还是忽来严霜捣坏了它的花床?
叫这狗熊星走远吧,它是人们的朋友,⑥
不然它会用它的爪子再把它挖掘出来!
你!虚伪的读者!——我的同类——我的兄弟,⑦

---

① 同上第四节第二十五至二十七行:
　　根据听到的声音判断,
　　这里没有其他痛苦的表现,只有叹息
　　使永恒的空气抖颤。
　　　　　　　　　　　　　　　　　——原注
② 这是伦敦威廉王大街的教堂。
③ 这是我常见的一种现象。——原注
④ 斯代真是一种宽边呢帽的牌子。指任何一个戴这种帽子的普通人。
⑤ 这是罗马人和迦太基人之间的一战,迦太基人战败。
⑥ 见韦伯斯特《白魔鬼》中的挽歌。——原注
　　韦氏诗云:
　　　　叫上那些个鹪鹩和知更,
　　　　它们在葱郁的丛林里徘徊,
　　　　让那些叶与花一同遮盖
　　　　那未曾下葬的孤独的尸身。
　　　　　把蚂蚁田鼠和鼹鼠
　　　　　　叫去参加他下葬时的哀呼,
　　　　给他造起几座小山,使他温暖,
　　　　在坟墓被盗窃时也不受灾难;
　　　　叫豺狼走远些,它是人类的仇敌,
　　　　不然它会用爪子又把他们掘起
　　狗熊星传说是使尼罗河两岸肥沃的星宿。关于韦伯斯特的挽歌,兰姆(Lamb)曾说:"我从未见过比这个更好的丧歌,除非是《暴风雨》中腓迪南王子在追忆淹死了的父亲时所唱的山歌。那是有关水的,充满了水,这是有关土地的,充满了土地的气息。"——译注
⑦ 见波德莱尔《恶之花》的序诗。——原注
　　该序原名《致读者》,艾略特所引原文:
　　　　——Hypocrite lecteur,——mon semblable,——mon frerel
　　(——虚伪的读者!——我的同类——我的兄弟!)
　　诗人认为读者和他一样,也是百无聊赖。——译注

二　对弈

　　她所坐的椅子,像发亮的宝座①
　　在大理石上放光,有一面镜子。
　　座上满刻着结足了果子的藤,
　　还有个黄金的小爱神探出头来
　　(另外一个把眼睛藏在翅膀背后)
　　使七枝光烛台的火焰加高一倍,
　　桌子上还有反射的光彩
　　缎盒里倾注出的炫目辉煌,
　　是她珠宝的闪光也升起来迎着;
　　在开着口的象牙和彩色玻璃制的
　　小瓶里,暗藏着她那些奇异的合成香料——
　　　膏状,粉状或液体的——使感觉
　　局促不安,迷惘,被淹没在香味里;受到
　　窗外新鲜空气的微微吹动,这些香气
　　在上升时,使点燃了很久的烛焰变得肥满,
　　又把烟缕掷上镶板的房顶,②
　　使天花板上的图案也模糊不清。
　　大片海水浸过的木料洒上铜粉

------

① 见《安东尼与克莉奥佩特拉》第二幕第二景,第一九〇行。——原注
　　这是莎士比亚的名剧,原诗是:
　　　她所坐的游艇,像发亮的宝座
　　　在水上放光。
　　艾略特在诗中曾援用许多女人的名字,如岩石的女主人贝洛多纳,莎士比亚剧中的克莉奥佩特拉,《伊尼德》中的狄多,弥尔顿诗中的夏娃、伊丽莎白女王、菲罗墨拉和其他作品中的女性。艾略特在第二一八行的注中曾说"所有的女人只是一个女人",但有时他也着力暗示她们的不同行动和命运。——译注
② 镶板的天花板见《伊尼德》(Aeneid)第一卷,第七二六行:"点亮的灯从镶板的金房顶上挂下来,火把的烈焰征服了黑夜。"
　　《伊尼德》是罗马诗人维吉尔(Virgil)创作的一部长十二卷的史诗,写特洛伊王子伊尼亚斯一度和迦太基女王狄多结婚,但后来遗弃了她,致使狄多自杀。这句诗描写女王狄多盛宴招待伊尼亚斯。——原注

青青黄黄地亮着,四围镶着的五彩石上,
有雕刻着的海豚在愁惨的光中游泳。
那古旧的壁炉架上展现着一幅
犹如开窗所见的田野景物,①
那是菲罗墨拉变了形②,遭到了野蛮国王的
强暴;但是在那里那头夜莺③
她那不容玷辱的声音充塞了整个沙漠,
她还在叫唤着,世界也还在追逐着,④
"唧唧"唱给脏耳朵听。
其他那些时间的枯树根
在墙上留下了记认;凝视的人像
探出身来,斜倚着,使紧闭的房间一片静寂。
楼梯上有人在拖着脚步走。
在火光下,刷子下,她的头发
散成了火星似的小点子

---

① 田野景物见弥尔顿《失乐园》第四卷,第一四〇行。
　　原诗为:
　　　　上面长着
　　　　高不可攀的巨大树荫,
　　　　柏树,松树,杉木与棕树的枝干纵横
　　　　一幅田野景物,一层一层上升
　　　　一层层的树荫,像林木构成的剧场
　　　　最庄严的景象。
　　　　　　　　　　　　　　　　　　——原注
② 见奥维德(Ovid)《变形记》(*Metamorphosis*)第六卷之菲罗墨拉。——原注
　　有关菲罗墨拉的故事梗概如下:国王忒瑞俄斯秉性英雄而暴烈,在他娶潘迪恩的女儿普洛克涅时,结婚的神明全未参加,鬼神借来出丧的火把将他们送入洞房,就在生头胎子依帖士时,也有种种不良预兆。结婚数年之后,普洛克涅想念妹妹菲罗墨拉,求丈夫接她来小住。忒瑞俄斯果然到丈人家去邀请,看见菲罗墨拉十分美丽,就心怀鬼胎。果然在他苦求之后,潘迪恩把女儿交给了他,请他沿途护送。但是船刚靠岸,国王就把她诱入山洞,强奸了她,并在她辱骂后割去了她的舌尖,把她关在洞内。他欺骗妻子,假说妹妹已死。菲罗墨拉在痛苦中织成了一幅锦绣,述说了自己的伤心故事,托一个老妪偷偷送给她姐姐。普洛克涅看后,十分忿怒,找回了妹妹,立誓报仇。她在盛怒之下杀了儿子依帖士,煮熟了给丈夫吃。丈夫发现后,持刀追杀姊妹二人,菲罗墨拉变成夜莺,姐姐普洛克涅变成了燕子。——译注
③ 见本诗第三节,第二〇四行。——原注
④ 这两行的动词时态值得注意:"充塞"和"叫唤"系过去时,但"还在追逐着"是现在时,美国著名评论家克利斯·布鲁克斯(Cleanth Brooks)指出:"世界显然参预且仍在参预着国王的这个暴行。"又说:"时态的剧烈变化使之成为对现代世界的一种评价与象征。"

亮成词句,然后又转而为野蛮的沉寂。

"今晚上我精神很坏。是的,坏。陪着我。

跟我说话。为什么总不说话。说啊。

你在想什么?想什么?什么?

我从来不知道你在想什么。想。"

我想我们是在老鼠窝里,①

在那里死人连自己的尸骨都丢得精光。

"这是什么声音?"

    风在门下面。②

"这又是什么声音?风在做什么?"

    没有,没有什么。

        "你

你什么都不知道?什么都没看见?什么都

不记得?"

  我记得

那些珍珠是他的眼睛。

"你是活的还是死的?你的脑子里竟没有什么?"③

        可是

噢噢噢噢这莎士比希亚④式的爵士音乐——

它是这样文静

这样聪明

"我现在该做些什么?我该做些什么?

我就照现在这样跑出去,走在街上

披散着头发,就这样。我们明天该做些什么?

---

① 见本诗第三节,第一九五行。——原注
② 见韦伯斯特:"风还在门里吗?"——原注
  此句见韦氏的《魔鬼的公案》(*The Devil's Law Case*)。——译注
③ 参看第一节第三十七和四十八行。——原注
  参看第一节第三十七行,不知何意;第四十八行是"水里的死亡"的一个主题,见《暴风雨》中仙童的歌。——译注
④ 莎士比亚名字中加一"希"字是为了适应爵士乐的节奏。

我们究竟该做些什么？"
　　　　十点钟供开水。
如果下雨,四点钟来挂不进雨的汽车。
我们也还要下一盘棋,①
按住不知安息的眼睛,等着那一下敲门的声音。

丽儿的丈夫退伍的时候,我说——
我毫不含糊,我自己就对她说,
请快些,时间到了②
埃尔伯特不久就要回来,你就打扮打扮吧。
他也要知道给你镶牙的钱
是怎么花的。他给的时候我也在。
把牙都拔了吧,丽儿,配一副好的,
他说,实在的,你那样子我真看不得。
我也看不得,我说,替可怜的埃尔伯特想一想,
他在军队里耽了四年,他想痛快痛快,
你不让他痛快,有的是别人,我说
啊,是吗,她说。就是这么回事。我。
那我就知道该感谢谁了,她说,向我瞪了一眼。
请快些,时间到了
你不愿意,那就听便吧,我说:
你没有可挑的,人家还能挑挑拣拣呢。
要是埃尔伯特跑掉了,可别怪我没说。
你真不害臊,我说,看上去这么老相。
(她还只三十一。)
没办法,她说,把脸拉得长长的,

---

① 参阅米德尔顿(Middleton)《女人谨防女人》中的对弈。——原注
　　米氏(1580? —1627)亦是英国剧作家。剧中述佛罗伦萨公爵爱上了碧昂,请人设法与她相会;一个邻居栗维亚设局把碧昂的婆婆叫来下棋,同时又偷偷引碧昂去会见公爵。在两人对弈时,碧昂为财富名利所诱,顺从了公爵。——译注
② 这是饭馆催客,准备关门时的呼叫声。

是我吃的那药片,为打胎,她说。

(她已经有了五个。小乔治差点送了她的命。)

药店老板说不要紧,可我再也不比从前了。

你真是个傻瓜,我说。

得了,埃尔伯特总是缠着你,结果就是如此,我说,

不要孩子你干吗结婚?

请快些,时间到了

说起来了,那天星期天埃尔伯特在家,他们吃

   滚烫的烧火腿,

他们叫我去吃饭,叫我趁热吃——

请快些,时间到了

请快些,时间到了

明儿见,毕尔。明儿见,璐。明儿见,梅。

   明儿见。

再见。明儿见,明儿见。

明天见,太太们,明天见,可爱的太太们,

   明天见,明天见。①

三 火诫

河上树木搭成的篷帐已破坏:树叶留下的最后手指

想抓住什么,又沉落到潮湿的岸边去了。那风

吹过棕黄色的大地,没人听见。仙女们已经走了。

可爱的泰晤士,轻轻地流,等我唱完了歌。②

河上不再有空瓶子,夹肉面包的薄纸,

---

① 参阅《哈姆莱特》第四幕第五景,奥菲利娅疯狂后的一段话(此时她的父亲已被杀死,兄弟还在远方):"但愿一切都顺利。我们必须有耐心;但是我一想到他们竟把他埋进了寒冷的土地里我就禁不住流泪。我要让我哥哥知道这件事;我谢谢你们的好意。——来啊,我的马车!——明天见,太太,明天见,好太太,明天见,明天见。"这是一段向生活告别的话。

② 见斯宾塞的《结婚曲》(*Prothalamion*)。——原注
   诗中描写泰晤士河上的愉快景象,并在诗中重复这一句作为全诗每一节的结句。——译注

绸手绢,硬的纸皮匣子,香烟头

或其他夏夜的证据。仙女们已经走了。①

还有她们的朋友,最后几个城里老板们的后代;

走了,也没有留下地址。

在莱芒湖畔我坐下来饮泣……

可爱的泰晤士,轻轻地流,等我唱完了歌。

可爱的泰晤士,轻轻地流,我说话的声音

　　　不会大,也不会多。

可是在我身后的冷风里我听见

白骨碰白骨的声音,嘿笑从耳旁传开去。

一头老鼠轻轻穿过草地

在岸上拖着它那黏湿的肚皮

而我却在某个冬夜,在一家煤气厂背后

在死水里垂钓

想到国王我那兄弟的沉舟

又想到在他之前的国王,我父亲的死亡。②

白身躯赤裸裸地在低湿的地上,

白骨被抛在一个矮小而干燥的阁楼上,

只有老鼠脚在那里踢来踢去,年复一年。

---

① 这里指的是现代的河上仙女,即在河边游乐的女子。
② 参阅《暴风雨》第一幕第二景。——原注
　覆舟后腓迪南王子随着仙童的歌声在荒岛上行走,并说了下面的话:
　　这音乐在什么地方?在空中?在地上?
　　又没有声音了:——它准是侍候
　　这岛上的神明的。坐在岸边,
　　我又哀哭国王,我父亲的沉舟。
　　这音乐在水上从我身旁轻轻而过;
　　那甜蜜的歌声减轻了水的狂暴
　　和我的激情。因此我一直跟随着它,
　　许还是它引了我来:——它走了,
　　不,它又在唱了。
　　　　　　　　　　　　　——译注

但是在我背后我时常听见①

喇叭和汽车的声音②,将在

春天里,把斯温尼送到博尔特太太③那里。

啊月亮照在博尔特太太④

和她女儿身上是亮的

她们在苏打水里洗脚

啊这些孩子们的声音,在教堂里歌唱!⑤

吱吱吱

唧唧唧唧唧唧

受到这样的强暴。

忒瑞俄斯⑥

---

① 参阅马佛尔(Marvell)的《给他那若即若离的情人》。——原注
  这首诗自第二十一行起有这样四行:
    但是在我背后我总是在听
    时间的飞轮在急急地走近,
    在那里我们所看见的一切
    是广大无边永生的荒野。
                ——译注
② 参阅戴伊(Day)的《蜜蜂会议》(Parliament of Bees):
    你细听的时候,忽然会听到
    号角和打猎的声音,它将在春天把
    阿格坦恩带去见狄安娜
    在那里众人会看见她的裸体……
                ——原注
  阿格坦恩是希腊神话中人物,他是个猎手,曾无意中看见阿坦米斯(Artemis)在裸浴,便被贞洁的女神变成一只公鹿,并被猎犬撕成碎片。阿坦米斯在罗马神话中即狄安娜。她是月神,也是狩猎女神。——译注
③ 斯温尼和博尔特太太的关系是顾客和妓女的关系。
④ 这几行取自某一民歌,但我不详其来源。我是从澳洲悉尼得来的。——原注
  这是第一次世界大战时,澳大利亚士兵常唱的歌。——译注
⑤ 见魏尔伦的《帕西法尔》(Parsifal)。——原注
  帕西法尔在找到圣杯后为基督濯足。为纪念这件事,他命令孩子们歌唱,以表示天真与谦卑的美德。
  本诗所引为原文。——译注
⑥ 这是鸟鸣声引起关于菲罗墨拉被忒瑞俄斯奸污一事的联想,影射斯温尼对博尔特太太的行径。

并无实体的城

在冬日正午的黄雾下

尤吉尼地先生,那个士麦那①商人

还没光脸,袋里装满了葡萄干②

到岸价格,伦敦:见票即付,

用粗俗的法语请我

在凯能街饭店③吃午饭

然后在大都会④度周末。

在那暮色苍茫的时刻,眼与背脊

从桌边向上抬时,这血肉制成的引擎在等候

像一辆出租汽车那样颤动而等候时,

我,忒瑞西阿斯,虽然瞎了眼,在两次生命中颤动,⑤

年老的男子却有布满皱纹的女性乳房,能在

暮色苍茫的时刻看见晚上一到都朝着

---

① 士麦那为土耳其西部一海港。
② 这种小葡萄干的价值是"至伦敦免邮税与保险";提货单等要付清了见票即付的款项后再交给买主。——原注
③ 凯能街饭店是一家低廉的旅馆,在伦敦。
④ 大都会是一家豪华的旅馆,在布赖顿,离伦敦约一小时路程,在南海岸。
⑤ 忒瑞西阿斯(Tiresias)虽然只是个旁观者,而并非一个真正的"人物",却是诗中最重要的一个角色,联络全篇。正如那个独眼商人和那个卖小葡萄干的一齐化入了那个腓尼基水手,而后者与那不勒斯的腓迪南王子也并非完全不同。因此所有的女人只是一个女人,而两性在忒瑞西阿斯身上融合为一体。忒瑞西阿斯所看见的,实在就是这首诗的本体。奥维德的整整一段文字有很大的人类学方面的价值。——原注

　　原诗所引系拉丁文,今依法兰克·吉士德斯·米勒氏的英译《变形记》第三卷第三二〇行起译为散文:"朱庇特(Jove)喝醉了酒,忘记了忧虑,很快乐地用这段空闲来和朱诺(Juno)开个玩笑。他说:'我觉得你对爱情的所有快感,比我们现在所共享的还要大。'她的意见恰好相反。他们决定去求聪明的忒瑞西阿斯做出判断。他知道爱情的两个方面。因为有一次他用手杖打了一下,触怒了正在树林里交媾的两条大蟒。说也奇怪,他由男子一变而为女子,且在这种形状下度过了七年光景。到第八年他又看见了这两条蟒蛇,就说:'我打了你们之后,竟有魔力改变了打击者的本性,那么我再来打你们一下。'说过之后,他又打了大蟒,又回复到他生下来时的原形。因此求他来裁判这两个神的嬉争时,他赞成朱庇特。据说萨东尼亚(Saturnia)为此过于忧愁,小题大做,贬了那裁判者,使他永远成为瞎子。但是'全能的父'——因为任何神皆不能解除另一神所施行的——因忒瑞西阿斯失去了视觉,故又赐给他预知未来的能力,使他所受的刑罚能因这一荣誉而减轻分量。"又,忒瑞西阿斯亦影射冷眼旁观的诗人。——译注

家的方向走去,水手从海上回到家,①

打字员到喝茶的时候也回了家,打扫早点的残余,点燃

  了她的炉子,拿出罐头食品。

窗外危险地晾着

她快要晒干的内衣,给太阳的残光抚摸着,

沙发上堆着(晚上是她的床)

袜子,拖鞋,小背心和用以束紧身的内衣。

我,忒瑞西阿斯,年老的男子长着皱褶的乳房

看到了这段情节,预言了后来的一切——

我也在等待那盼望着的客人。

他,那长疙瘩的青年到了,

一家小公司的职员,一双色胆包天的眼,

一个下流家伙,蛮有把握,

正像一顶绸帽扣在一个布雷德福②的百万富翁头上。

时机现在倒是合式,他猜对了,

饭已经吃完,她厌倦又疲乏,

试着抚摸抚摸她虽说不受欢迎,也没受到责骂。

脸也红了,决心也下了,他立即进攻;

探险的双手没遇到阻碍;

他的虚荣心并不需要报答,

---

① 这看来并非萨福(Sappho)的原诗,但我脑筋里想的是"港岸边"或"驾渔舟"的渔翁黄昏时回家的情景。——原注

  可参看史蒂文森(R. L. Stevenson)的《安魂曲》(Reguiem):

    在宽阔多星的天空下面,

    挖一个坟墓,让我安眠。

    活时喜欢,死了也不讨厌,

    临睡时还许下一个心愿。

    请你为我把这首诗刻上:

    这是他最愿意躺下的地方;

    像水手从海上回归家乡,

    猎人从山上回到家乡。

              ——译注

② 布雷德福是约克郡产羊毛的城镇,那里的制作毛织品的资本家在战争中发了财。

还欢迎这种漠然的神情。
(我,帖瑞西士,都早就忍受过了,
就在这张沙发或床上扮演过的;

我,那曾在底比斯①的墙下坐过的
又曾在最卑微的死人中走过的。②)
最后又送上形同施舍似的一吻,
他摸着去路,发现楼梯上没有灯……

她回头在镜子里照了一下,
没大意识到她那已经走了的情人;
她的头脑让一个半成形的思想经过:
"总算完了事:完了就好。"
美丽的女人堕落的时候③,
又在她的房里来回走,独自
她机械地用手抚平了头发,又随手
在留声机上放上一张片子。

"这音乐在水上悄悄从我身旁经过"④
经过斯特兰德,直到女王维多利亚街。
啊,城啊城,我有时能听见
在泰晤士下街的一家酒店旁

---

① 底比斯成为荒原,是因为俄狄浦斯王在不明内情的惨剧里和母亲犯下乱伦的罪。
② 见荷马史诗《奥德赛》。奥德赛在阴间遇见了忒瑞西阿斯。
③ 见哥尔斯密《威克菲牧师传》中之歌。——原注
　原诗是:
　　美丽的女人堕落的时候
　　　发现男人的负心已经晚了,
　　什么妖术能减她的忧愁,
　　　什么妙计能洗刷她的贞操?
　　要遮盖罪孽唯一的良方,
　　　想要在众人面前躲过羞耻,
　　又使她的情人十分懊丧
　　　而捶胸跌脚,就只有——寻死。
　　　　　　　　　　　　　　——译注
④ 见《暴风雨》,如上。——原注

62

那悦耳的曼陀铃的哀鸣

还有里面的碗盏声，人语声

是鱼贩子到了中午在休息：那里

殉道堂的墙上还有①

难以言传的伊沃宁②的荣华，白的与金黄色的。

长河流汗③

流油与焦油

船只漂泊

顺着来浪

红帆

大张

---

① 殉道堂（St. Magnus Martyr）的内部看来是瑞恩（Wren）的最佳作之一。见《拟毁中的十九个城内教堂》（*The Proposed Demolition of Nineteen City Churches*，金氏父子出版有限公司）。——原注
　　这座教堂因建电车道而在拟毁之列。——译注
② 伊沃宁是一种古希腊的建筑风格。
③ 泰晤士（三个）女儿之歌从这里开始。第二九二至三〇六行之间是她们依次的谈话。见《神的末日》（*Gotter dammerung*）第三幕第一景：莱茵河的女儿。——原注
　　这一节诗采用瓦格纳歌剧中的节奏，而 Weialala leia Wallala leialala 是莱茵河女儿的歌声。歌剧的情节很复杂，是由四部构成的：一、莱茵的黄金；二、女战士；三、齐格飞；四、神的末日。情节既复杂，其中象征人类野心、情欲、软弱、威权和新陈代谢的原理等也很复杂。关于莱茵河女儿的梗概如下：莱茵象征宇宙的中心，莱茵河女儿正在欢唱莱茵河的黄金宝藏，但是不久黄金便被野心家矮神阿卜里希劫去，自此宝藏便经过了各种人之手，一直到全剧终了，英雄齐格飞死后，才回到莱茵河女儿手中。莱茵河女儿之歌就是为哀悼失去了的黄金而唱的：
　　　　美丽的阳光放出荣贵的金箭，
　　　　黑夜安眠在水的里面。
　　　　从前本来是亮的，晶亮的太阳
　　　　透过波浪，照在莱茵河的黄金上。
　　　　莱茵河的黄河，闪亮的黄金，
　　　　你从前的光辉是何等鲜明，
　　　　你是河上艳丽的明星！
　　　　　　　Weialala leia
　　　　　　　　Wallala leialala……
　　　　美丽的太阳，请差遣我们的英雄，
　　　　把我们的黄金再还给我们！
　　　　交给我们，让你明亮的眼睛
　　　　不再唤醒我们的热望。
　　　　莱茵河的黄金，闪亮的黄金，
　　　　你的光辉是何等鲜明，
　　　　河上的尊贵的明星！

随风而下,在沉重的桅杆上摇摆。
船只冲洗
漂流的巨木
流到格林威治河区
经过群犬岛。①
  Weialala leia
  Wallala leialala

伊丽莎白和莱斯特②
打着桨
船尾形成
一枚镶金的贝壳
红而金亮
活泼的波涛
使两岸起了细浪
西南风
带到下游连续的钟声
白色的危塔
  Weialala leia
  Wallala leialala
"电车和堆满灰尘的树。
海勃里生了我。里其蒙和邱③
毁了我。在里其蒙我举起双膝
仰卧在独木舟的船底。
"我的脚在摩尔该④,我的心

---

① 群犬岛(Isle of Dogs),是靠近伦敦西印度船坞的一个半岛。
② 福鲁德(Froude)的《伊丽莎白》第一卷第四章内有迪卡得拉写给西班牙腓力普王的一封信:"下午我们在游艇里看河上的游戏。(女王)独自和罗伯特公爵在一起,我自己在船尾。他们开始讲了些胡话,最后罗伯特公爵说,我既然在场,如果女王愿意,他们何不就结了婚。"——原注
③ 参阅《神曲·炼狱篇》第五节第一二三行。
  记着我是比亚;
  西艾纳生了我,毁我的是玛雷玛。
           ——原注
  海勃里、里其蒙、邱,分别是伦敦附近地名,邱有一著名公园。——译注
④ 摩尔该(Moorgate),伦敦东部的贫民区。

在我的脚下。那件事后
他哭了。他答应'重新做人'。
我不作声。我该怨恨什么呢?"
"在马该①沙滩
我能够把
乌有和乌有联结在一起
脏手上的破碎指甲。
我们是伙下等人,从不指望
什么。"
　　啊呀看哪
于是我到迦太基来了②

烧啊烧啊烧啊烧啊③

---

① 马该(Margate)是伦敦东南七十英里的海港和著名的海滨区,岸边的细沙适合于海水浴。
② 见圣奥古斯丁的《忏悔录》(St. Augustine's Confessions):"我到迦太基来了,一大锅不圣洁的爱在我耳朵边唱。"——原注
③ 这些词句摘自佛陀的火诫全文,见已故亨利·柯拉克·华伦(Henry Clarke Warren)所译《见于翻译中的佛教》(Buddhism in Translation,哈佛大学东方丛书)。华伦先生是西方佛学研究的伟大开山祖之一。——原注
今依华伦氏的英译译出如下:
佛在优罗维勒久住之后,一直前行直向伽耶顶而去,随从有一千僧众,从前皆为披烦恼丝之僧人。在伽耶,在伽耶顶,佛与一千僧众住下。
佛告诸僧众说:
"僧众!一切事物皆在燃烧。僧众啊,究竟是何物竟自在燃烧?
"僧众!眼在燃烧;一切形体皆在燃烧;眼的知觉在燃烧;眼所获之印象在燃烧。所有一切官感,无论快感或并非快感或寻常,其起源皆眼所得之印象,亦皆燃烧。
"究由何而燃烧?
"为情欲之火,为忿恨之火,为色情之火;为投生,暮年,死亡,忧愁,哀伤,痛苦,懊闷,绝望而燃烧。
"耳在燃烧;声音在燃烧……鼻在燃烧;香味在燃烧……舌在燃烧;百味在燃烧;……肉体在燃烧;有触觉之一切在燃烧……思想在燃烧;意见在燃烧……思想的知觉在燃烧;思想所得之印象在燃烧;所有一切官感,无论快感或并非快感或寻常,其起源皆赖思想所得之印象,亦皆燃烧。
"究由何而燃烧?
"为情欲之火,为忿恨之火,为色情之火;为投生,暮年,死亡,忧愁,哀伤,痛苦,懊闷,绝望而燃烧。
"见识至此,僧众啊,有识有胆之信徒,厌恶眼,厌恶形体,厌恶眼的知觉,厌恶眼所得之印象;所有一切官感,无论快感或并非快感或寻常,其起源皆赖眼所得之印象。亦皆厌恶。厌恶耳,厌恶声音……厌恶鼻,厌恶香味……厌恶舌,厌恶百味……厌恶肉体,厌恶有触觉之一切……厌恶思想,厌恶意见,厌恶思想的知觉,厌恶思想所得之印象;所有一切官感,无论快感或并非快感或寻常,其起源皆赖思想所得之印象,亦皆厌恶。有此厌恶,则尽扫情欲,情欲既去,人即自由,已得自由,即知自由;已知不能再生,而已居此圣洁生活之中,已行所适,已与世绝。"
解释既毕,一千僧众尽得自由,并自秽行中获取解脱。

——译注

主啊你把我救拔出来

主啊你救拔

烧啊

四　水里的死亡

腓尼基人弗莱巴斯，死了已两星期，①

忘记了水鸥的鸣叫，深海的浪涛

利润与亏损。

　　　　海下一潮流

在悄声剔净他的骨。在他浮上又沉下时

他经历了他老年和青年的阶段

进入旋涡。

　　　　外邦人还是犹太人

啊你转着舵轮朝着风的方向看的，

回顾一下弗莱巴斯，他曾经是和你一样漂亮、

　　高大的。

---

① 仍见圣奥古斯丁的《忏悔录》。把东西两方苦行主义的代表并列，作为诗中此节的顶点，并非偶然。——原注

这几行最初见于艾略特早年(1916—1917)法文诗《在饭店内》最后的七行：

腓尼基人弗莱巴斯，死了已两星期，

忘记了水鸥的鸣叫，和科尼希海的浪涛，

利润与亏损和一货舱的锡；

海下一潮流把他冲得很远，

　把他带回了以前生活的各个阶段。

想想吧，这是多乖的命运；

他到底曾经是漂亮而高大的。

这首诗描写饭店里一个年老的侍者在幼年时曾一度和一个女孩相好，显示了他的风华正茂，但是他因故逃跑，现在只是个失意的老人。——译注

五　雷霆的话①

火把把流汗的面庞照得通红以后②
花园里是那寒霜般的沉寂以后
经过了岩石地带的悲痛以后
又是叫喊又是呼号
监狱宫殿和春雷的
回响在远山那边震荡
他当时是活着的现在是死了
我们曾经是活着的现在也快要死了
稍带一点耐心

这里没有水只有岩石
岩石间没有水而有一条沙路
那路在上面山里绕行
是岩石堆成的山没有水
若还有水我们就会停下来喝了
在岩石中间人不能停止或思想
汗是干的脚埋在沙土里
只要岩石中间有水
死了的山满口都是龋齿吐不出一滴水

---

① 第五节的第一部分用了三个主题：去埃摩司的途中，向"凶险的教堂"的行进（见魏士登女士书）和今日东欧的衰微。——原注
去埃摩司途中一段系述耶稣被钉在十字架上后，重又复活，并在他的门徒中行走。《圣经》有此记载，见《新约·路加福音》第二十四章，第十三至十六节："正当那日，门徒中有两个人往一个村子去，这村子名叫埃摩司（《圣经》中译为以马忤斯），离耶路撒冷约有二十五里。他们彼此谈论所遇见的这一切事。正谈论相问的时候，耶稣亲自就近他们，和他们同行，只是他们的眼睛迷糊了，不认识他。"——译注

② 耶稣受难的故事见《马太福音》二十六至二十七章，《马可福音》十四至十五章，《路加福音》二十二至二十三章，《约翰福音》十八至十九章。耶稣被犹大出卖，在橄榄山附近客西马尼园中祈祷时被捕，后来在耶路撒冷的各各他被钉死在十字架上。耶稣断气后"忽然殿里的幔子，从上到下裂为两半，地也震动，磐石也崩裂……"（见《马太福音》第二十七章第五十一节）。

这里的人既不能站也不能躺也不能坐
山上甚至连静默也不存在
只有枯干的雷没有雨
山上甚至连寂寞也不存在
只有绛红阴沉的脸在冷笑咆哮
在泥干缝裂的房屋的门里出现
   只要有水
 而没有岩石
 若是有岩石
 也有水
 有水
 有泉
 岩石间有小水潭
 若是只有水的响声
 不是知了
 和枯草同唱
 而是水的声音在岩石上
 那里有蜂雀类的画眉①在松树里歌唱
 点滴点滴滴滴滴
 可是没有水

谁是那个总是走在你身旁的第三人？②
我数的时候，只有你和我在一起
但是我朝前望那白颜色的路的时候
总有另外一个在你身旁走
悄悄地行进，裹着棕黄色的大衣，罩着头

---

① 这是画眉的一族，是我在魁北克州所见过的一种蜂雀类的画眉。查普曼在《美洲东北部的鸟类手册》一书中说："这种鸟最喜欢住在深山僻林里……它的鸣声并不以多变或洪亮著称，但它的声调的甜纯、音节的优美则是无与伦比的。"它的"滴水歌"确实值得赞赏。——原注
② 下面这几行是受了南极探险团的某次经历的叙述而触发的。我忘记了是哪一次，也许是谢格尔登（Shackleton）领导的一次。据说这一伙探险家在精疲力竭之时，常常错觉到数来数去，还是多了一个队员。——原注

我不知道他是男人还是女人
——但是在你另一边的那一个是谁?①

这是什么声音在高高的天上
是慈母悲伤的呢喃声
这些带头罩的人群是谁
在无边的平原上蜂拥而前,在裂开的土地上
蹒跚而行
只给那扁平的水平线包围着
山那边是哪一座城市
在紫色暮色中开裂、重建又爆炸
倾塌着的城楼
耶路撒冷雅典亚历山大
维也纳伦敦
并无实体的

一个女人紧紧拉直着她黑长的头发
在这些弦上弹拨出低声的音乐
长着孩子脸的蝙蝠在紫色的光里
飕飕地飞扑着翅膀
又把头朝下爬下一垛乌黑的墙
倒挂在空气里的是那些城楼
敲着引起回忆的钟,报告时刻
还有声音在空的水池、干的井里歌唱。②

---

① 参阅海尔曼·亥司(Hermam Hesse)的《混乱中的一瞥》:"欧洲的一半,至少东欧的一半已在向混乱的道路上行进,被某种神圣的迷恋所灌醉,正沿着悬崖的边缘前进,醉醺醺地像唱着圣歌似的唱着,像狄弥德里·加拉马索夫那样唱着。恼怒了的布尔乔亚嘲笑这些歌;圣人和先知则流着泪听着他们。"——原注
　　这里指的是十月社会主义革命时的情景,作者对之显然是持否定态度的。——译注
② 参看《旧约·耶利米书》第二章第十三节:"因为我的百姓做了两件恶事,就是离弃我这活水的泉源,为自己凿出池子,是破裂不能存水的池子。"也可参看《旧约·箴言》第五章第十五节:"国王所罗门对众人说:'你要喝自己池中的水,饮自己井里的活水。'"

在山间那个坏损的洞里

在幽黯的月光下,草儿在倒塌的

坟墓上唱歌,至于教堂①

则是有一个空的教堂,仅仅是风的家。

它没有窗子,门是摆动着的,

枯骨伤害不了人。

只有一只公鸡站在屋脊上

咯咯喔喔咯咯喔喔

刷的来了一柱闪电。然后是一阵湿风

带来了雨

恒河②水位下降了,那些疲软的叶子

在等着雨来,而乌黑的浓云

在远处集合在喜马望山上。

丛林在静默中躬着背蹲伏着。

然后雷霆说了话

DA

Datta:我们给了些什么?③

---

① 此处的"教堂"指圣杯传说中"凶险的教堂"。
② 艾略特原诗中用殑伽(佛经释名)或甘格(Ganga)这个名字,即恒河(Canges)。
③ "Datta, dayadhvam, damyata"(Give, Sympathize, Control——译注——即给予,同情,克制)。雷的寓言的含义见《布里哈达冉雅加-优波尼沙德》(*Brihadaran gaka-Upanishad*)第五卷,第一节。它的译文一见陶森(Deussen)的《吠陀经中之六十优波尼沙德》(*Sechzig Upanishads des Veda*)第四八九页。——原注

　　今依牟勒(F. Max Müller)的译文转译如下:

　　　　般若伽巴底(Pragapati)的三后代,神,人,与阿修罗(即魔鬼)与其父般若伽巴底同住而为梵志(Brahmakarins,即婆罗门教之学生。婆罗门教中学生分为四期,最初就学期为梵志期)。修业已毕,神问:"阿阇黎,请有以教我。"佛即说一音 Da,且谓:"已解悟否?"众曰:"已解悟。即 Datta,须舍予。"彼云:"汝已解悟。"阿修罗又问:"阿阇黎,请有以教我。"佛还说其音 Da,且谓:"已解悟否?"众曰:"已解悟。即 Damyata,须克制。"彼云:"汝已解悟。"人又问:"阿阇黎,请有以教我。"佛还说其音 Da,且谓:"已解悟否?"众曰:"已解悟。即 Dayadham,须慈悲。"彼云:"汝已解悟。"至圣雷霆又重复其音 Da Da Da,即克制,舍予,慈悲。且须学习克制,舍予,与慈悲。(按此系:"佛以一音演说法,众生随类各得解。")

　　　　　　　　　　　　　　　　　　　　——译注

我的朋友,热血震动着我的心

这片刻之间献身的非凡勇气

是一个谨慎的时代永远不能收回的

就凭这一点,也只有这一点,我们是存在了

这是我们的讣告里找不到的①

不会在慈祥的蛛网披盖着的回忆里

也不会在瘦瘦的律师拆开的密封下

在我们空空的屋子里

DA

Dayadhvam:我听见那钥匙②

在门里转动了一次,只转动了一次

我们想到这把钥匙,各人在自己的监狱里

想着这把钥匙,各人守着一座监狱

只在黄昏时候,世外传来的声音

才使一个已经粉碎了的科里奥兰纳斯③一度重生

DA

Damyata:那条船欢快地

---

① 参阅韦伯斯特《白魔鬼》第五幕第六景:
    他们又要重新结婚了
    不等蛆虫钻透你的尸衣,也不等蜘蛛
    在你的墓志铭上织一层薄网。
                                                                ——原注

② 参阅《地狱》(即《神曲·地狱篇》)第三十三节,第四十六行。
    我又听到下面那可怕的塔门
    已经锁上。
                                                                ——原注

  这是有关乌各里诺伯爵(Ugolino de' Cherardeschi,死于一二八九年)的故事。他两次通过奸计当上了意大利比萨的地方领袖。后来被颠覆,并和两个儿子、两个孙子,被锁在一座塔楼里饿死。又见布拉德雷(F. H. Bradley)的《现象与实在》(*Appearance and Reality*)第三四六页:"我的外表的官感也和我的思想与感情一样,完全属于我个人。无论从哪方面说,我自己的经验只落在我自己的圈子里,这圈子完全和外界隔绝;而且圈子里的成分既都是一样的,则各个领域都和周围其他领域互不通气……简言之,作为某一灵魂里的一种存在来说,每个人的全部世界对于这个灵魂也是特殊而个别的。"——译注

③ 科里奥兰纳斯(Coriolanus),莎士比亚名剧中的英雄,他因骄傲气盛而终至失败。

　　　　作出反应，顺着那使帆用桨老练的手
　　　　海是平静的，你的心也会欢快地
　　　　作出反应，在受到邀请时，会随着
　　　　引导着的双手而跳动

　　　　　　　我坐在岸上①
　　　　垂钓，背后是那片干旱的平原
　　　　我应否至少把我的田地收拾好？②
　　　　伦敦桥塌下来了塌下来了塌下来了③
　　　　然后，他就隐身在炼他们的火里，④
　　　　我什么时候才能像燕子——啊，燕子，燕子，⑤

　　　　阿基坦的王子在塔楼里受到废黜⑥

---

① 见魏士登《从祭仪到神话》有关渔王的一章。——原注
② 参阅《旧约·以赛亚书》第三十八章第一节："那时希西家病得要死，亚摩斯的儿子先知以赛亚去见他，对他说，耶和华如此说，你当留遗命与你的家，因为你必死不能活了。"（"你当留遗命与你的家"一句的原文直译应为"你当把你的家务收拾好"，而《荒原》则是"我应否至少把我的田地收拾好？"）后来上帝许他把他的国家从亚述人手里解放出来，并赐他再活十五年。"我必加增你十五年的寿数，并且我要救你和这城脱离亚述王的手。"（见同章第五、第六节）
③ 这是一首流行的英国民歌的主要内容。
④ 见《炼狱》（即《神曲·炼狱篇》）第二十六节第一四八行。
　　　　"现在我凭借那引导你走上
　　　　这个阶梯顶端的'至善原理'，
　　　　请求你适时地回忆起我的悲伤！"
　　　　然后，他就隐身在他们的火里。
　　　　　　　　　　　　　　　　——原注
　　这节诗的头三句但丁引了普罗旺斯诗人阿诺·但以理（Arnaut Daniel）的诗句。——译注
⑤ 见《圣维纳斯的夜守》（Pervigilium Veneris），参考第二节和第三节中的菲罗墨拉。——原注
　　艾略特引用原文，此诗的末节如下：
　　　　她唱，我们没有声音：我的春天几时回来？
　　　　什么时候再能是燕子，再不这样没有声音？
　　　　在静默中遗失了文艺之神，阿波罗不理我：
　　　　因此阿米克拉，因为没有声音，默默地完了。
　　　　到明天没有爱的也有爱情，明天情人也有爱情。
　　　　　　　　　　　　　　　　——译注
⑥ 见奈赫法尔（Gerardde Nerval,1808—1855）的十四行诗《不幸的人》（El Desdichado）。——原注
　　艾略特引用了原文，其中一节如下：
　　　　我就是黑暗——单身汉——不知安宁；
　　　　阿基坦的王子在塔楼里受到废黜：
　　　　我唯一的星星也死了，我的圆琴
　　　　携带的是黑太阳，十分愁苦。
　　　　　　　　　　　　　　　　——译注

这些片段我用来支撑我的断垣残壁

那么我就照办吧。赫罗尼莫又发疯了。①

舍己为人。同情。克制。

　　平安。平安

　　　　平安。②

　　　　　　　　　　　　　　　一九二二年

---

① 见基德（Kyd,1558—1594）《西班牙悲剧》（*The Spanish Tragdy*,1594）。——原注

　　故事梗概如下：赫罗尼莫的爱子霍拉旭遭到嫉妒，被人惨杀了，赫罗尼莫悲痛之余变得如痴如狂，天天做梦见到儿子，要为他复仇。恰好仇人请他演一出戏来欢宴国王，赫罗尼莫答应下来，并说了下面的话（见第四幕第一景第六十八至七十二行）：

　　　　那么我就照办吧：不必多说了。
　　　　我年轻的时候，我的头脑全都
　　　　钻到无益的诗句中去了；
　　　　虽然那个教授看不出什么道理，
　　　　但是这个世界却表示十分满意。

　　他答应给他们演戏后就设计编了一出关于他亡子屈死的故事，还请仇人参加表演，并乘机杀了他们，复了仇。全剧最动人处是赫罗尼莫因儿子的惨死而发了疯。——译注

② Shantih 在此重复应用是某一优波尼沙德经文的正式结语。依我国文字便是"出人意外的平安"。——原注

　　在此依《新约·腓立比书》第四章第七节中用语译出："上帝所赐出人意外的平安，必在基督耶稣里保守你们的心怀意念。"——译注

《荒原》浅说

《荒原》一诗必须一读,那是因为它曾经轰动一时,其影响之大之深是现代西方诗歌多少年来没有过的。其影响之所以大而且深,我想主要是因为它集中反映了时代精神,即第一次世界大战后西方广大青年对一切理想信仰均已破灭的那种思想境界。一位著名的美国评论家称这一长诗和诗人的其他许多较早诗篇为一种"大战后的贵族式的幻灭",一语道破了秘密。但作者不承认这一点,他认为自己不过是"牢骚满腹",这样说法不十分确切。这些诗歌(特别是《荒原》)确实表现了一代青年对一切的"幻灭"。"贵族式"一词,也很形象,作者的"博学","高傲",引用了许多第一流作者的著名诗句,囊括了西方诗歌最高最渊博的传统,说他所反映的"幻灭"是"贵族式"的,是当之无愧的。他描写了上流社会生活的空虚、失望和迷茫。他写得最多的是市井小人,他们卑鄙,狼狈,几乎麻木不仁。作者将此诗献给庞德,称他为"最卓越的匠人"。这个称号对他自己也是合适的。这首诗在艺术方法上很有创造性,而且深具匠心。二十世纪的作家已超越了那种"为艺术而艺术",那种把形式凌驾于内容之上,使内容唯美化,或使形式与内容割裂开的狭隘偏执的主张。他们力图使形式与内容密切结合,使形式完全为提高内容的素质服务,解放了内容,也完善了形式。这是一个逐渐发展而明确起来的过程。艾略特所推崇的卓越的美国小说家亨利·詹姆斯就是完成这一过程的代表。詹姆斯十分重视形式,竭尽全力探索一种最完美的形式,以求完善地表达那种作家极端重视且有相当分量的内容。这位小说家与诗人所关心的内容没有什么共同之处,但他们在努力探索形式这一点上却是共同的。

一般读者感到《荒原》是一首很难读懂的诗,可能确实有些困难。尽管西方不少第一流的学者对此诗做过各种解释和分析,但是对于一个不大通晓西方文学和文化传统的读者来说,即使加了许多注解,也会仍然觉得很难懂。艾略特说过:当代诗歌,由于受复杂多样的时代与社会的制约,必然会变得艰涩。这种说法有道理,但也不是绝对真理。至少与他同时代或比他更晚的诗人或小说家的作品,并不都是那样艰涩,至少在程度上有差距。这和个人的风格、修养和兴趣有关。

《荒原》之所以难懂,主要是因为作者引经据典的地方太多,需要读者把这些典故搞清楚。其次,这些典故又不是孤立的,彼此间有着复杂的联系,像一幅图案或网状组织,在结构上有许多交叉点,头绪很多,又不完全是重叠或重复,真有点"剪不断理还乱"。在这里,为了便于读者理解这首诗的要领,所以试图以快刀斩乱麻的方式对该诗加以"浅说",可能线条粗些,有时也许剪错了地方;这也无可非难,因为学者们曾做过各种分析,虽然谨慎又谨慎,也还是仁者见仁,智者见智。这里的目的是试图让读者把诗的主要内容掌握住。

《荒原》的主要内容是写干旱之地赤土千里,没有水,长不出庄稼。不但大地苦旱,人的心灵更加苦旱,人类失去了信仰、理想,精神空虚,生活毫无意义。诗人在这里抓的一个突出问题是"性关系"在使大地繁荣中所起的作用。这个主题在诗中频繁出现。诗人所写的当代的两性关系几乎没有例外都是肮脏的、不正常的、兽性的,几乎完全没有感情基础。他似乎在说荒原需要雨,需要水,但也并非所有的水都有利于庄稼生长,例如情欲的大海就不那么有益于繁殖,它会把人淹死,它不但不能促成生命,反而使人丧生。为写这样一个题材,作者援用了三十三个不同作家的作品和流行歌曲,引入了六种外国语,包括梵文;还特别强调了魏士登女士的有关圣杯的传说(《从祭仪到神话》)和人类学家弗雷泽的《金枝》,包括太洛纸牌、渔王、"那被绞死的人"等传说。人类学家的著述可以说是全诗结构的基础,因为诗的主旨是写渴求生命,繁殖,繁荣,渴求解救干旱和失去了爱情与希望的人类。该诗的诗体也是变化多端的:长句短行,快节奏慢节奏,口语化格律化,庄严的,轻佻的……在恰到好处地创造和掌握诗体的分寸上,艾略特不愧为他那个时代的一位卓越匠人。

艾略特把这首诗献给庞德,并称他为"最卓越的匠人",是因为原诗比后来的定稿长将近一半,是经庞德删节才成为最后的四三三行。这一删节大大改进了诗的内容和结构,这是值得诗人感激的。而且庞德写诗与成名在前,他曾多方提携艾略特,使后者终于青出于蓝。卷首引诗西彼拉的回答为"我要死",也是很切题的。荒原中人认为"死比生"更有吸引力,而且在有生命的生活中同时有死亡;正如诗的第一节《死者葬仪》的开头几句就说冬天比春天更加惬意,春天引起种种心酸的回忆与欲望;而冬天则帮助人遗忘:冬雪胜似春雨。众多的学者认为这个开头与乔叟名诗的第一行正好形成对比。乔叟在《坎特伯雷故事》序诗的第一行说"四月里的阵雨最为甜蜜",而艾略特却说"四月是最残忍的一个月"。诗的开头节奏是缓慢的,句末不断,而是进入第二行后才断句。"夏天来得出人意外",节奏马上加快了,而且口语化,并且进入了短短的情节:诗句指出了中欧这个地点,描写了上流社会的空虚生活,也点出了两性关系。从第十九行开始,诗体又变为庄重,而且提到了主题:偶像已破碎,"礁石间没有流水的声音"。四句押韵的瓦格纳小诗描写青年的纯洁爱情,但是"风信子的女郎"却感到光的中心是寂静——即毫无歌声。瓦格纳歌剧中的爱情主题也落空了:男主人公盼望的心爱女子没有到来,牧童报告:"荒凉而空虚是那大海。"求仙问卜是窥测未来命运的方法,但诗中那位马丹梭梭屈里士不是什么高明的女相士,她患着重感冒,只会用太洛纸牌卜卦。在她的牌里出现了"水里的死亡"。主要人物是腓尼基水手,带着三根杖的人(即渔王),独眼商人和"那被绞死的人"(即耶稣),这些人物反复出现在诗中(详见译注和原注)。从第五十九行开始作者写伦敦,那"并无实体的城"。学者们认为艾略特写伦敦可与波德莱尔写巴黎媲美:这些城市白天会出现幽灵和死亡的阴影。作者引了但丁和韦伯斯特的诗句。他衷心敬慕的诗人是但丁而不是莎士比亚,他也特别推崇伊丽莎白后期、詹姆斯一世时期的剧作家,这种敬慕已成为艾略特作为诗人和文艺理论家的鲜明标志。但丁诗中描写的中世纪荒原和波德莱尔的巴黎,和伦敦一样,都是并无实体的。引韦伯斯特的诗句有各种解释,我倾向于将它们当作和第一节的题目"死者葬仪"紧密联系的一支丧歌。韦伯斯特原诗为"豺狼"是"人类的仇敌",但艾略特改为"狗熊星"是"人们的朋友",而狗熊星是使土地肥沃的星星。这里的丧歌是不是对埋葬和死亡的赞歌呢?是不是意味着埋葬以后的尸体还能开花呢?如果把尸首挖掉,就使再生成为不可能了。

《对弈》赤裸裸地描写了不幸或不正常的两性关系。这是荒原的重要特征。《对弈》这个典故的背景是描写邻居设下了圈套以便促成暧昧的男女关系(参看一三七行注)。当代世界无正当的爱情可言。借古讽今是艾略特的惯用手法。这一节的头十行写的是克莉奥佩特拉女王的爱情故事,但是第八十七行的"奇异的合成香料"泄露了秘密,这位雍容华贵的主妇原来不过是一位百无聊赖的上流社会女人。菲罗墨拉的故事也有重要含义:她受到姐夫忒瑞俄斯国王的奸污,被割去舌头,化为夜莺。被割去了的舌头就是"时间的枯树根"之一。奸淫、暴行,古今略同,因此"还在追逐着"用的是现在时。艾略特认为文学创作不应是个人的东西,但是诗歌离不开个人的经历。从第一一一行开始的那个谈话的女人,她十分神经质,最后死在精神病院,艾略特和她三十多年的夫妻关系,一直不大协调。一二五行"那些珍珠是他的眼睛",引自莎士比亚《风暴》中的丧歌,暗示水里有死亡,同时也联系到一二八行"噢噢噢噢这莎士比希亚式的爵士音乐"。这种爵士音乐和《风暴》中的仙童之歌有什么共同处呢?本节的最后一段是两个伦敦小市民在酒馆里对话,她们操的是粗俗的伦敦土语,内容是情欲、打胎等不体面的两性关系。这段话是在酒馆快要关门的时候说的,隐隐表示这是结束生命进入死亡的时刻,结尾引用了莎士比亚《哈姆莱特》中奥菲利娅告别时的一段台词,使整个气氛倍加凄厉。奥菲利娅也是爱情不能如意,落水而死的,是一种水里的死亡。荒原中的性关系就是这样:礁石间没有流水的声音,但是水里有死亡。

《火诫》一节的结构比较错综复杂。这一节的开头就使用了强烈的今昔对比手法。作者引了斯宾塞《婚礼预祝曲》中的诗句:"可爱的泰晤士,轻轻地流,等我唱完了歌。"在十六世纪末十七世纪初预祝两位贵族的婚礼曲中穿插带有神秘和浪漫色彩的"仙女"是可以理解的,但是这里的仙女只是城里老板们后台的女伴,曾在这里度过几个夏夜,也不知除野餐一通外还干了什么荒唐事,没有明说,但可以猜测。而且这是已经散了的筵席,秋风瑟瑟,树叶只留下了最后的手指;少爷们也只是片刻的寻欢作乐,没有留下地址。一八二行的"莱芒湖"就是日内瓦湖,"莱芒"一词古义是"情夫"或"情妇"。紧接着是现代生活中令人战栗的冷风或隆冬,"在死水里垂钓"影射渔翁或渔王。渔王这主繁殖之神病了,或受了伤,于是大地便苦旱,而且这条水是死水。接下去这里的渔翁,既是渔王又是莎翁剧中的腓迪南王子,暗示与水里的死亡有瓜葛的各种人物和事例。但是马上又是一些今昔对比的情节(参看一九六至一九七行的注释):"时间的飞轮"和"号角和打猎的声音",现代化后成为"喇叭和汽车的声音";"把阿格坦恩带去见狄安娜"(希腊神话)变为"把斯温尼送到博尔特太太那里",又是肮脏的两性关系。斯温尼作为典型的市侩在艾略特诗中出现过五次,他是人面猿,是兽性的代表。博尔特太太母女是何许人?决非良家女人,为什么用苏打水洗脚,为了美容与长寿。孩子们"唱圣歌"的声音出自魏尔伦的诗《帕西法尔》,帕西法尔在找到圣杯后为基督濯足,并命令孩子们歌唱。这和母女俩洗脚有什么共同点？（圣杯的故事请看译者注。）二〇六行又回到了"并无实体的城"。这里出现了尤吉尼地先生，那个士麦那商人。作为"独眼商人"他已经出现在马丹梭梭屈里士手上的太洛纸牌中。葡萄干的"干"和"干旱"有没有关系？请另一男子共度良宵有没有"同性恋"的嫌疑？某些反感的评论家有这种忖度。尤其重要的是出现了具备男女两性性器官的忒瑞西阿斯这个人物，他是无所不见的旁观者（详见译者注）。这里打字员和公司小职员的性关系也是赤裸裸的禽兽的交配，没有丝毫人性可言。这种彻底的灵魂的死亡怎能希望再生？干旱的土地何时才能复苏？打字员在留声机上放上一张唱片——那也算是音乐；紧接着是"这音乐在水上悄悄从我身旁经过"，那是《风暴》中仙童之歌，是仙乐。酒店里有曼陀铃的声音，也是某种音乐，鱼贩子们在歇晌，堂皇的殉道堂将因修建电车道而被拆毁。巍峨的宗教圣殿因现代化而被夷为平地。诗句从这里转成短句，摹拟瓦格纳歌剧的节奏，而 Weialala leia Wallala leialala 则是莱茵河女儿的歌声：她哀悼失去了的黄金。伊丽莎白和莱斯特的爱情近似克莉奥佩特拉的爱情，例如这句诗"船尾形成／一枚镶金的贝壳"，（比较第二节的第一句："她所坐的椅子像发亮的宝座。"）三个泰晤士女儿（区别于莱茵河的女儿）可能和本节诗开始时的仙女们是同一类人物：又回到了现代式的性关系（参看译者注）。最后以东西方圣哲谴责"情欲之火"的短句结束。"火诫"是规劝人们要节制情欲之火。圣奥古斯丁代表西方，而佛陀的火诫则是代表东方。

《水里的死亡》和前一节《火里的死亡》正好匹配：都和情欲有关。但是评论家对于这一节有不同的解释，有的认为死亡还可以意味着再生，我倾向于认为这首诗带有惋惜的情绪，惋惜那曾经是漂亮而高大的腓尼基人终于遇到了水里的死亡。终结的情绪比较沉重。水是情欲的大海。我在译者注里提到艾略特早年曾写过的一首法语诗《在饭馆内》（1916—1917）（又译《在饭店内》《在餐馆里》）。这首诗的后七行和《荒原》第四节相仿（详见三一二行的译者注，也可参考三十五行的译者注）。《在饭馆内》写一个侍者在幼年时曾和一个幼女相好（参看《风信子的女郎》），后来因故逃跑，可能经了一个时期的商，然后和一货舱的锡在科尼希海的浪涛中同归于尽，并没有多少再生的希望。"海下一潮流"剔净了他的尸骨，有点使人联想起第二节一一五至一一六行，"我想我们是在老鼠窝里，在那里死人连自己的尸骨都丢得精光。"但是也有评论家认为海下一潮流是在把他那代表情欲的血肉从骨头中剔除。当然，那淹死了的腓尼基水手已出现在第一节太洛纸牌中,但是紧接着的是"这些珍珠就是他的眼睛",又把《风暴》也归为一类(而在这里落水的人又都没有死),这就是为什么这首诗十分错综复杂。死有各种死法:水里,火里,泥土里。有些死者是可以复活的,像那"被绞死的人";有的需要脱胎换骨才能由佛陀超度,把他们从烈火里救出来。

《雷霆的话》以基督在客西马尼园中祈祷时被捕的情节为开端。后来耶稣被钉死在十字架上。艾略特认为现代荒原的一个重要特征就是人们丧失了信仰。继耶稣之死,就是那一段长短句组成的干旱景象,写得十分动人,值得细读:"死了的山满口都是龋齿吐不出一滴水","山上甚至连静默也不存在/只有枯干的雷没有雨/山上甚至连寂寞也不存在/只有绛红阴沉的脸在冷笑咆哮"。这两段一段是有节奏的长句,一段是停顿较频繁的短句,都没有用标点符号,可说是一气呵成。

耶稣复活了,他就是那第三人,但是人们不认识他,看不清他是谁,他究竟存在不存在。基督罩着头,还有一些戴头罩的人则是东欧国家,东欧国家此时正在没落、崩溃。然后是那些和伦敦一样并无实体的历代名城:耶路撒冷、雅典、亚历山大、维也纳。据说紫气暮色不只是指黄昏或欧洲文明的黄昏,还有宗教含义,表示忏悔与受洗。这种考证并不一定能使读者更加深入诗意。那个"空的教堂",即"凶险的教堂"却是个重要的形象。它是去觅取圣杯时必经之地,寻找圣杯的英雄在此受到考验。公鸡的啼叫可以驱散邪恶,它在屋脊上唱歌就"唰"地引来了一柱电光,"然后是一阵湿风/带来了雨"。本说荒原中"只有枯干的雷",然而这个雷现在说话了。诗人在此用了梵文,这种用法的优点是只用一个Da字就可以有三种含义,而且都以D字为首,颇能象声。雷霆的话当然也是诗人自己的说教,即拯救人类的法宝是给予、同情、克制。"舍予"意味着"献身",献身需要勇气。但是我怀疑艾略特所谓的"献身"可能并非我们一般说的为祖国人民的利益而献身,他的献身可能是把自己舍给上帝,或接受宗教的诱导。"同情"即打开牢笼,停止孤立,破除自我而与外界相通。"克制"意味着按照规律办事,可能也意味着节制情欲,约束自我,这一点比较深刻,但联系到艾略特的基本思想,"克制"也意味着尊重传统,循规蹈矩,接受领导。最后的一段又回到"垂钓"和"干旱的平原"。"垂钓"联系到渔王,希望他恢复健康,有繁殖力,使大地能够种出庄稼。"干旱"最好能解除,使人类重获生机。在这种希望指引下"我应否至少把我的田地收拾好?"

"隐身在炼他们的火里"出自但丁《炼狱》，在这里火又是一种锻炼人的元素。燕子是菲罗墨拉的姐姐变的，而燕归来象征着春天、复苏和再生的希望。被废黜当然是不幸的事，赫罗尼莫装疯卖傻为的是乘机为儿子复仇。如果能遵照雷霆的话，那么人类便能获取"无边的平安"。雷霆说话那一段援用了许多典故，特别是伊丽莎白后期剧作家、哲学家布拉德雷（艾略特在哈佛大学的博士论文就是一篇有关布拉德雷的研究），莎士比亚，圣经，民歌等等。这种手法给非专业的读者增加了困难，但也丰富了诗的内容。艾略特高度尊重优秀的文化传统，他以博学多才著称。他在《荒原》中创造了新的诗法，使语言服从内容。多种诗体反映了他的高水平，成为他的诗歌可以永垂不朽的一个有力因素。

最后，说说他的思想内涵。谁都知道艾略特一九二六年写下的名言，他"在宗教上是英国国教式的天主教徒，在政治上是保皇派，在文学上是古典主义者"。他还倾向于纳粹的"反犹太主义"，轻蔑民主，不喜欢不学无术的普通人。他真实地反映了一个时期的西方青年的精神状态，但是人们送他的称号他几乎都不肯接受。说他反映了某些社会现实他不承认，说他代表了一个时期的"幻灭"他又不承认，说他不能不受教养与思想的局限他也不同意；他认为他相当客观，不受个人思想感情的局限，等等。其实所有这些称号和评语，对他都十分相宜。这些"帽子"我一股脑儿都给他戴上，学者和读者们中间必有公论。还有一顶高帽子必须戴上，那就是他在现代派中是一位特别显赫的大师：他得过诺贝尔奖金，获得过殊功勋位，得过许多种奖金（包括歌德奖），他还得了许多荣誉学位，各种头衔，各种金牌，参加过各种高级俱乐部。一九四六年秋我在哈佛大学俱乐部与他相会：他请我吃晚饭，为我朗诵《四首四重奏》中的片段，在他的出版物上为我签名，送我多张署名的照片，希望我继续翻译他的诗作等等。在我的印象中他高高瘦瘦的个儿，背微驼，声音和举止有点发颤，好像他的心灵里并未得到"无边的平安"。那时他才五十八岁。他是一九六五年逝世的。

赵萝蕤

我自己的歌

[美]沃尔特·惠特曼 著

译 本 序

美国诗人沃尔特·惠特曼于1819年5月31日出生于长岛亨廷顿附近的西山村。他年幼时只在布鲁克林上过五年学,十一岁就当了律师事务所的勤杂工,后来又在几家排字车间学排字。在1836年夏至1841年春之间的至少三年里,他在长岛各地当乡村教师,更换过将近十二所学校。不久他开始发表一些感伤主义的"墓园式"的短篇小说和少量诗歌,并于1836年办了一个周刊《长岛人》。此后他短期编辑过纽约的《曙光》和布鲁克林的《黄昏闲话》,直至二十七岁当上了布鲁克林《每日之鹰》的编辑。估计于1842至1848年间他至少曾为十一家纽约和布鲁克林的报刊投稿或工作。1840年他参加了支持范布伦竞选总统的活动,并且获得了胜利。马丁·范布伦是激进的民主派,杰克逊的继承人。之后他仍热衷于政治,曾不止一次因和报刊老板意见不合而辞职。他的政治观点在当时是激进的,他信仰"自由土地",反对蓄奴制。所谓"自由土地"是指允许老百姓去西部开荒而不允许新开辟的土地沦为蓄奴州。他同样主张"自由贸易",用他自己的话来说:"我支持任何摧垮民族与民族之间壁垒的措施:我要求各国都大开门户。"[①](1888年5月)又说:"为什么主张自由贸易? ……是为了团结:自由贸易促进团结。"(1888年12月)这个立场和杰斐逊与杰克逊的民主主义没有两样,只是在惠特曼身上多一点人道主义和国际主义的味道(关于国际主义,作者在诗作和评论中还提出过许多激进的观点)。他为什么强烈要求民主? 可以用他自己的两句话来概括。他说:"美国的光荣是由于她有四千万高明的普通人,他们是一些前所未有的最聪明、最伶俐、最健康、最有道德的人。"(1889年12月)参照他别的言论来说明,就是他认为这个时代这个国家的

---

① 引语后附有年月的均摘自屈劳伯尔编录的《在坎姆登和沃·惠特曼在一起》(*With Walt Whitman in Camden*, by Horace Traubel)。已出六卷:1906,1908,1914,1959,1964,1982。

一个正在上升的阶层,就是广大的普通人,或称平常人(average persons),包括机械工、马车夫、船夫、渔民、海员、男女工人等等。他又说:"我要求人民……即那些成群的群众,人民的全体:男人、女人、小孩:我要求他们占有属于他们的一切:不只是一部分,大部分,而是全部:我支持一切能够使人民获得适当机会的任何措施——让他们过更加充实的生活……我要求人民享受应得的权利。"(1889年1月)这是他晚年说的话,是足以说明诗人的这种热情与信念始终不渝,老而弥坚。

1848年是惠特曼一生中关键的一年。他受聘去南方名城新奥尔良当报刊《新月》的编辑。

他带着他的十四岁的弟弟杰夫经中部往南,但没有住上三四个月便辞职回到了纽约。这一旅行在惠特曼一生中是少有的,他很少长途旅行;但更加重要的是1845至1848年之间,尤其是1848年,惠特曼已在盘算是否认真当一个作家。他已发表过许多短篇小说和少量诗歌(多用传统格律)。小说中包括劝人戒酒的《富兰克林·埃文斯》(1842),据说曾畅销二万册。读书是他职业的需要:他在当《每日之鹰》编辑的时候曾写过四百二十五篇书评,其中关于小说的一百篇,历史的二十二篇,传记的十四篇,宗教的四十五篇,诗歌的二十二篇,等等。然而上述这些作品和1855年出版的《草叶集》相比,几乎没有什么共同点。据西方学者考证,1845至1848年间他已在笔记中记下了一些将成为《草叶集》内容的材料。但他还没有完全放弃编辑工作。1851年他还曾经营过一家小小的印刷店,并且兼营兴建房屋的生意。但是他已减少了政治活动,更多地转向了音乐、文学、绘画、雕塑等。十五年来(从30年代中开始),他欣赏了所有前来纽约演出的著名意大利歌剧演员的演出,包括男高音贝蒂尼和伟大的女低音玛丽埃塔·阿尔波尼。惠特曼晚年曾说:没有意大利歌剧就没有《草叶集》,可见影响之深。然而在文学艺术领域,至少在一段时间内,他还只是个学徒。在此前所写的东西只是一个当新闻记者和报刊编辑的分内工作,算不得真正的文学。什么是文学?应致力于哪些内容,采取什么形式?这应该是他开始认真考虑的问题了。

考虑的结果是具有伟大划时代意义的1855年版的《草叶集》,其中包括一篇综述了作者崭新的文艺观点的长序和十二篇在美国文学史上具有开创性意义的伟大诗篇。这两项成就说明作家的创作思想已经发生了质的飞跃。以序文为例,有些观点作家可能早就有了,不过在这里说得有声有色,几乎所有的观点都是离经叛道,闻所未闻的。例如,在十九世纪中叶,绝大多数美国人和几乎所有的外国人都认为美国是毫无文化可言的,美国生活庸俗不堪,需要虔诚地向欧洲学习,但是作者却开宗明义地说:"在世界上无论什么时候,美国人的诗歌意识可能是最饱满的,合众国本身,基本就是一首最伟大的诗。"又说:"合众国的天才的最佳表达者是普通人……总统向他们脱帽而不是他们向他——这些就是不押韵的诗。""一个诗人必须和一个民族相称……他的精神应和他国家的精神相呼应……他是她地理、生态、江河与湖泊的化身。""国家的仲裁将不是她的总统而是她的诗人。""他是先知先觉者……他有个性……他本人就是完整的……别人也和他一样完善,只是他能看见而他们却不能";"人们希望他指出现实和他们灵魂之间的道路。"诗人也提出了政治自由的要求,他认为一个伟大的诗人所应有的态度是"鼓舞奴隶,恫吓暴君"。他的最大考验是"当前",并从此而引申到漫长的未来。关于诗的格律,他说:"完美的诗歌形式应容许韵律自由成长,应准确而舒松地结出像丛丛丁香或玫瑰那样的花蕾,形状像板栗、柑橘、瓜果和生梨一样紧凑,散发着形式的难以捉摸的芳香。"这篇洋洋洒洒的八页长序(按照初版的对开本,双栏编排)约一万字,充满了激情,充满了新思想和强大生命力,揭开了新时代诗歌艺术、特别是美国诗歌的崭新一章。

  《草叶集》初版的十二首诗充分体现了长序的精神。第一首就是居全集中心位置的长诗《我自己的歌》[①],所有十二首在初版中都合刊在一起,没有分篇也没有题目。按照《草叶集》最后定稿加的题目初版还包括《职业之歌》《睡觉的人们》《我歌唱带电的肉体》《回答问题者之歌》《欧罗巴——合众国的第七十二年和第七十三年》《一首波士顿民谣》《有那么一个孩子出得门来》等。这些诗歌的次第按照作者后来的编排意图作了极大的改动,篇名也更动多次,直到1881年才最后定下来。值得注意的是十二首中绝大多数都各有特色,题材与体例多样,内容非常丰富。惠特曼诗作中有不少题目叫作"歌"(Song)。《我自己的歌》是以一个有个性的普通人为主题的史诗式长诗。《职业之歌》歌颂了工厂、农田和矿山等各种神圣的普通职业,但并非歌体作品中最佳代表(作者后来写了多首类似的"歌",杰出的如《大路歌》《阔斧歌》《展览会之歌》等)。《睡觉的人们》最后被列在组诗《神圣的死亡的低语》前面,它描写人们在蒙眬睡乡时的潜意识活动,后来受到许多评论家的高度赞赏。《我歌唱带

[①] 本人译出的这首长诗曾由上海译文出版社出版单行本(1987年初版)。也收集在本书之中。单行本的"译后记"中作了详细介绍,本书中亦收入。

电的肉体》最后被安排在《亚当的子孙》中。诗人认为人体美是不会蒙受腐蚀的,只有物质的肉体才是灵魂的基础和根本,有了肉体的意识才能使灵魂的感受力和辨别力更加敏锐。他还说,诗人最感兴趣的不是人的局部而是整体,就像欣赏交响乐一样。《欧罗巴》写1848年席卷西欧的革命浪潮,虽然遇到挫折,仍然生机勃勃。诗中的名句是:"自由,让别人对你失望吧——我决不对你失望。"《一首波士顿民谣》写一个逃跑的黑奴被一万名左右士兵戒备森严地押解着"物归原主",这是惠特曼生平唯一的一首政治讽刺诗。《有那么一个孩子出得门来》是一首十分动人的佳作,反映了作者在早年笔记中记下的一条原则:"人们只有对他自己能够与之合而为一的东西才深感兴趣。"他写道,诗人"必须自己也像水星那样在空间旋转并疾驶——他必须像一朵云彩那样飞跑,他必须像太阳那样照耀——他必须像地球那样星球般地在空中保持平衡——他必须像蚂蚁那样爬行……他会像槐花那样在空气中喷香地成长——他会像天上的雷声那样爆炸——他会像猫一样扑向它的猎物——他会像鲸鱼那样使水花四溅……"。在这首诗里自然现象在孩子身上发生了深刻影响,孩子的意识完全和自然界等同起来。大自然和外界事物成了孩子的一部分。实际上诗人不但和自然合而为一,也和人及人群合而为一(见《我自己的歌》《一路摆过布鲁克林渡口》)。

　　初版的《草叶集》于1855年7月上旬出现于书肆。诗人送了一些给当时美国文坛的名流。7月21日爱默生给作者写了一封言词恳切的致敬信:"这是美国至今所能提供的一部结合了才识与智慧的极不寻常的作品……我因它而感到十分欢欣鼓舞……我从中找到了无与伦比的内容用无与伦比的语言表达了出来……我向你伟大事业的开端致敬……"新英格兰著名的文人梭罗和艾尔柯特访问了这位初展才华的诗人。不过普遍而主要的反应是冷淡。谩骂式的评论如纽约的《准则》上的文章认为诗集的特点是"肮脏""淫秽"。伦敦的《评论家》上的文章认为:"沃尔特·惠特曼和艺术无缘,正像蠢猪和数学无缘一样……他应该受执法者的皮鞭。"波士顿的《通信员》上攻击它"狂妄、自大、庸俗、废话"。波士顿《邮报》上说它沉溺于繁殖之神的厚颜无耻——崇拜"猥亵"等等。同年惠特曼自己也匿名写了三篇自评文章,用坦率而通俗的文字阐述了一些他最关心的论点。[①] 这并不奇怪:初版的内容和形式,对保守的

---

① 译者所译《惠特曼评论自己》,曾发表于《外国文学》1989年第3期。

文人和一般读者来说是十分陌生的。形式是奇特的;思想更加大胆。在清教主义仍占主导地位的当时,歌颂肉体、露骨地描写性行为,是不会得到人们的宽恕的。

1857 至 1859 年之间,惠特曼时常光顾纽约的一家叫作"普发福"(Pfaff)的地下室饭馆,那里聚集了一群波希米亚式的文人与艺术家。惠特曼在那里和新成立的《星期六周报》(1858)主编亨利·克莱圃交好。后者新从巴黎回国,蔑视清教主义,常常故意做出使那些彬彬君子不寒而栗的举动。惠特曼的名篇《来自不停摆动着的摇篮那里》就是在 1859 年 12 月 27 日《星期六周报》的圣诞专号上作为第一篇发表的。普发福饭馆以它的名酒著称,但是在这些不拘小节的作家、评论家、诗人、演员之中,惠特曼是比较沉默而拘束的一个,从来没有喝醉过,惠特曼的艺术家生活也到此为止。作为一个靠自学取得各种知识的作家,他熟读《圣经》,以及荷马、莎士比亚、司各特、彭斯、乔治·桑和狄更斯等人的作品,但是他散漫的生活方式和强烈的自我意识远远超过任何师承关系,他接触过许多著名文人哲士的作品,包括爱默生、卡莱尔,甚至黑格尔,但是他的思想意识和艺术方法始终强烈地保持着他个人的独特风格。

为了介绍诗人此后的创作成就,必须把《草叶集》的各个主要版本和它们的编排作一些说明。一般学者习惯于认为《草叶集》有九个版本。极为重要的是初版,已如上述。1856 年的第二版增加了二十首新诗(包括名篇《一路摆过布鲁克林渡口》、《阔斧歌》和《大路歌》),并且把爱默生那封著名的来信连同自己的回信(并未寄出)作为附录与"代序"。引起爱默生十分不安的是惠特曼利用他的名声吹嘘自己,竟在书脊烫金印上了爱默生信中最关键的一句话:"我向你伟大事业的开端致敬。"第三版(1860)十分重要,因为它包括了《亚当的子孙》和《芦笛》两组诗,和《来自不停摆动着的摇篮那里》。这两组诗中的大部分属于作家的最佳作。本版的第一首诗后来被题名为《从鲍玛诺克开始》,带有自传色彩。第三版之所以重要也因为作者在这里开始对全集的编排有了一些新的想法。他渐渐放弃了按照写作的日期的先后编排,而是按照诗的主题和内容编排,并且随着年事日增,这些诗歌渐渐发展为作者个人的传记,即他一生的经历与感受。早在第三版的《再见吧》一诗中作者已经说:"这不是书,谁接触它就是接触一个人。"1867 年第四版收入了《鼓声哒哒》和《纪念林肯总统》(内战前后的生活经历)两个诗组。自此以后的两版增添了组诗《铭文》(阐明《草叶集》全集的主题思想),直至定稿版①(第七版,1881—1882)。在第七版中作者作了内容和文字的最后修订,作品的题目固定了下来,每一首诗编排在什么位置也定了局。此后写的诗则作为补编一、二收在全集的后面,未及在生前发表的诗则成为补编三。这一最后编排完成了诗人成长的全过程。全集开始是组诗《铭文》,点出了全集提纲挈领的主要内容。《从鲍玛诺克开始》则是自传体的开始,接着是有极大代表性的个性的史诗《我自己的歌》。《亚当的子孙》和《芦笛》描写了诗人一直关心的人际关系,男女之间的情爱、男性之间的友情,特别是后者,即诗人终生歌颂的,也是被视为民主制度基石的伙伴情谊。十多首"歌"使"自我"转向世界,并形象地描写了作者一些至感兴趣的题材,反映了作者典型的价值观。"候鸟""海流""路边"又泛泛地以候鸟的形象和海与大路等地点命名,写诗人的各种深刻感受。《鼓声哒哒》和《纪念林肯总统》则是他的生活经历和个人感触,《秋天的溪流》写战后复元时的生活场景。然后从生命到死亡过渡,包括组诗《神圣的死亡的低语》、《从正午到星光灿烂的夜晚》和《离别之歌》。这样的编排只勾勒了一个诗人生平的轮廓,并不是每一组诗都有严格的连贯性,每一首诗的写作年代更不在作者考虑之中。诗人自己说得好:"最好的自传不是建造成功而是自然成长起来的。"他甚至认为全集后面的两个补编②也应该是他那完整的一生的一部分,虽然它们的价值是无法和他的壮年之作比拟的。某些西方学者倾向于把一些结构松散的诗组说成高度有意识的安排,则显得比较牵强。这个最后编排是经过了作者七个版本的调整后才决定的,不是作者有意识地按照生活经历逐步写成的。有的西方学者把《草叶集》全集当作一首伟大的史诗,却有一定的道理。全集的这个"自我"要比《我自己的歌》中的"自我"更加宏伟,更加充实。诗人强调他的诗歌的个性力量,甚至说这不是一本诗而是一个人,这一点很重要。他说:"《草叶集》……自始至终是试图把一个人,一个有血有肉的人(美国十九世纪后半叶的那个我自己),自由、饱满、真实地记录下来。在当今的文学中我还没有发现任何一个使我满意的类似的个人记载。"

惠特曼的人生哲学中最强烈而且自始至终坚持不变的信念是美国式的民主主义。诗集而名为"草叶"就是这种思想的具体表现(详见拙译《我自己的

---

① 译者杜撰了这个名称是因为作者已于1881年把《草叶集》主集的主体定了稿,他虽谆谆嘱咐要以"临终版"(1892)作为今后的依据,但"临终版"只比"定稿版"多了两个补编,并未改动1881年版。

② 补编三是诗人去世后,屈劳伯尔补入的。

歌》译后记)。散见在他的谈话录①、书信、序文和评论文章中这种带浓厚感情和强烈信仰的言论真是太多太多了。专论至少有三篇:《论民主》(1867)、《论个性神圣》(1868)、《民主前景》②(1871)。定稿版的《草叶集》第一首诗《我歌唱"自己"》(1867)写于初版问世的十二年之后。自从诗人决心把诗集编排成自传样式以后,他就想把《铭文》这组诗放在卷首,阐明诗集的中心思想,而《我歌唱"自己"》是其中第一首。

> 我歌唱"自己",一个单一,脱离的人,
> 然而也说出"民主"这个词,"全体"这个词。

这是民主的两个主要方面:一方面是独立的个人或个性,另一方面同样重要的是民主,即全体。个人和个性是独立的,可以发展为完善或近乎完善;它导致多样性,导致一个一个接近于完善而各有所长的国民。民主则是全体,即集体,它要求一致性,是个统一体,即惠特曼所说的男子之间的友情,黏着性(adhesiveness),不是涣散的而是凝结的伙伴之间的关系(诗人自称为"伙伴的诗人"the poet of Comrades)。惠特曼的民主思想不只停留在理论上。十多年的编辑生活使他熟悉了现实中的民主政体,他参加过许多政治活动,亲自经历过不少政治斗争,撰写过《第十八届总统选举》③,主张普通劳动者进入美国政治。在《民主前景》一文中他充分揭露了美国民主政治的阴暗面,但是他相信民主政治的远景及其强大的生命力,这种信心从未动摇过。

> 我从头到脚歌唱生理学,
> 值得献给诗神的不只是相貌或头脑,我是说整个结构的价值要大得多,
> 女性和男性我同样歌唱。

这里诗人要求歌颂那完整的人,既有肉体,也有灵魂,整体比局部更有价值。

作者平等评价女性也是贯彻始终的。对于十九世纪中叶的美国社会来说,这可能还是新鲜事物。

---

① 即前注《在坎姆登和沃尔特·惠特曼在一起》六卷。
② 《民主前景》是前两篇论文的重写。
③ 撰写于1856年,作者生前未能发表,直到1956年才收入文集中出版。

歌唱饱含热情、脉搏和力量的广阔"生活",

心情愉快,支持那些神圣法则指导下形成的、最自由的行动,

我歌唱"现代人"。

　　热情奔放、顺乎自然,而不是精雕细刻,是惠特曼诗歌的重要特点。"神圣法则"可能和初版长序中用许多篇幅阐述的"谨慎"(prudence)观点①有关。这里的"谨慎"并不意味着为人处世的"谨慎",而是把遵循自然法则当作智者应有的道德修养。"歌唱'现代人'"是关键,作者曾认为:"诗人的最大考验是'当代'",而"现代"似乎还不只是"当前",而是意味着一个崭新的时代。

　　《铭文》组诗中还有《我默默沉思》(1871)。在这首诗里作者把世界当作广义的战场,而他自己的任务则是缔造勇敢的战士。《给你,古老的事业》(1871)中的事业是指"民族的进步和自由"。《事物的真象》(1876)原文是一个希腊字 Eidólons,意为"幽灵"或"形象",作者是指物体的表象后面还有一个精神的真象。《给某一女歌唱家》(1860)是献给著名歌剧歌唱家女低音玛丽埃塔·阿尔波尼的,歌剧在作者诗艺的成长中占特殊地位,在这里诗人把歌唱家和建功立业的勇敢叛逆的战士等同起来。《我听见美利坚在歌唱》(1860)则是歌颂劳动者在劳动时的欢快情绪。

　　《亚当的子孙》及《芦笛》:前者写的是男女之间的爱情,着重肉体;后者写男子之间的友谊,着重精神。爱默生曾规劝作者删去那些写性关系的诗篇,但是惠特曼拒绝了,他认为性、繁殖、肉体和官感是天赐的恩典,是圣洁的,而肮脏的只是人们的头脑和偏见。原印第七版(1881—1882)的出版商受到禁止出版的处分,官方特别指定《一个女人在等着我》(1856)和《给一个普通妓女》(见《秋天的溪流》,1860)必须删除。早在这以前,惠特曼还在华盛顿内政部印第安局当小职员时(1865),新任部长哈兰看见了他抽屉里的《草叶集》,就马上把这个"行为不端"的职工开除出去,引起了一场风波。惠特曼的朋友威廉·德格勒斯·奥卡诺写了著名的辩护文《白发苍苍的好诗人》(1866),并立即为他在司法部里另外找了一份工作。最近西方学者又曾对惠特曼有关肉体、性关系和繁衍意识等作了详细的考证,论述了当时流行的生理学、颅相学、优生学、招魂学等对惠特曼思想的影响。这些科学、准科学在一定程度上加深了他的进化理论。他相信生活和人类世界的前程必然是进步的、进化的,而美

---

① 次年(1856)诗人又把这个观点写成了《谨慎之歌》。

丽的肉体、健康的生育本能和尽可能完善的个性便是强大的推动力。《亚当的子孙》和《芦笛》中有不少好诗,阅读时应联系惠特曼的复杂的人生哲学和广泛的生活情趣。

惠特曼的十多首"歌"是全集的许多精彩部分之一。比较重要的如《向世界致敬!》《大路歌》《阔斧歌》《一路摆过布鲁克林渡口》《展览会之歌》《转动着的大地之歌》等。《向世界致敬!》使作家面对了全世界,艺术方法基本是"列举",列举了世界各国。《一路摆过布鲁克林渡口》(1856)是一首值得一读的好诗。在这首诗里不但有诗人自己,"一个单一,脱离的人",也有"全体"——两者构成民主的基础。这里还反映了他的一个典型思想,即人的同一性。惠特曼最感兴趣、最关切的人物和事物之一就是伙伴,就是读者,以及"其他人"。"其他人"在这首诗里就是穿着平时服装的千百万乘客,熙熙攘攘的普通人。惠特曼喜欢拥挤的人群,拥挤的大街,在那里,"个性"或"个人"完全被淹没了,只有"全体"。那么,联系着诗人个人和当前和未来的千百万乘客之间的纽带又是什么呢?首先是感官。他们看见和听见了共同的滔滔而来、滚滚而去的潮汐,特别是在摆渡过程中看见的美丽的水上风光。作者用了现在时态的词,又用了过去时态的词:过去和现在人们都有过同样的经验。时间、地点、距离都是无能为力的:它们阻碍不了人与人之间的交流。人们不只是同时看见,还有同样的感受:"我曾经非常喜爱那些城市,非常喜爱那条庄严而湍急的河",同样的经历:"('生活过''走过''洗过澡''想到过')",并且有着一个同样的肉体。甚至和"你"一样,"我"也有过同样见不得人的思想和行为:"不只是在你身上才落下斑斑黑影,/昏暗也曾在我身上投下黑影。"这些客观现象被诗人称为"沉默的美丽的使者",它们能够传递灵魂的信息,使短暂的变成了永恒的、不朽的,说明物质具有精神价值。《展览会之歌》(1871)是一首十足反映了美国生活的"歌"。诗人要求诗歌之神离开古老的欧洲,移驻到美国来。她真的来了(她"直接前来奔赴约会,为她自己有力地开辟了道路,在混乱中迈着阔步,/不怕机器的隆隆声和汽笛的尖叫声,/也丝毫没有被排水管、煤气表和人工肥料吓唬住,/一直微笑着,心情愉快,显然有意留下来,/她来到了这里,安置在厨房的各种设备中间!")。诗人在这里使用了诙谐的喜剧手法,在冗长的一系列古奥的典故之后,写上了四五行地道的描写美国生活的、以通俗词汇构成的诗句。就这样让斯文的诗歌女神落脚在排水管、煤气表和厨房设备之中也许多少有些亵渎,然而这首长达二百三十八行的"歌",自始至终使用这一手法,特别是把使用了大量玻璃与钢铁等建筑材料的美国式展览馆和古堡、大教堂和金字塔等等相比。

排列在内战的诗歌之前的另一首十分优美的诗是1859年发表的《来自不停摆动着的摇篮那里》。它仿照意大利歌剧格式,音乐性强,语言和形象十分动人。这首诗曾经受多方解释,各家评介之多,不下于《我自己的歌》。诗中那来自亚拉巴马的客人——一对雌雄学舌鸟并不是主角,中心人物是幼年和成年的诗人自己。全诗述说了他自幼儿成长为觉醒了的诗人的经过。诗的头二十二行是一个引子,描写了时间、地点和那个孩子的经历,现在成熟了的诗人又来重温旧梦。一对比翼双飞的学舌鸟在长岛的海边过着甜蜜的夫妻生活,照耀着的太阳煽动着它们的爱情:它们忘记了时间和环境。但是雌鸟突然失踪了,雄鸟变得万分孤凄。和煦的阳光也变成了劲吹的海风、星星、月亮和撞击着的浪花。这种享受过幸福后的凄凉唯诗人能够理解。他不但理解,还要歌唱:一个孩子经历了这一切,他流泪了,但是他在起步向前,一个诗人觉醒了,成熟了。那悲鸣的学舌鸟是寂寞的,那孩子和诗人也是寂寞的,但是诗人在没有完全觉醒之前,还需要一把钥匙,一点线索,以提高认识。("啊,给我提供线索吧!在黑夜里它躲藏在这里的某个地方,/啊,我既可以得到许多,那就再多给我一些吧!")于是大海答话了:诗人还未完全理解的那个词就是"死亡"。这是个"甜美"的词,因为"死亡"也就是永生的开始。诗人出生在海边,酷爱海洋,在他的诗歌中,他习惯于以"海岸"作为生与死的分界线。大陆代表固体的、生硬的、短暂的物质世界,而大海则代表液体的、流动的、永恒的精神世界。诗人从爱情的幸福、失恋与寂寞,从理解"死亡",而觉醒为诗人。

组诗《海流》与《在路边》中至少有三首是杰出的短诗的范例:《泪水》《我坐而眺望》《鹰的嬉戏》。这些诗主题思想集中,语言与结构精练。这样的诗还有许多,如关于行军的若干首(详后,见《鼓声哒哒》):《转轮发出的火花》(《秋天的溪流》)、《一只沉默而坚忍的蜘蛛》(《神圣的死亡的低语》)、《致冬天的一个火车头》、《曼纳哈塔》(《从正午到星光灿烂的夜晚》)等。诗人的多数作品以长或比较长的诗歌为主,句子也比较长,结构比较松散,但音律铿锵,内容十分丰富。这是诗人一个重要的思想特点:他特别留意作品的内容。他说他决不把作品的艺术性凌驾在内容之上。他说过:"概念必须先行——这是不可避免的……我先有了清楚完美的概念才试图表达它……概念对我是如此重要,我也许忽视了其他成分……我永远避免拼凑或精心雕琢,宁可让成品像它起初形成时所暗示的那样。这并不意味着我粗枝大叶,使我的蛋糕味同嚼蜡。"(1888年4月)又说:"我是非常慎重的——我在用词方面十分用心,非常用心,但是我追求的是内容而不是词句的音乐性。"(1888年5月)早年他就说过:"一个装饰性的比喻都不能要,要的是透明、清澈、明智、健康——那才算得是最美最好的风格。"

惠特曼说:"在医院、军营或战地三年的那段时间里,我进行了六百次访问和巡游,总共算起来,接触了八万到十万伤病员……""我认为这三年是我享有的最大权利和最大满足……而且当然也是我一生中所受到的最大教益……我热烈地见到了真正的'全体',见到了这个国家到底有多么宽阔。"(见《沃尔特·惠特曼的内战》)惠特曼在这里写的是内战时期的生活体验。北军的军事要地萨姆特于1861年4月12日受到了攻击,大战已不可避免,惠特曼于次日听到消息。比惠特曼年轻十岁的弟弟乔治参加了北军。1862年12月13日乔治作战受伤,沃尔特闻讯马上出发去找他,于19日到达前线。乔治负的伤并不严重,但沃尔特在士兵中生活了多日,同情他们艰苦的行军生活,遂决定留在华盛顿作护理伤病员的工作。他把大部分时间花在士兵们中间,用自己从抄写得来的微薄工资为士兵们购买食物、邮票、信封、信纸、读物等。他还护理伤员,为他们求医问药,争取保留伤残肢体,给广大伤病员带来莫大的安慰和希望。在这些年头里,他在创作方面结下了两个硕果,组诗《鼓声哒哒》和《纪念林肯总统》。正如他自己说的,他真正置身于"全体"之中了,他的伙伴意志受到了一次热情而严峻的考验。《鼓声哒哒》中的绝大多数优秀诗篇是写这种感情的,如《裹伤者》《一天晚上,我在战场上站了一班奇异的岗》《列队急行军》《在黎明的灰暗光照下扎营地所见》《我艰难地在弗吉尼亚的树林里漫步的时候》《两个老兵的哀歌》《啊,晒黑了脸的草原那边来的孩子》和《和解》等等。诗歌中也有写号召战斗的,母亲悲悼独子战死的,还有战前就已写下的诗等等。另有几首值得一提的是写行军和宿营的佳作,如《骑兵越津而过》《在山腰宿营》《军团在行进中》和《在野营的时明时灭的火光旁》等。

惠特曼反对脱离主义①,强烈要求解放三百万黑奴。在这两个政治观点上,他和林肯完全一致,他衷心爱戴、崇敬林肯总统。他从未和总统见过面,但

---

① 蓄奴州要求脱离联邦。

是他多次表现了他对总统的关切①,并在林肯遇刺后写下了不朽的悼念总统的长诗《最近紫丁香在前院开放的时候》②。其中对林肯遇刺而死的悲痛,写灵柩西运的场面确实占了不少篇幅,但也有西方学者认为此诗又对"死亡"进行了一次哲学的探讨③。

《在蓝色的安大略湖畔》在《草叶集》第二版出书时代替了1855年初版的长序,作者用诗歌形式重复了长序的许多观点。这首诗曾经经过重大修订,1856年间长达二百八十行,其中四分之一的观点出自长序。此后又经过修订,到1867年第四版时增加了几个段落,写进了已经结束的南北战争,全诗长三百三十七行。以后又有多次修订,但只是在细节方面,到1881年定稿时,共三百三十五行,并被排列在《纪念林肯总统》组诗之后。因为战争已经结束,联邦得以巩固,生产力得到解放,国家和民主的建设就提到日程上来了。诗人在安大略湖畔沉思时,美国的守护神走来向他提出要求:"给我唱一首出自美利坚灵魂深处的诗吧,"它说,"唱一支胜利的欢歌,/奏响'自由'的进行曲,要比此前的进行曲更有威力,/在你未去之前,给我唱一支'民主'诞生时的阵痛之歌吧。"全诗有相当数量的词句和初版长序的词句几乎一样。更加相同的是大体的思想内容,例如以普通人,特别是劳动者为主人公的基本思想。作者也同样提出国家最需要的是符合国情和高举"民主"旗帜的一代诗人。在这首诗里受到特别强调的是每个个人的重要性。在第三节中,诗人说:"只要产生伟大的个人,别的自会水到渠成。"在第十五节,又说:"在一切下面,是个人,/我敢说现在凡忽视个人的对我来说都不妙,/美国的契约是完全和个人结合的,/唯一的政体是那能够把个人记录下来的政体,/宇宙的全部理论是分毫不差地指向一个个人的——也就是'你'。/(母亲④!有了你那敏锐而严格的意识,有了你手中那把出鞘的剑,/我看见你最后还是除了和个人直接打交道以外,拒绝沾染其他。)"这里的个人当然是指那个和"全体"结合的单一、脱离的人。如果个人发育不全,民主就不能健全,惠特曼认为民主的基础就是"丰满、繁茂、多样化的神圣的个人",又说:"一个个人而有第一流的品质,能造成一个第一流的国家的时候,个人和国家就都是第一流的。"因此,惠特曼要求

---

① 请参看拙译《惠特曼论林肯》,载于《美国文学丛刊》1982年第1期。
② 据说林肯曾读过《草叶集》。
③ 关于这首诗的介绍见拙译《纪念林肯总统》组诗的前言,见《美国文学丛刊》1983年第3期。
④ "母亲"是修辞上的拟人法,指祖国。

每个个人都应有发展他的全部潜力的权利。

《草叶集》中值得稍稍介绍的最后几首有分量的佳作也许是《风暴的豪迈音乐》(1869)、《向着印度行进》(1871)和《哥伦布的祈祷》(1874)。惠特曼素以身体健康自豪,其实在他最后瘫痪病倒(1873)的十多年前已患有头晕和头痛的病症,在他护理伤员的三四年中,曾于1863到1865年几度脑血管轻度出血。他终于病倒时,才五十四岁。但是就在病倒之前,他已经基本完成了他的主要工作。他一直活到七十三岁(1892)。在1873年之后,他一直没有写出壮年时那样丰富多彩的伟大作品。在他能够行动时,他曾于1879年西行,经堪萨斯、丹佛直到落基山脉,次年又去加拿大访问他的好友勃克医师,其他时间大部分花在修订、编排他的定稿版。于1885年他又中暑,1888年又一次瘫痪,使他更加需要倚靠他人。他的年轻朋友贺拉斯·屈劳伯尔记下了自1888年1月开始的他的每日谈话,即《在坎姆登和沃尔特·惠特曼在一起》。这是非常宝贵的资料,只是引用时仍应参考惠特曼的作品和其他言论。可以告慰的是惠特曼终于完成了他感到满意的"临终版"。他谆谆嘱咐希望今后以这个版本作为《草叶集》全集的最后依据。他也谆谆嘱咐《草叶集》只能作为"整体"来理解,读者不可能从中摘取什么警句、新鲜典故或比喻,把它们当作范例来吟诵。《草叶集》是一个真正壮丽饱满的"统一体",含有普遍性意义,没有一处是雕琢而成的。

有的西方学者把《风暴的豪迈音乐》说成是惠特曼以音乐的形象写成的自传,全诗共六节。整个宇宙的音乐出现在诗人的似梦非梦的朦胧状态中,一切音乐都不是为满足诗人的乐感而是饱含各种意义唱给他那已经成熟的灵魂听的。这些席卷并震动了诗人整个精神世界的音乐包括结婚时的音乐、战争时的各种音响、远古和中世纪的音乐、大管风琴的声音、宗教仪式的曲调、管弦乐、器乐曲、风声雨声鸟雀的鸣啭声、自然界的各种声音、连篇累牍的大型歌剧片段、不同国家的音乐、亚洲非洲欧洲的音乐、伟大音乐家们(如贝多芬等)的交响曲和清唱剧等等。它们都指向灵魂,并向灵魂提供暗示。诗人敞开着心扉接受一切。在第六节,诗人醒来了,梦中的宏伟音乐给他提供了线索,它给诗人指出的"是一种适合灵魂辨认的新的节奏",即"能够沟通生与死的诗篇"。

《向着印度行进》就是一首沟通生与死的诗篇,不过它的内涵比这要复杂得多,丰富得多。

作者从当时已经完成的三大工程得到启发,进一步探讨了人类永远在进步、在进化这一他深感兴趣的主题。苏伊士运河于1869年11月17日举行了隆重的开航典礼,横跨北美东西两岸的铁路于1869年5月接轨,大西洋和太平洋的海底电缆于1858年铺设完成;①运河连接了欧亚两洲,电缆连接了欧洲与美洲,横贯北美洲的铁路连接了美洲和太平洋,亦即亚洲和美洲。不但空间完全沟通了,时间也一样,代表当前的新大陆的美洲和古老的、过去的、充满神话、寓言和宗教的亚洲也沟通了。诗人期望不但伟大的物质成就使世界连成一片,人类的精神追求也应该跟着连成一片。诗人邀请灵魂要向着印度行进,东方是人类文化的摇篮。这也是哥伦布这位探险家的梦想,他曾经志愿找一条通向印度之路,这一任务后来由葡萄牙航海家瓦斯柯·达·伽马(约1460—1524)完成了。但是哥伦布并没有完全失败,他发现了新大陆,亦即连接了全球的那代表当前的重要一角——美洲。在诗中诗人展望了运河和铁路沿线的美丽风光之后②,又沿着历史的道路写亚当和夏娃直至他们的子孙③的探索。在探险家、工程师、科学家完成了他们连接世界的事业以后,最后诗人才是上帝真正的儿子。他将和探险家、工程师、科学家完成物质文明的事业一样,完成精神领域的事业,他将把大自然和人类连接在一起,使二者融合为一体。诗的最后三节写诗人和他的灵魂在全球范围的海上航行④。诗人和他的灵魂是否将是无所畏惧的理想主义者呢?有无"什么纯洁、完美、有力的计划"?有无"什么为别人而舍弃一切的心甘情愿?/为了别人而忍受一切"?诗人要求"张帆前进——只向深海处领航,/啊,灵魂要不惜一切地探索,我和你,你和我,/因为我们的去处是海员们;还不敢去的,/我们将带着船、我们自己和一切,去冒一切危险"。他们将去比印度更为遥远的地方:"啊,向远些、再远再远一些的方向航驶!"第八节写诗人时常想到"时间、空间和死亡"这些问题,这样的思想并不新鲜,曾出现在他的早年诗歌中。在这里,时间,空间已连接,世界各地的距离大大缩短了,"灵魂"满足地向着死亡微笑,"死亡"意

---

① 苏伊士运河通航日期,艾伦教授说是1869年10月。海底电缆,据译者所根据的《草叶集》原文本的注释,铺成于1866年;但艾伦教授和别的资料说是1858或1859年。
② 这两个地方作者从未去过。他去西部的短期旅行是在1870年,他从来也没有到过西海岸。
③ 他们也像探险家那样一直在探索生活的奥秘。
④ 惠特曼常把他和灵魂分而为二,参考《我自己的歌》。在他早年的笔记中他写道:"我不懂这个奥秘:我总觉得我自己是两个,即我的灵魂和我。我想一切男人和女人也一样。"《颅相学学报》曾载文认为人在抽象思维时会觉得人和灵魂分而为二,惠特曼也可能受它的影响。

味着精神和永生。在这里,比较突出的是多次出现了"上帝"的形象,诗人要求和"上帝"结合在一起。他认为把世界连成一片,民族与邻里之间通婚,把国与国熔接在一起是"上帝"的意图;诗人和他的灵魂歌唱的将是"上帝",他们信奉的是上帝。诗人说:"啊,上帝让我在你里面,攀登到你所在的高处,/让我和我的灵魂按照你的范围邀游。""啊,你是超越一切的,没有名字,是纤维,是呼吸,/是光中之光,散布着宇宙万物,你是他们的中心,/你是真善爱的强大中心,/你是品德和精神的源泉——情感的源泉——你是蓄水池。"在这里,"上帝"似乎接近爱默生的"超灵"了。但是译者更加倾向于同意艾伦教授的分析:"超灵"是没有人的气质的,然而惠特曼的"上帝"仍然保持着人的特点。像在《我自己的歌》一诗中一样,"上帝"被称为"十全十美的同志",是"长兄",灵魂在完成了他的航程之后会作为"幼弟"和"长兄"亲热地拥抱在一起。还应该记得惠特曼的"人"是具有"神"的品质的,人是宇宙的中心,是史诗的主人公,而不是"上帝"。不可否认,在《草叶集》中,头三版更加强调灵魂的物质基础,他描写性活动的诗篇多属于前三个版本,这是他思想意识的一个鲜明特点。但是随着岁月的流逝,他渐渐使灵魂占了上风,诗人从较多的清醒的现实主义逐渐过渡到略带神秘主义的浪漫主义,"上帝"也更像是"超灵"了。这使晚年的诗人真有点像个预言家的味道①。惠特曼曾有意把《草叶集》称作"肉体篇",而另外再写一部"灵魂篇",那已是暮年时的设想,因为健康的原因而不能如愿了。但是他曾一再强调他没有系统的哲学,对于《向着印度行进》,他也说:"这里没有哲学……只有进化论的内涵……——展示了宇宙的最终意图。"

作为一个辽阔博大、胸中能装下整个宇宙的诗人,他的情绪似乎只可能是欢快乐观的。但是作为一个有各种复杂感情的人,他还是有悲伤绝望的时刻。在1860年写作的《在我随着生活的海洋落潮时》里,诗人曾经说:"我至多也不过像那一点点漂上来的杂物,/拾到的一点点泥沙和枯死的叶片,/我收集起来,并把自己也当作泥沙和杂物的一部分,和它们合为一体。"在1874年(大病后的一年)写的《哥伦布的祈祷》里,更露骨描写了一个潦倒、绝望、失意的老人的心情。哥伦布老人在祈祷时回顾了他漫长而繁忙的和笃信上帝的一

---

① 关于预言家或预言,他说:"预言这个词常被错用,只狭义地解释为'未卜先知',这不是从希伯来文译出的'预言家'这个词的主要意思。它是指一个人的内心自发像泉水那样喷涌,展示着上帝。主要是灵魂渴求展示并流露出近乎'神'的各种带有启发性的暗示。"

生。他诉说了他的成就,他所受的苦难:贫穷、多病、受到监禁与冷落。但在他年迈智衰的迷茫中,他仿佛隐隐看见并听见远方有许多船队在传来新编的颂歌和向他致敬的声音。惠特曼自比哥伦布也因为意识到自己同样是一个探险家和创业者。

惠特曼还曾写过几首优美的政治诗,散编在各个诗组。本文尚未提到的还有《法兰西——合众国的第十八个年头》(1860)、《给一个遭到挫败的欧洲革命者》(1856)等。他总是站在激进的革命者和正义的这一边,他毕生关心政治,他热忱的最高峰表现在南北战争时期,他是林肯的忠诚拥护者。

惠特曼对后来的美国诗歌发展有巨大的影响,但主要是他所树立的个人或个性的史诗这一模式①,而不是他首创的自由诗体。一百多年后的今天,自由诗早已失去了它离经叛道的色彩,但他的诗体仍然独树一帜,只能表明他特殊的思想内容,没有人能学,不必学,也是学不来的。广大读者对他的诗体已比较熟悉,许多西方学者已多方研究。中国读者凡是熟悉郭沫若、艾青的诗歌的也知道一鳞半爪,对它并不完全陌生。尤其楚图南同志的《草叶集选》,这一部尽量忠实于原作风格的译本,起了很大的作用。② 总之,我们已多少熟悉了惠特曼惯用的、没有规定节奏的长句,以及少数有一定的诗节形式(有着同样行数的诗节,但没有规律的节奏,也不用韵)的比较紧凑的篇什和唯一的一首以传统格律写成、标格不高、但比较通俗的《啊,船长,我的船长》。读者也比较熟悉作者常用的"平行法"(由句首或句尾词类相同的句子重复出现)和"列举法"。诗句中也有时突然出现一些西班牙或法语单词、印第安名字等。还有极少数是作者在构词上的独创,如"×届总统"(presidentiad)。译者认为,惠特曼诗歌艺术的最大成就还不是上述种种,而是单句和全篇的比较含蓄却又十分丰富的音乐性,这是作者诗歌艺术的真正独创和感人之处。西方学者已经指出惠特曼的诗歌往往通篇像演说词、意大利歌剧和汹涌的大海,这个比喻是十分准确、十分形象的。惠特曼自己说得好:"这个作家肯定不能满足当前美学作品所要求的那种精确、齐整、技巧优美。因为在当前的新旧作品中

---

① 关于这个问题,密勒教授有专著:《美国人对一个最高虚构的探索——惠特曼留下的有关个人史诗的遗产》,1979。(James E. Miller, Jr.. *The American Quest for a Supreme Fiction—Whitman's Legacy in the Personal Epic.*)
② 楚图南和李野光合译的全部《草叶集》已于1987年由人民文学出版社出版,李野光著《惠特曼评传》已于1988年由上海文艺出版社出版,说明我国介绍和研究惠特曼的工作又深入了一步。可惜译者这时已译完全书,未及参考和利用他们的上述成果。

被认为是第一流的最佳作品是经过多方润色的、押韵、使用各种典雅而精致的比喻,深具匠心,说明在艺术语言和辞句的严格控制下经过精挑细琢,只留下了最好的东西,然后拼凑粘牢在一起,于是出现了庙宇般的建筑美——或像一所大理石砌成的巍然矗立的宫殿,入口处是壮丽的门廊,装饰着各种雕塑,既能满足艺术感、形象感、美的享受,又能引起人们的评头论足。这个作家的诗歌却不是这样,它不像结实庄严的宫殿,不像那些装饰它的雕塑,也不像它墙上的绘画。要比就只有比海洋,诗句是流动起伏着的波浪,永远在升腾又降落,有时阳光灿烂,有时平静,有时呼啸着风暴,永远在运动着,永远自然而然像滚滚的浪涛,而每个浪头的大小、尺寸(节奏)又都不一样,从来也不会使人感到一切已完成,已固定,而是永远似乎还有更远的在前方。"(1888年7月)

译者应该深刻感谢始终为我解答问题的来北京大学授课的柯大卫教授(Prof. David Kuebrich),他还给我提供了不少资料。经常提供我资料或解答我问题的美国朋友,还有芝加哥大学的柯尔柏教授(Prof. Gwin J. Kolb)和密勒教授(Prof. James E. Miller, Jr.),我在这里也向他们致谢。

译者最常用的主要参考资料为:

(1)格·威·艾伦:《沃尔特·惠特曼手册》,1946;《新版沃尔特·惠特曼手册》,1975。(Gay Wilson Allen: Walt Whitman Handbook, 1946; *The New Walt Whitman Handbook*, 1975.)

(2)艾伦:《孤独的歌手》修订本,1967。(Allen: *The Solitary Singer*, 1967.)

(3)詹·埃·密勒:《〈草叶集〉评述性的指南》,1957。(James E. Miller, Jr.: *A Critical Guide to "Leaves of Grass"*, 1957.)

(4)勃劳吉特、布莱德里合编:《沃尔特·惠特曼〈草叶集〉》(综合读者版),1965。(Harold W. Bodgett, Sculley Bradley: *Walt Whitman: "Leaves of Grass", Comprehensive Reader's Edition*, 1965.)

赵萝蕤

1987年8月稿

1989年3月修改

我歌唱"自己"[①]

我歌唱"自己",一个单一的、脱离的人,
然而也说出"民主"这个词,"全体"这个词。

我从头到脚歌唱生理学,
值得献给诗神的不只是相貌或头脑,我是说整个结构的价值要大得多,
女性和男性我同样歌唱。

歌唱饱含热情、脉搏和力量的广阔"生活",
心情愉快,支持那些神圣法则指导下形成的、最自由的行动,
我歌唱"现代人"。

[①] 这里不是指一般的自我,而是指一个人的特性和内心。

从鲍玛诺克开始*

一

从鱼形的鲍玛诺克我的出生地开始,
出身好,是一个完美的母亲抚养成人的,
漫步游历了许多地方,爱好挤满了人的街道,
做过曼纳哈塔我那座城①里或南方平原上的居民,
当过宿营的、背着我那背囊和枪支的士兵,或者在加利福尼亚当一个矿工②,
或住在达科他树林中我那简陋的家里,吃的是肉,饮料是泉水,
或者为了便于苦思冥想避居在一个深山幽谷里,
远离人群的喧闹,度过了极为欢乐而幸福的间隙,
意识到了那清新而慷慨施舍的、畅流着的密苏里,意识到了气势磅礴的尼亚加拉,
意识到水牛群在田野牧放,那多粗毛的、胸脯肥壮的公牛,
还有大地、岩石、五月花也经历到了,星星、雨雪使我惊奇,
研究了学舌鸟的声调和山鹰的翱翔,
又在破晓时听见了那无与伦比的沼泽地杉木林中的蜂雀,
我独自一人在西方歌唱,为着一个新世界而开始高唱。

---

* 鲍玛诺克(Paumanok),印第安语,即"长岛",是一个在纽约州东南的小岛,地形如鱼。
① 指纽约。诗人称之为"我的城市"。
② 这是虚构,惠特曼未有这段经历。

二

胜利、联合、信仰、同一性、时间，
撤销不了的契约、财富、奥秘，
永不停歇的进步、宇宙，以及现代式的报道。

原来这就是生活，
这就是经过多少剧痛和抽搐之后浮到表面来的东西。

多么新奇！多么真实！
脚下是神圣的泥土，头上是太阳。

请看地球在运转，
作为祖先的大陆在远方聚集，
当前和未来的大陆在北方和南方，中间是地峡。

请看，寥廓的人迹不到的空间，
它们像是在梦中经历了变化，很快就住满了人，
数不清的人群倾注在它们身上，
现在已布满了从来最先进的人们，技艺，机构。

请看，经过时间的延伸，
给我带来了无穷尽的听众。

他们迈开了坚定而规则的脚步向前走去，从不停歇，
一批又一批，美利坚人，几千万人，
一代人完成了任务走过，
又轮到另一代人完成了任务走过，
侧着脸或转过头来倾听着我，
用回顾的目光面对着我。

三

美利坚人！胜利者！人道主义的进军！
最先进的！世纪的前进步伐！自由！成群的人！
这里是为你们准备下的一套颂歌。
大草原的颂歌，
从源远流长的密西西比直到墨西哥海的颂歌，
俄亥俄，印第安纳，伊利诺伊，艾奥瓦，威斯康星和明尼苏达的颂歌，
来自中心，来自堪萨斯，又由此奔赴同等距离的颂歌，
放射出脉搏似的永不休止的烈火，使一切都生气勃勃。

四

请接受我的草叶吧，美利坚，带它们到南方去，北方去，
让它们到处受欢迎吧，因为它们是你自己的后代，
让东西两方环绕着它们吧，因为它们也会环绕着你，
你们这些先行者，和它们亲热地接连在一起吧，因为它们是亲热地和你们接连在一起的。

我细心地研究了过去，
我坐在大师们的脚下学习着，
现在如果合格的话，啊，多么希望大师们也回过头来对我加以研究。

难道我应当借用各州的名义蔑视古代吗？
不，各州正是古代的儿女，将为它申辩。

五

已故的诗人，哲学家，僧侣，

殉道者,艺术家,发明家,很久以来的政体,
制定语言的其他各地的人们,
曾经称雄一时的民族,现在衰微了,退却了,零落了,
若不是尊重你们的遗风,我决不敢前进,
我研读了它,承认它是值得钦佩的,(我曾一度在其中走动,)
认为没有比它更伟大、没有比它更值得评价的了,
我久久全神贯注地观察了它,然后把它撇在一边,
我站在我自己的位置上,在这里和自己的时代在一起。

这里是女性和男性的国土,
这里是世界的男子继承权和女子继承权,这里是物质燃起的火焰,
这里是能转达一切的精神性能,是公开受到承认的,
那永远前进的,那肉眼可见的形体的终点,
那使人满足的,经过了长时间的等候而正在挺进的,
是的,主宰我的灵魂朝这里走来了。

六

灵魂,
无休无止——比褐色而结实的泥土更加长远——比涨了又落的潮水更加悠久。

我要创作物质的诗歌,因为我认为它们将是最有精神意义的诗歌,
我要把我的肉体和不可避免的死亡写成诗句,
因为我认为这样才可能给我自己提供有关我灵魂和永生的诗歌。

我要为各州写一支歌,不容许任何一州在任何情况下受另外一州的支配,
我要写一支歌,使各州和任何两州之间能够日以继夜地互敬互让,
我要写一支歌给总统听,里面充满带有威胁性锋芒的武器,
在这些武器背后是数不尽的忿懑不平的人脸;
我还要写一支歌,从全体事物中提炼出一个个体,

那牙齿犀利、闪烁发光的个体,它高过全体,

那坚定而富有战斗性的个体包括全体,又超过全体,

(不论其他头颅耸得有多高,它仍要比全体超出。)

我要承认当代各国,

我要跟踪全球的整部地理,礼貌地向每一座大小城市致敬,

还有各行各业!我要在我的诗里写进为你们所首肯的、在陆地和海上的英雄业绩,

我还要从美利坚人的角度报道一切英雄业绩。

我要唱伙伴关系的歌曲,

我要说明唯有什么才能最终使一切紧密联系起来,

我相信它们会建立起自己理想的男子之间的友情,并在我身上有所指明,

因此我要把行将焚化我身的熊熊烈火点燃起来,

我要揭开长久以来受到压抑的、烧不旺盛的火种,

使它们尽情燃烧,

我要写那首宣传同志和友情的诗歌,

因为除我之外还有谁能理解友情和它的一切悲喜呢?

除我之外还有谁能够是描写同志的诗人呢?

七

我是个倾向于信任品质、时代和民族的人,

我是从人民自己的精神出发的,

这里唱的是不受限制的信仰。

全体啊!全体啊!让别人随意漠视他们想漠视的一切吧,

我也写罪恶的诗歌,我也纪念这一项目,

我自己本人就是善恶兼备的,我的国家亦然——而且我说其实并无罪恶,

(如果有的话,那么我说它对于你,对于国家,对于我,就如同别的东西一样重要。)

我也一样随从着众人又被众人所随从,创始了一种宗教,走入了竞技场,
(很可能注定了要我在那里发出最响亮的呼声,胜利者的连声喊叫,
谁知道呢？它们也许还可能从我胸中升起,腾飞到超过一切。)

每一件事物的存在都不是为了它自己,
我是说整个大地和所有天上的星星都是为了宗教的缘故。

我是说还没有人有他应有的一半虔诚,
还没有人有他应该怀有的一半敬仰和崇拜,
还没有人开始考虑他自己是多么神圣,未来又是多么可以肯定。

我是说这个国家的真正而持久的宏伟气魄必然是它的宗教,
此外并无其他真正而永久性的宏伟气魄；
(没有了宗教也就没有名副其实的品格或生活,
没有了宗教也就没有国土,男子或妇女。)

八

青年人,你在作什么？
你确实是这样认真,这样献身于文学、科学、艺术、爱情吗？
这些浮表的现实,政治和论点？
不论你的雄心和职业是什么？

这很好——我对此没有一个字的异义,我也是这些东西的诗人,
但是看呐！这一切都将迅速消亡,为了宗教而消耗殆尽,
因为不是一切物质都是燃料,能提供热量、成为无形的火焰、成为大地的基本生命,
正如这一切也不能是宗教的燃料。

九

你在寻求什么,这样心事重重,缄默不语?
伙伴啊,你需要什么?
亲爱的儿子,你认为是爱情吗?

听着,亲爱的儿子——听着,美利坚,女儿或儿子,
过度地爱一个男子或女人是痛苦的事,然而它使人满足,是很了不起的,
但是还有一件非常了不起的事情,它使整体协调,
它壮丽超过物质,而且不断用手横扫一切,又供应一切。

十

你要知道,完全是为了在地球上撒下更加伟大的宗教的种子,
我才分门别类地唱出下面的颂歌。

我的伙伴啊!
我请你和我分享两种伟大,还有无所不包、更加辉煌的第三种伟大也将出现。
"爱情"和"民主"的伟大,以及"宗教"的伟大。
我是可见和不可见事物的混合体,
是河川向前流注的神秘海洋,
是在我周围移动而闪烁着微光的物质的预言家精神,
是有生命的东西,是我们未曾意识到的、现在又无疑存在于我们附近空气中的个体,
每日每时都和我发生接触,决不会放松我,
有些经过选择,有些又用暗示向我提出要求。

从孩提时便天天亲吻我的人
没有能紧紧抱住我,把我缠绕住,

正如我也不曾被天空和全部精神世界紧紧抱住,
虽然它们曾为我服务,提示了各种主题。

啊,是这样的主题——各种形式的平等!啊,神圣的平凡!
现在、正午,或日落时传来的太阳底下的婉转歌声,
汨汨流过了不同时代的音乐的旋律,现在到达了这里,
我接受你们的大胆的、多音合成的和声,增加了新的、又愉快地推送它们前进。

十一

我清晨在亚拉巴马散步的时候,
看见过雌性的学舌鸟坐在荆棘丛中的巢里孵着她的幼雏。
我也看见过雄鸟,
我曾停下脚步听他在近处鼓着喉咙欢唱。①

在我停步的时候我意识到他歌唱的真正目的不只限于彼地,
不只是为了他的配偶或自己而歌唱,也不是一切都交给回声送回,
那是微妙的、秘密的、远离此地的,
为新生者传来了嘱托和含义深奥的礼物。

十二

民主制度啊!在你身边现在有一条喉咙在鼓起全力欢唱。

我的女人②啊!为了我们自己和后来的子孙,
为了那些属于此地和属于未来的人们,
我振奋地为他们作好准备,现在就放声唱出人世间未曾听见过的、更加健

---

① 参看第 147 页《来自不停摆动着的摇篮那里》。
② 作者曾在另外两首诗中称"民主制度"为"我的女人",即 1860 年的《为了你,啊,民主!》和《法兰西(合众国的第十八个年头)》。

壮、傲慢的欢歌。

  我要创作热情之歌,让它们任意传播,
  你们的歌曲,不法的冒犯者啊,我也用兄弟般的目光审视你们,并把你们也像旁人似地携带在身边。

  我要创作真正的富裕之歌,
  我要为肉体和头脑赚下一笔能彼此紧紧依附、向前推进而不为死亡所抛弃的财富;
  我将扩散个人中心主义,说明它是一切的基础,我要作一个歌颂"性格"的诗人①,
  我要说明男性和女性相互之间是平等的,
  性器官和性行为啊!请集中在我身上,我决心用勇敢而响亮的声音告诉你们,证明你们是正大光明的,
  我要说明当前没有什么是沾有缺陷的,将来也不可能有,
  我要说明无论谁的遭遇都可能得到美好的结果,
  我要说明没有比死亡更美丽的事情,
  我要用一根线穿过我的诗句,使时间和事迹紧紧连接在一起,
  并说明宇宙间的一切事物都是完美的奇迹,每一件都一样深刻。

  我不愿创作仅仅是有关局部的诗歌,
  却要创作和全体有关的诗篇、歌和思想,
  我不愿唱只涉及一天的歌曲,却要涉及所有的日子,
  我不愿创作一首诗甚至其中的最小部分是和灵魂无关的,
  因为在观察了宇宙的事物以后,我发现没有一件事或其中的任何一端是和灵魂无关的。

---

① 诗人曾写过《个性神圣论》(*Personalism*)(1868)一文,主张发展健康而完善的个性,并认为每一个普通人都是神圣的。

十三

是有人要求看到灵魂吗?
看吧,看你自己的体态和面貌,人物,实体,兽类,树木,奔跑着的河流,岩石和泥沙。

一切都紧抱着精神所感受的欢乐,然后又把它们放松,
真正的肉体又怎么会死去,被埋葬掉?

至于你那真正的肉体,任何男子或妇女的真正肉体,
它都会一项一项地逃脱洗尸人的双手而进入适当的园地,
带着它有生以来直到临死所不断增长的一切。

印刷工人所排出的字决不会收回它们的版面,它们的含义和主要内容,
正如一个男子的实体和生命或一个妇女的实体和生命也不会重复回归到原来的肉体和灵魂里面,
不论是在生前或死后。

看呐,肉体包含许多,是含义也是主要内容,它包含一切,是灵魂;
不论你是谁,你的肉体和它的任何部分是多么壮丽,多么神圣!

十四

不论你是谁,无穷尽的告示是向你发布的!

各地的女儿,你在等待着你的诗人吗?
你是不是在等待一个口若悬河、指手画脚的诗人?
面对着各州的男性,也面对着各州的女性,
这里是欢腾的词句,献给各民主地区的词句。

相互接壤的生产粮食的地区!

煤和铁的地区!黄金的地区!棉、糖、稻米的地区!

小麦、牛肉和猪肉的地区!羊毛和大麻的地区!苹果和葡萄的地区!

牧放牛羊的平原地区,世界的许多草地!空气新鲜、一望无际的高原地区!

牛群,花园,健康的土坯房屋的地区!

西北的哥伦比亚弯弯流过的地区,西南的科罗拉多弯弯流过的地区!

东部的切萨皮克地区!特拉华地区!

安大略,伊利,休伦,密歇根地区!

旧十三州地区①!马萨诸塞地区!佛蒙特和康涅狄格地区!

海岸地区!锯齿山脊和山峰地区!

船夫和水手的地区!渔夫的地区!

那拆不散的地区!紧紧抱拢在一起的!热情的地区!

并立着的!长兄和幼弟!那瘦骨嶙峋的!

伟大妇女的地区!女性的!有经验和没有经验的姊妹们!

在远方呼吸着的地区!为北冰洋所箍紧的!墨西哥的微风吹过的!多样的!紧密连接的!

宾夕法尼亚人!弗吉尼亚人!两个卡罗来纳的人!

啊!我热爱一切,热爱每一个!我的大无畏的各民族!啊!我至少以完美的友情容纳了你们所有的人!

我不能离开你们,不能离开你们中的任何一个!

啊!死亡!啊,虽然如此,此时你还没有看见过我,我却已怀着不可遏制的热情,

在新英格兰步行,是一个朋友,一个旅行者,

赤着脚,涉着水,沿着鲍玛诺克沙滩踏着夏季的微波,

跨过大草原,又在芝加哥住了下来,在每一座城镇里住了下来,

观看到了表演,诞生,革新,建筑物,技艺,

在公众集会的大厅里听着男女演说家的讲话,

---

① 旧十三州指早期以十三州为基础的联邦政府地区。这十三州为:特拉华、宾夕法尼亚、新泽西、佐治亚、康涅狄格、马萨诸塞、马里兰、南卡罗来纳、新罕布什尔、弗吉尼亚、纽约、北卡罗来纳及罗得岛。

像活着时那样,在各州郡卜居又周游,每一位男子和妇女都是我的邻居,
路易斯安那人,佐治亚人,和我很靠拢,我也靠拢着他和她,
密西西比人和阿肯色人仍然和我在一起,我也仍然和他们中的任何一个在一起,
仍然在那主要河流以西的平原地带,仍然在我那土坯房屋里,
仍然回到东部,仍在海边的那一州,或在马里兰,
仍有加拿大人在欣然冒着隆冬的寒冷,冰雪,受到我的欢迎,
不论在缅因或花岗石之州①,纳拉甘西特海湾之州②或是帝都之州纽③,我都是一个忠实的儿子,
仍要航行到别的海岸去占领它,仍要欢迎每一个新弟兄,
在新旧结合时,我又在这里让这些草叶适应新来者,
参加到新来人中间后我自己就成为他们的伴侣与同辈,现在亲自朝着你们走去,
要求你们和我一同扮演情节、人物和场景。

十五

请牢牢握住我的手吧,然而要急急、急急地前进。

拼死命紧跟着我吧,
(也许要经过多次说服我才同意把自己真正奉献给你,但这又有什么呢?大自然不也需要多次说服才成吗?)

我不是什么轻巧的柔调,
胡须满面,晒得红黑,灰色的颈脖,令人侧目,我来到了,
在取得宇宙间的扎实奖品时是需要和我搏斗一场的,
我提供的就是这些,谁有毅力就可以领取。

---

① 美国东北部新罕布什尔州的别名。
② 纳拉甘西特系一居住在新英格兰的印第安部族,纳拉甘西特河湾之州是指东海岸的罗得岛州。
③ 纽约州的别名。

十六

在途中我稍稍停留,
这是给你的!这是给美利坚的!
我高举着当前,欣喜而庄严地预告着各州的未来,
对过去我则是宣告大气层里存在着的红色土著①。

红色土著,
留下了自然的吐纳,风雨的音响,树林里禽兽的鸣叫,为我们把音缀变成了名字,
奥柯尼,库萨,渥太华,莫农加希拉,索克,纳齐兹,查特胡奇,卡坎塔,奥罗诺科,
沃巴什,迈阿密,萨吉诺,奇珀瓦,奥什科什,沃拉沃拉②,
把这些留给了各州后他们就消失了,走了,给水陆两地定下了名字。

十七

从此以后以惊人的速度扩展着,
元素,品种,调整,动乱,迅速而大胆,
又是一个崭新的世界,光辉的前景正在不停地分成支流,
一个新的人种胜过了前人而且更加宏伟,引起了新的竞赛,
新的政治,新的文学和宗教,新的发明和技艺。

这些,我的声音在宣告——我将不再酣睡而是要站起来,
你们这些一直在我胸中的宁静的海洋!我是多么能感受你们啊,你们深不可测,你们在蠕动,正准备着前所未有的波涛和风暴。

---

① 印第安人。
② 惠特曼曾多次表示对这些印第安名字深感兴趣。

十八

请看,轮船在我的诗里隆隆驶过,

请看,在我的诗里从外国来的移民正不断前来登陆,

请看,在后方是棚屋①,林中小路,猎人的小屋,平底船,玉蜀黍的叶子,新开垦的土地,粗糙的篱笆,僻林里的村庄,

请看,一边是西海,另一边是东海,它们又如何朝着我的诗篇涌来又后退,像朝着它们自己的海岸,

请看,我诗里的牧场和森林——请看,野生和驯养的动物——请看离考族②不远是数不清的野牛群在龈食短小而卷曲的青草,

请看,在我的诗里是城市,坚固,广阔,在内陆,有着平铺的街道,有着铁和石块建成的大厦,川流不息的车辆和商务,

请看,那多汽缸的印刷机③。——请看,电线杆正在横跨大陆,

请看,经过大西洋的深渊,美利坚的脉搏正抵达欧罗巴,欧罗巴的脉搏正照样回来,

请看,开出去的火车头,健壮而快速,喘着气,鸣着汽笛,

请看,庄稼人在种着庄稼——请看,矿工在挖着矿——请看,那些数不清的工厂,

请看,机械工在工作台上忙着使用工具——请看,从他们中间出现了穿着工作服的高级法官、哲学家、总统,

请看,我徜徉在各州的工厂和田野之间,我深受宠爱,日夜被紧抱着,

这里是从那边传来的我的诗歌的响亮回声——读一读那些终于出现的暗示吧。

十九

啊,亲密的伙伴!啊,最后是你和我,只剩下了我俩。

---

① 印第安人的住屋。
② 印第安的一个部族。考亦是堪萨斯州的河名,堪萨斯的州名也是从考族(Kaw)族名来的。
③ 轮转的印刷机是1846年发明的;电报是1832年发明的;火车头是1829年发明的。

啊,用一句话来不断清除我们前途的障碍吧!

啊,一件醉人肺腑、不能实证的什么东西!啊,无限粗犷的音乐!

啊,现在我胜利了——你也必然会如此;

啊,手拉着手——啊,健康的乐趣——啊,又多了一个追求者和亲密友人!

啊,急急、紧紧地拉着手——急急、急急地和我一同前进吧。

大 路 歌

一

我轻快地举步踏上了大路,
健康,自由,世界在我面前,
那在我面前的漫长而棕褐色的道路引向我要去的任何地方。

从此我不再要求幸福,我自己就是幸福,
从此我不再低声哭泣,不再迟疑,不再需要什么,
告别了关在屋里①的埋怨,图书馆,满腹牢骚的指责,
我健壮而满足地走在大路上。

地球,有了它就已经足够,
我不要求星群离得我更近些,
我知道它们现在所处的地位十分优越,
我知道它们能够满足属于它们的一切人。

(但是在这里我仍然背负着受我多年宠爱的包袱,
我背负着他们,男人和女人,我带着他们去我所去的地方,
我发誓我绝不可能抛弃他们,
他们使我充实,我也要使他们充实。)

---

① "屋里"是"户外"的对立面。

二

你这条我走着的、并还在四面环顾着的路啊,我相信你不只眼下这一点,
我相信这里也还有许多看不见的东西。

这里还有对待事物的深刻教训,既不偏爱,也不否定,
卷发的黑人、罪犯、患病者、文盲,没有被否定;
婴儿出世,急忙去请医生,乞丐的蹀躞,醉汉的蹒跚,一群哄笑着的技工,
那已经逃走的青年,有钱人的仪态,纨绔子弟,一对私奔的男女,
清早的赶集人,柩车,把家具运进城里,又从城里回来,
他们走过,我也走过,任何东西走过,都没有受到制止,
没有不被我接受的,没有不被我宠爱的。

三

你这供给我气息使我说话的空气啊!
你们这些使我的各种意识不致散失而又给它们以形态的物体啊!
你这把我与万物包裹在细微而均匀的阵雨①中的亮光啊!
你们这些在大路旁被践踏得坑坑洼洼的小道啊!
我相信你们都有着潜在的看不见的生命,我觉得你们是多么可爱啊。

你们这些城里的石板路!你们这些巩固着路边的镶边石啊!

你们这些渡船!你们这些码头上的厚木板和竖杆!你们这木料铺设的码头两旁!你们这些远方的船只啊!

你们这些一排排的房屋!你们这些镶嵌着窗子的房屋正面!你们这些屋顶啊!

你们这些游廊和入口处!你们这些墙压顶和铁栅栏啊!

你们这些配着透明玻璃的窗子又能暴露多少内幕!

---

① 这里很可能是指像阵雨一样的光,而不是雨。

你们这些门和往上攀登的台阶！你们这些拱门！

你们这些没有尽头的石砌路上的灰色石块！你们这些踏平了的十字路口！

我相信你们已经从你们接触到的一切人物事物中取得收获，现在又要把同样的东西暗暗传递给我，

你们已经通过生者和死者使你们冷漠的表面不再寂寞，而他们的精神对于我该是看得清楚而友好的。

四

地球在左边右边扩展着，
图画是生动的，各个部分都突出了它的优点，
音乐在需要时出现，不需要时就停止，
大路上的快乐声音，大路上的欢快而清新的情调。

啊，我在走着的公路，你是否对我说不要离开我？
你是否说不要这样做——如果你离开我你就会迷路？
你是否说我已作好准备，我已经经受过敲打，不会被否定，紧跟着我吧？

啊大路，我回答说，我并不怕离开你，然而我爱你，
你比我自己更加善于表达我自己，
对于我来说，你应该比我的这首诗更加重要。

我想英雄的业绩都是在户外构想出来的，一切自由的诗歌也是如此，
我想我自己也可以留在这里并创造奇迹，
我想我会喜欢我在路上遇到的一切，而看见我的无论什么人也会喜欢我，
我想我见到的无论什么人也一定是幸福的。

五

从这时候开始我要命令自己摆脱羁绊和想象中的界线，

去我愿意去的地方,完全而绝对地成为我自己的主人,
倾听他人,慎重地考虑他们说的话,
逗留下来,搜索,接受,思考,
温和地,但是怀着不可否认的意志,自己解开束缚我的拘束。

我把空间大口大口地吸进,
东方西方是我的,北方南方是我的。

我比我自己想象的更加巨大、更加美好,
过去我不知道我竟有这许多美好的品质。

对我来说一切都是美的,
我可以对男人和女人们再三申说,你们给我做了这许多有益的好事,我也要同样对待你们,
我要在路上为你们和我自己求得补充,
我要在路上把自己散布在男人和女人们中间,
我要在他们中间抛下一种新的喜悦和粗率,
不管谁否定我,将不会使我烦恼,
不管谁接纳我,他或她将受到祝福,同时也祝福我。

六

如果现在出现一千个完美的男子我将不会惊奇,
如果现在出现一千个形容美丽的女人我将不会大吃一惊。

现在我明白了造就最优秀人物的奥秘,
那就是在户外成长,和大地一同饮食、休息。
在这里一桩伟大的个人业绩是有发展余地的,
(这样一个业绩会掌握住全人类的心,
它所散发的力量与意志将压倒法律,蔑视一切权威和反对它的一切论点。)

这里是智慧的一次考验,
智慧不是最后在学校里才受到考验,
智慧不可能由有智慧的人传给没有它的人,
智慧属于灵魂,是不能证明的,它是它自己的证明,
能应用于一切阶段,事物,和品质,而且感到满足,
它肯定了事物的现实性、不朽性和事物的优越性;
在可见事物的浮动中有某种东西会促使它从灵魂中出现。

我现在重新检验各种哲学与宗教,
它们在课堂里可能被证明是不错的,然而在广阔的云层下面,置于景物和流水之旁时,是什么也证明不了的。

这里是认识,
一个人在这里受到权衡——他在这里认识到他自己有些什么,
过去,未来,尊严,爱情——如果它们那里没有你,你也就没有它们。
只有每一件事物的核心才会提供营养;
那为你我剥去外壳的人在哪里呢?
那为你我揭穿阴谋和蒙蔽的人在哪里呢?

这里就是黏着力①,以前没有成过形,但现在却很及时,
你是否知道你路过时受到陌生人的友爱是怎么回事?
你是否懂得那些转动着的眼珠说的是什么话?

七

这里就是灵魂的流露,
灵魂的流露来自内部,经过凉亭掩蔽的大门,永远在提出各种问题,
为什么有这种渴望?这些在黑暗中的思想是为了什么?

---

① 这是一个颅相学上的名词,惠特曼用来表示兄弟情谊和友好关系的某种精神品质。

为什么有些男人和女人在走近我时,阳光会使我的血液沸腾?
为什么在他们离开我时欢乐的旗帜就倒下、就疲软?
为什么我从来没有在底下走过的树木却会给我带来开阔而美妙的思想?
(我想它们不分冬夏悬挂在那些树上,并在我过路时总是落下果实;)
我这样突然和陌生人交换的是什么呢?
我坐在赶车人身旁的座位上和他交换的是什么呢?
我半路上停下来和岸边拉着渔网的渔夫交换的是什么呢?
使我自由接受一个妇女和男子的好意的是什么?使他们自由接受我的好意的是什么?

八

灵魂的流露是幸福,这里就是幸福,
我想它弥漫在空中,随时都在等候着,
现在它又向着我们流来,我们恰好被它所充实。

这里出现了那种流动而有依附力的特征,
那流动而有依附力的特征就是男人和女人的清新和香甜,
(从它本身不断散发出的清新与香甜决不下于清晨的芳草每天从它们的根须散发出的清新与香甜。)
向着那流动而有依附力的特征渗出的是怀着热情的老年和少年的汗水,
从它那里才提取了神秘的力量足以蔑视美貌与成就,
朝着它起伏的是那战栗的企求接触的渴望。

九

走吧[①]! 不管你是谁,来和我同行吧!
和我同行你们就会发现不会疲倦的一切。

[①] 作者在此用的是法语 Allons,突出了词意。

地球永远不会疲倦,

地球起初是粗鲁、沉默、不可理解的,"大自然"起初是粗鲁,不可理解的,

不要灰心,继续前进,这里有隐蔽着的神圣的东西,

我向你发誓,这里有神圣的东西,比语言所能够形容的更加美丽。

走吧！不要在这里停留,

不管这里储藏的东西多么可爱,不管这所住房多么方便,我们不能留在这里,

不管这个港口多么能避风,不管这里的水面多么平静,我们决不要在这里下锚,

不管我们周围的主人有多么殷勤,也只能允许我们作短暂的周旋。

十

走吧！吸引力应该更大些,

我们将在一望无际的惊涛骇浪中航行,

我们去的将是风吹浪打的地方,那扬基式的快船①在扯足了风帆飞速前进。

走吧！携带着威力,自由,大地,大自然的能量,

健康,轻蔑,快乐,自尊,好奇;

走吧！离开一切公式!

离开你们的公式,啊,愚蠢而拜物的僧侣。

那陈旧的腐尸堵塞了通道——葬礼不能再等下去了。

走吧！然而要注意!

和我同行的人需要最好的血液,肌肉,耐力,

不许参加考验,除非他或她带来勇敢与健康,

如果你已经耗损了你自己的精华就不要到这里来,

---

① 美国造船者于1830至1854年间建造的一种快速帆船,船首突出,桅桁倾斜,船身修长。

只有躯体是香甜而坚决的才许可来,
患病的,酗酒的或染上性病的不许可到这里来。

(我和我的同伴从不用论证、比喻、韵律来试图说服,我们用的是自己的存在。)

十一

听着！我对你将毫不隐瞒,
我给的不是陈旧而润滑的奖品,我给的是粗糙的新的奖品,
你会过这样的日子:
你将不会堆积起所谓的财富,
你将挥霍地散播你所有的收获或成就,
你只是抵达了那指定的城市,在还没有来得及完全安顿下来时就会听到不可抗拒的召唤要求你离开,
你将忍受那些留下来的人们的嗤笑和嘲弄,
爱情在向你招手时你的回答只能是离别时的热烈亲吻,
你将不许紧握人们向你伸出来的手。

十二

走吧,去追随那些伟大的"同伴",作他们中间的一员！
他们也在路上——他们是快速而庄严的男子——她们是最伟大的女人,
海的宁静和海的风暴的享受者,①
曾在许多船上航过海的水手,走过许多英里陆路的步行者,
许多远方国家的常客,遥远住所的常客,
男人与女人的信任者,城市的观察者,孤独的劳动者,
对着丛树、花朵、海滩上的贝壳的留恋者、沉思者,
婚礼舞的舞蹈者,新娘的亲吻者,孩子们的温柔帮助者,孩子们的生育者,

---

① 从这里开始的十几行作者用了一系列以"er"为词尾的名词,相当于中文的"者"。译者尊重作者这一用法,均照译。

叛乱的士兵,敞着穴口的坟墓的看守者,把棺材安葬入穴者,

一季接着一季,一年复一年的旅行者,奇妙的年头,每一年接着前一年而出现,

结伙的旅行者,同伴就是他们自己的不同阶段,

从潜在的尚未实现的婴儿时代开始的朝前踏步者,

过着他们自己欢乐的青春的旅行者,已经生出胡子并已长大成材的旅行者,

已经成熟的妇女,充裕的,无可比拟的,知足的旅行者,

已到男子或妇女自己的庄严老年的旅行者,

老年,平静又开朗,和傲慢的宇宙的尺度一样宽阔,

老年,和美好的死亡即将带来的解放一样流畅。

十三

走吧,向着那既无始又无终的路上走去,

要历尽艰辛,白天步行,晚上休息,

把一切都融合在他们进行的旅行和度过的日夜之中,

更要把它们融合在高尚的旅程开始之时,

不要随意看见任何东西,只看见你们可能达到而超越的东西,

不要设想某一个时刻,不管还有多么久远,只设想你们可能达到而超越的那个时刻,

不要在随便哪条路上东张西望,只注意在你们面前伸展着等待着的那条,不管路有多长,它都在伸展着等待着你们,

不要想看见某种存在,不管是上帝的或什么别的,但是你们也朝着那个方向走去,

除了你们可能占有的东西外,不要想占有别的,享受那不需要劳动或购买的一切,你享用的是整个筵席而不是其中的一脔,

占有农民农庄上的最佳农田,富人的精致别墅,美满夫妻的纯洁祝愿,果园里的果实和花园里的花朵,

在你们路过时,从拥挤的城市中取用所需,

此后不管你们到什么地方都带上屋宇和街道,

在和人们相遇时从他们的头脑中采集智慧,从他们的心中采集友爱,
尽管你们把你们的情人留下来了,还是要带着他们一同上路,
要认识宇宙本身就是一条大路,是许多条大路,是为旅行着的灵魂开辟的大路。

为了灵魂的前进,一切都要让路,
一切宗教,一切物质的东西,技艺,政府——一切过去和现在出现在这个地球或任何地球上的东西都会在灵魂沿着宇宙的庄严大路列队前进时堕落进壁龛和角落。

在男人与女人的灵魂沿着宇宙的庄严大路前进时,一切其他进程是必要的标识和支持。

永远是生气勃勃,永远在前进,
庄严,肃穆,忧伤,退缩,困惑,疯癫,骚乱,怯弱,不满,
绝望,骄傲,钟情,患病,为人们所接受,为人们所排斥,
他们在走!他们在走!我知道他们在走,但是我不知道他们要去什么地方,
但是我知道他们在朝着最美好的方向前进——朝着某一个伟大的目标。

不管你是谁,出来吧,不管你是男是女,出来吧!
不要躲在房子里睡觉,徒然耗去时光,虽然房子是你造的,或者是为你而造的。
从黑暗的禁锢下出来吧!从幔幕后面出来吧!
抗议是无用的,我知道一切而且要把它揭穿。

已看透你和别人一样不妙,
从人们的嬉笑、舞蹈、正餐、晚餐中,
在衣服和装饰品里面,在那些洗干净了又修整过的面貌内部,
看到了一种暗藏的沉默的厌恶与绝望。

没有可信任的丈夫,妻子,朋友来听取发自内心的倾诉,
另外的一个自我,每个人的复本,一直在躲躲闪闪,
无形又无声地经过城里的街道,在客厅里则是客气而冷漠,
在铁路上的车厢里,在汽船中,在公共的集会场所,
到男人和女人们的家里去,在餐桌旁,在卧室里,无论在什么地方,
穿戴得时髦,面带笑容,站得笔直,却在胸骨下面隐藏着死亡,颅骨下面隐藏着地狱,
在呢绒和手套下面,在缎带和人造的花朵下面,
按照惯例办事,一个字也不涉及事物的本身,
什么话都可以说,但决不涉及事物的本身。

十四

走吧!通过奋斗和战争!
已经提出的目标不能撤回。
过去的斗争成功了吗?
什么是成功了的?你自己?你的国家?大自然?
现在请听清楚——事物的本质规定,在实现任何一项成就时,不管是什么,必然会出现某种东西使更加伟大的斗争成为必要。

我的号召是战斗的号召,我培养积极的对抗,
和我同路的必须尽量武装起来,
和我同路的常常会碰到简陋的饮食,贫穷,蛮横的敌人,逃兵。

十五

走吧!大路在我们面前!
路是安全的——我已经试过——我自己的双脚曾经充分试验过——不要再迟疑!
把那张纸放在桌子上不要在上面书写,让那本书留在书架上不要去翻阅!
让工具留在车间!让钱留在那儿不要去挣!

让那学校开设在那里！不要去理睬教师的呼唤！

让那牧师在讲台上说教！让那律师在法庭上申辩,让那法官解释他的法律。

伙伴啊,我把手伸给你！

我给你的是比金钱宝贵得多的友爱,

我在说教和法律之前把我自己交给你；

你会把自己交给我吗？你愿意和我同行吗？

我们这一生能始终互相支持吗？

一路摆过布鲁克林渡口

一

在我下面滚滚前来的潮水！我面对面看见你！
西天的云彩——太阳在那里还有半个小时那么高——我也是面对面看见你。

穿着平时服装的成群男女啊，对我来说，你们是多么新奇！
在渡船上过河回家的千百位乘客啊，对我来说，你们比想象的还要新奇，
而你们这些在今后的岁月里还要从此岸到彼岸的人们，对我来说，你们比想象的更加使我关切，更加在我的默念之中。

二

我的这份每天每时每刻从所有事物中提取的无形食粮，
那单纯、紧凑、衔接得很好的结构，我自己是从中脱离的一个，人人都脱离，然而都还是这个结构的一部分，
过去的类似处和未来的类似处，
我在街上走路和在过河时所看见、听见的最微细的事物，像珠子穿成的一连串无上光荣，
那奔腾的急流随同我在远处游泳，
那些将要跟在我后面的其他人，我和他们之间的联系，
可以肯定的其他人，其他人的生活、爱情、视觉、听觉。

其他人将走进渡口的大门,从此岸过渡到彼岸,

其他人会观看那滚滚而来的潮水的奔腾,

其他人会在西北方向看见曼哈顿的船舶,在东南方向看见布鲁克林的高地,

其他人会看见大大小小的岛屿;

五十年后,其他人会在摆渡时看见它们,太阳还有半个小时那么高,

一百年或好几百年后,其他人会看见它们,

会欣赏那夕阳,那高涨的潮水奔腾而来,那退却的潮水又回到海里。

三

时间或地点是无能为力的——距离是无能为力的,

我和你们在一起,你们这一代或距今多少代的男人和女人,

正像你们在望着那条河和天空时所感受的,我也曾经感受,

正像你们每一个人都是活泼的人群中的一员,我也曾经是人群中的一员,

正像欢腾的河和它那明亮的流波使你们心旷神怡,我也曾经心旷神怡,

正像你们站在那里倚着栏杆,却随着急流匆匆而去,我也曾经站着匆匆而去,

正像你们望着船只的无数桅杆和汽轮的粗大烟囱,我也曾经这样望着。

我过去也曾一次又一次地渡河,

望着十二月的海鸥,看见它们在高空平展着翅膀浮游,摆动着身子,

看到黄色闪光如何照亮了它们身躯的局部,而把其余部分留在浓重的黑影中,

看到它们缓慢地一圈圈盘旋,又渐渐侧身飞向南方,

看到水中夏日天空的倒影,

闪烁着的一道道光柱使我的两眼眩晕,

望着那阳光照亮的水里那环绕我头部的一轮离心放射的细密光圈,

望着南方和西南方山上的薄雾,

望着蒸汽,看着它像羊毛似地飘飞着,微带紫色,

望着远处的海湾,注意那些即将到来的船只,

看见它们渐渐靠拢,看见船上那些离我较近的人们,
看见纵帆船和单桅小帆船的白帆,看见那些停泊着的船只,
水手们在缆索中间工作或在外面跨骑着圆木,
那些圆形的桅杆,那些摆动着的船身,那些苗条的像蛇一般的三角旗,
那些开动着的大小轮船,操舵室里的领航员,
船只驶过时留下的白色浪花,轮轴抖颤着快速转动,
各国的旗帜,日落时降了下来,
暮色苍茫中的扇贝形波浪,有些像带着长把的杯勺,嬉戏着的浪峰在闪闪发光,
那远远的一片陆地越来越昏暗了,码头旁花岗石的仓库的灰色墙垛,
河上那阴影密布的一堆,大拖船和两舷紧靠的平底船,干草船,迟到的驳船,
邻近的岸上是铸工厂烟囱里冒出的火苗,高高燃烧着,在黑夜里分外刺目,
和放肆的红色黄色亮光对照的是时隐时现的黑影投掷在房顶上,又落到街道的空隙处。

四

过去的这些和其他一切对于我来说,就像它们现在对于你们一样,
我曾经非常喜爱那些城市,非常喜爱那条庄严而湍急的河,
我见过的男人与女人对我都很亲近,
别人也一样——别人现在回过头来望着我,正因为我曾经瞻望过他们,
(时机会到来,虽然我今天夜晚在这里住下了。)

五

那么我们之间还有什么呢?
我们之间那个几十年或几百年的数字又算得什么呢?

不管是什么,它是无能为力的——距离是无能为力的,地点是无能为

力的,
　　我也生活过,有着许多山峦的布鲁克林曾经是我的,
　　我也曾在曼哈顿岛的大街上走过,曾经在它周围的海水里洗过澡,
　　我也曾经感觉到离奇的,突然发生的问题在我胸中蠕动,
　　白天,在人群中,我有时会想起这些问题,
　　在深夜回家的路上或睡在床上时我又会想起,
　　我也是从那永恒的液体浮动中被铸造出来的,①
　　我也是通过我的肉体才识别了我自己的特性,
　　我从我的肉体知道我过去的存在,我将来该是什么样的,也将是通过我的肉体。

六

　　不只是在你身上才落下斑斑黑影,
　　昏暗也曾在我身上投下黑影,
　　我最大的努力在我看来似乎是空洞而值得怀疑的,
　　我自己认为是我的伟大思想,实际上不是极为贫乏吗?
　　也并非只有你才知道什么是邪恶,
　　我这人也知道什么是邪恶,
　　我也曾编织过那个古老的相互对立之结,
　　随便胡说,羞得满脸通红,怨恨、说谎、盗窃、吝啬,
　　怀着诡诈、愤怒、淫欲、不敢明说的邪念,
　　任性、虚荣、贪婪、浮浅、狡猾、怯懦、恶毒,
　　豺狼、毒蛇、蠢猪,我性格中不缺少这些东西,
　　那骗人的表情,轻薄的言词,通奸的欲念,并不短缺,
　　拒绝、仇恨、拖延、卑鄙、懒惰,一样都不缺,
　　和其他人完全一致,过着和其他人一样的日子,冒着一样的风险,
　　看见我走近或经过时年轻人那响亮的声音用最短的名称叫唤着我,
　　我站着时能够感觉到他们的手臂搁在我脖颈上,我坐着时他们的肉体随

---

① 惠特曼常常以为物质是从某种永恒的液体"浮动"中铸造出来的。

意地靠在我身上，

在街上、渡船上或公共的集会场所我看见许多我喜爱的人们，然而却没有向他们说过一句话，

和大家过着一样的生活，照例哈哈大笑，受着折磨，睡着觉，

扮演的角色也就是那个男演员或女演员扮演过的，

是同样那个熟悉的角色，也就是我们随意创造的那一个，要多伟大有多伟大，

要多渺小有多渺小，或者既伟大又渺小。

七

我朝你又走近了一步，

你现在对我抱有的看法我对你也曾经同样有过——我事前就有了贮备，

在你出生之前我就已经长久而慎重地考虑过你。

谁知道我能有多少觉悟呢？

谁知道我此刻不正在享受此事呢？

谁知道距离远，你虽然看不见我，我此时不正在注视着你呢？

八

啊，对我来说还有什么能比得上被桅樯重重包围的曼哈顿那样威严壮丽的呢？

还有什么能比得上河流、落日和涨潮时的扇贝形波浪呢？

还有那摇摆着身子的海鸥，薄暮时分的干草船和那迟到的驳船？

什么神灵能赛过那些紧握着我的手、在我走近时用我喜爱的声音及时、响亮而用最短的称呼叫唤我的人们呢？

那把我和那个注视着我的脸的女人或男人联系在一起的纽带，

那促使我现在就融化在你里面，又把我的心意倾注到你里面的动力，还有什么比这还微妙的呢？

那么我们是理解的,不是吗?

我虽没有明说但却已经许下的诺言,你们不是接受下来了吗?

那经过研究未曾学会,经过说教未能完成的,已经完成了,不是吗?

九

向前流吧,河啊! 和来潮一起奔流,和退潮一起退走!

继续游戏吧,冠状的扇贝形的波浪!

日落时的瑰丽云朵! 用你的华彩把我或后来世代的男女浸透!

从此岸摆渡到彼岸吧,数不清的成群乘客!

站起来吧,高高耸起的曼纳哈塔的桅杆! 站起来吧,布鲁克林的美丽群山!

跳动吧,迷惘而又好奇的大脑! 请抛出问题和答案!

在这里和无论哪里都请暂停吧,液体的永恒流动!

凝视吧,多情而饥渴的眼睛,在屋内或街上,或在公共集会的场所!

试试声带吧,青年人的声音! 响亮而像音乐般用最短的名称叫唤我!

生活下去吧,古老的生命! 扮演那个男女演员扮演过的角色!

扮演那个熟悉的角色吧,那个可以随意使之伟大或渺小的角色!

考虑一下吧,我的读者们,我是否还可能在不知不觉之间注视着你们呢;

坚定些吧,俯瞰着河流的栏杆,以便托住那些闲适地倚着你的人们,虽然他们也在随着急急的流水在急急地行进!

继续飞吧,海鸟! 侧着身子飞,或者在高空绕着大圆圈盘旋;

接受那夏日的天空吧,流水啊,忠实地拥抱着它,直到所有低垂着的眼睛得以从容地从你那里把它取走!

细密的光轮啊,请离开我或别人的头,把自己散布在日光照耀着的水面上吧!

前进吧,远处港湾的船只! 上下开动吧,张着白帆的纵帆船,小帆船,驳船!

得意地随风招展吧,世界各国的旗帜! 日落时一定要照旧降下!

让火苗高高燃烧吧,铸工厂的烟囱! 在夜间投掷黑影吧! 把红色黄色的光抛掷在屋顶上!

表面现象啊,不管在当前或今后,请指明你的真相,

你这不可缺少的薄膜啊,请继续包裹着灵魂,

请为了我在我的身体周围,为了你在你的身体周围漂浮起我们最圣洁的芳香,

繁荣起来吧,都市——带着你们的货物,带着你们的展品,宽广而富足的河流,

扩充吧,也许这是最富有精神价值的存在了,

保持你们的地位吧,你们是最能够持久的物体了。

你们曾经等候过,你们总在等候着,你们这些沉默的、美丽的使者,

我们最后解放了思想接待你们,而且今后将永远不知满足,

你们也不可能再使我们迷惑或拒绝接近我们,

我们要使用你们,决不把你们弃置在一旁——我们要永久把你们栽植在我们心中,

我们测不透你们的高深——我们爱你们——你们也有完美的部分,

你们为永生作出了你们的贡献,不论是伟大还是渺小,你们为灵魂作出了贡献。

展览会之歌[*]

一

(啊,那位劳动者没有十分留意
他的工作是怎样使他接近上帝的,
即那位存在于时间和空间的深情的"劳动者"。①)

归根结底不只是创造或发起,
而恐怕是应把已经确立的从远处带到身边,
给它以我们自己的个性,平均水平,不受限制,自由,
使粗俗而呆板的庞然大物灌满生气勃勃的宗教热忱,
不是抵制或破坏而是接受,熔合,更新,
既服从又指挥,跟随多于领导,
这些也都是我们新大陆的教训;
而且新的究竟是多么少,而那旧而又旧的世界又是多么多啊!

这青草已长了很久很久,
这雨已下了很久很久,
这地球已转动了很久。

---

* 这首诗是惠特曼为美国学会第四十届展览会在纽约开幕式(1871年9月7日)上朗诵而创作的。
① "劳动者"即上帝。本诗第一行的劳动者则是一位普通的劳动者。

二

来吧,诗魂,从希腊和爱奥尼亚①迁移到这里来吧,
请划去那些支付得大大过了头的账目,
即有关特洛伊和阿喀琉斯的盛怒,和伊尼亚斯,奥德修斯流浪的那段公案,
把"迁出"和"出租"的招贴张贴在你们那帕那萨斯②雪山的岩石上吧,
在耶路撒冷也照办,把通知高高张贴在雅法的大门③和毛里亚的山巅④上,将同样的告示张贴在你们德国、法国和西班牙的古堡的墙上,
还有那些意大利的收藏品,
须知一个更好、更清新、更加繁忙的活动范围,一个宽广而未曾尝试过的领域在等待你、需要你。

三

为了响应我们的召唤,
可能也还是顺乎她久已怀抱的心愿,
再加上一种不可抗拒的自然吸引力,
她来了!我听见她长袍的窸窣声,
我闻到她气息的醉人芳香,
注意到她美妙的步法,她好奇的眼睛在转动着,
面对着的正是这片场地。

女性中的佼佼者!我能否就此认为,
那些古代的寺庙,第一流的雕塑都未能把她挽留住?
维吉尔和但丁的阴魂,数不清的回忆,诗篇,旧日的联系也都不能吸引她、

---

① 希腊的文化中心。
② 希腊南部的一座山,是文艺之神所在的圣地,亦即诗歌的领域。
③ 雅法是以色列的一个海港。
④ 耶路撒冷的一座山,上面有所罗门的寺庙。

把她缠住？

而是她离开了一切——来到了这里？

是的，如果你们容许我这样说，

我，我的朋友们啊，如果你们看不见，我却能清楚地看见她，

就是这个表现大地、活动力、美和英雄行为的不朽灵魂，

通过她的逐步进化来到了这里，结束了她以前那些题材所垒起的地层，

被作为今天基础的今天的题材所掩盖，

她那在卡斯塔里泉①畔的声音随着时间的消逝而结束了、断了气，

埃及那残缺了唇的人面狮身像沉默了，所有那些疑难了人们几个世纪的陵墓也沉默了，

亚洲的史诗，欧洲那些戴着头盔的武士们永远结束了，

女神们的原始呼声结束了，

卡列奥比的号召已永远告终，克里欧、梅尔波米奈、撒里亚已经死去，②

俞娜和奥莉安娜③的庄严韵律已结束，寻求圣杯的活动已结束，

耶路撒冷是一撮被风吹散的灰末，已熄灭，

十字军那些川流不息的昏暗的午夜队伍随着日出而疾走，

阿马狄斯、谭克雷德④已一去不复返，查理曼大帝、罗兰、奥列佛⑤已不再回来，

帕墨林，吃人的妖精，走了，乌斯克河⑥中倒映的塔楼消失了，

阿瑟和他所有的武士们都告别了，墨林、朗索拉特和加拉黑特都一去不复归，像一团气体似的完全分解了，

过去了！过去了！对我们说来是永远过去了，当年那威力无边的世界现在是个空洞、没有生气、像鬼魂一样的世界了，

---

① 这一帕那萨斯山上的泉水是诗的灵感的源泉。
② 女神们，即希腊神话中司文艺的九位女神。卡列奥比是史诗之神，克里欧是历史之神，梅尔波米奈是悲剧之神，撒里亚是喜剧之神。
③ 俞娜在斯宾塞的《仙后》中象征真正的宗教。奥莉安娜是伊丽莎白时代诗人们用以称呼伊丽莎白的名字。这个名称亦见于15世纪的一首西班牙传奇。
④ 阿马狄斯是中世纪传奇中的英雄。谭克雷德是第一次十字军东征时诺曼底人的主帅。
⑤ 奥列佛是罗兰的朋友，查理曼大帝的十二大臣之一。
⑥ 帕墨林是葡萄牙传奇中的英雄。乌斯克河在英国的威尔士，见于阿瑟王的传奇。

那个绣满花朵、炫人耳目的外邦人的世界,它有许多灿烂的传说和神话,
它的不可一世的帝王和城堡,它那些僧侣和赳赳武夫式的王公和显贵的妇女,
都进入了墓葬,披戴着王冠与甲胄睡进了棺材,
为莎士比亚的华丽辞藻所渲染,
丁尼生又用他那哀婉的韵律唱过它们的挽歌。

我说,我的朋友们啊,如果你们看不见,我却能看见那位显赫的流亡者①
(不错,她当年虽然还是老样子,却已经改变,走了很多路,)
直接前来奔赴约会,为她自己有力地开辟了道路,在混乱中迈着阔步,
不怕机器的隆隆声和汽笛的尖叫声,
也丝毫没有被排水管、煤气表和人工肥料吓唬住,
微笑着,心情愉快,显然有意留下来,
她来到了这里,安置在厨房的各种设备中间!

四

但是且慢——我是不是有失礼貌?
为了把这个陌生人介绍给你,哥伦比亚②;(除此以外我活着究竟还为什么歌唱呢?)
我用自由的名义欢迎你,不朽的女神!紧紧握手吧,
从今后两人③便是亲热的姊妹了。

不要惧怕,啊,诗魂!确实是新的方式,新的日子在迎接你,包围你,
我坦白承认这是个新型的古怪又古怪的民族,
然而还是同属一个古老的人类,里外都一样,
脸和心都一样,感情一样,想望一样,
同样的古老爱情,美,和同样的习惯。

---

① 即诗魂。
② 哥伦比亚用在诗歌中指美国,是美国的女性拟人化。
③ 指诗魂和哥伦比亚。

五

我们并不责怪你,年高资深的世界,也不真正让自己脱离你,(儿子会让自己脱离父亲吗?)

回顾你时,看着你在过去的世代里专心致志地为你所担任的义务和伟大事业而建设着,

我们今天也要为自己而建设。

比埃及的陵墓更加强大,
比希腊罗马的庙宇更加壮丽,
比米兰的装配着雕塑和尖顶的大教堂更加气宇轩昂,
比莱茵河上的城堡更加美丽如画,
我们甚至现在就计划建造,超过这一切,
你的伟大的教堂是神圣的工业,而不是陵墓,
是毕生可以保留的、有实际价值的发明。

正像清醒时看见的远大理想,

即使在我歌唱时也已经看见它在树立起来,我里里外外在加以审视并预告,

这一多方面的整体。

在一座比其他更崇高、更美好、更宽阔的宫殿①周围,
将是大地的现代式奇迹,超过历史上的七个,
一层又一层地高高升起,迎面装配着玻璃和铁,
使太阳和天空更加兴高采烈,色彩极度轻松愉快,
青铜,淡紫,浅绿,海蓝与深红,
在它那金色的屋顶上,在你那"自由"的旗帜下,将招展着本国和各国的旗帜,

---

① 这里描写的是当时著名的展览馆——1851年的伦敦水晶宫,1853年开幕的美国水晶宫。

周围麇集的将是一群崇高而美好的,但却是规模较小的宫殿。

在围墙里的某处,一切推动完美的人类生活的努力将在此开始,
尝试,传授,向前发展,并公开展览。

不仅是一个完备的工厂、贸易、产品的世界,
还有世界上的所有工人也在这里派有代表。

你在这里将可跟踪在顺利进行中的、
在各种状态下的实际而繁忙的运动中的文明的条条溪流,
这里的器材将在你眼睛面前魔术似的改变形体,
棉花将就地被摘落下来,
在你眼面前晾干,摘净,轧成皮棉,打成包,纺成线与布,
你会看见工人在执行一切旧的和新的程序,
你会看见各种谷物,面粉是怎样制成的,面包师是怎样把它烤成面包的,
你会看见加利福尼亚和内华达的原矿石经过一道道程序成为金块或银块,
你会看见排字工人如何排字,认一认排字盘是什么样子,
你会惊奇地注意到霍氏轮转印刷机①的滚筒在飞快地转着,不断迅速地把印就的纸张脱落下来,
照片、模型、手表、别针、钉,将在你面前一一制成。

在那些大而安静的厅堂里,一座雄伟的博物馆会使你得到许多有关矿石的知识,
在另一处会有图片说明树林、植物、草木——在另一处则是动物、动物的生活和发展。

其中的一座大厦将是音乐厅,
其他的属于其他技艺——学术、各种科学,也都将在这里出现,

---

① 理查·马·霍(Richard March Hoe)于1846年发明了轮转印刷机,并在展览会上展出。

不怠慢任何一项,每一个项目都在这里受到尊重,协助,举例说明。

六

(这个,这个和这些,美利坚啊,将是你的金字塔和方尖碑,
你的亚历山大灯塔,巴比伦花园,①
你那在奥林匹亚的殿堂。)

男性和女性中有许多是不做工的,
将永远在这里遇到做工的多数人,
对双方都大大有利,对大家都光荣,
对你,美利坚,和你,不朽的诗魂。

你们将在这里居住,强有力的主妇们!
在你们统治下的广大领土比过去的一切更加广大,
响着的是未来许多漫长又漫长的世纪的回声,
唱着不同的、更加辉煌的歌曲,采取更加有力的题材,
务实的、和平的生活,人民的生活,"人民"本身,
在和平中被高举,照亮,洗濯——在和平中欢欣鼓舞,无忧无虑。

七

再也不要战争的题材!再也不要战争本身!
今后也不要再让我战栗地看见变黑了的残缺不全的尸体!
那到处泛滥的地狱和血洗,只适合猛虎或吐着舌头的狼群,而不是有理智的人类,
代替它的是加速工业发展的伟大计划,
率领着你无畏的大军进行各项工程,
你那些三角旗在起作用,在微风中展开,

---

① 亚历山大灯塔,即法罗斯灯塔,和巴比伦空中花园同属世界七大奇观。

你的号角声嘹亮而清晰。

再也不要古老的传奇!
不要描写外国宫廷的小说,情节和戏剧,
不要那些用韵律来加甜的情诗,那些游手好闲者的私通和奸情,
这些只适合夜间摆开的筵席,在那里跳舞者随着深夜的音乐滑步,
这些不健康的寻欢作乐是少数人的荒淫无耻,
伴随着香味、高温和酒类,在那炫目的枝形吊灯下面。
对你们这些可敬而明智的姊妹们①,
我发出呼声要求诗人和艺术家描写更加壮丽的题材,
歌颂当前和现实,
使普通人懂得日常职务和行业的光荣。
歌唱健全的体魄和顺乎天性的生活如何绝不会受挫折,
人人都需要体力劳动:耕种、锄地、挖掘,
栽种并管理树木、浆果、蔬菜、花卉,
每个男人都保证做些实在的工作,每个妇女也必须如此;
会使用锤子和锯子,(劈开或横剖,)
学会木工,泥灰作业,油漆,
学当男裁缝、女裁缝、护理、旅馆马夫、脚夫,
发明点什么,某种巧妙的东西,以帮助洗衣、做饭、扫除,
而不以亲自动手为耻。

诗魂啊,我是说我今天在这里给你带来的,
是各行各业,广泛和近旁的各项任务,
繁重的劳动,健康的重劳动和流汗,没有止境,不会停歇,
那些古老又古老的实际负担、兴趣、欢乐,
家庭、出身、童年、丈夫与妻子,
家室所提供的享受、房子本身和其中的一切东西,
食物及其保存,运用了化学原理,

---

① 指希腊神话中九位文艺女神。

能够造就正常、健壮、完整、血统纯洁的男人或女人的一切,使之有非常持久的品格,

帮助它使它当前的生活健康而幸福,塑造它的灵魂,

以便迎接未来的永恒的真实生活。

享有最新的联系手段、工程、国际运输工具,

蒸汽力、伟大的特快线路、煤气、石油,

这些我们时代的胜券,大西洋的灵敏电缆,

太平洋铁路、苏伊士运河、塞尼山①和哥特哈②和胡萨克隧道③、布鲁克林桥,

这个地球上到处横跨着铁路,轮船的航线穿行着每一片大海,

我带来的是我们自己的圆形物,即目前这个地球。

八

而你呢,美利坚,

你的子孙在高高耸立着,但是你的高度又胜过一切,

胜利在你的左手边,法律在你的右手边;

你的联邦维持着一切,融合、吸收、宽容着一切,

我歌唱的是你,永远是你。

你,也就是你,构成一个"世界",

你享有一切宽阔的地理,多方面的,不同的,遥远的,

都被你合拢为一体——一个共同的完整语言,

一个为一切人安排下的共同的、不可分割的命运。

由于你们恳切地把灵感赐予你们的使者,

我在这里使之人格化并提出我的主题,让它们在你们面前接受检阅。

看哪,美利坚!(也包括你,难以言喻的客人和姊妹!)

---

① 经过阿尔卑斯山的塞尼山的一条连接法国与意大利的八英里隧道。
② 在圣哥特哈要隘下九又四分之一英里的隧道,连接瑞士和意大利。
③ 在美国马萨诸塞州菲奇堡铁路线上的一条隧道,长四英里半。

你的江海和陆地是为你而结队前来的；
看哪！你的田野与农庄,你那些遥远的树林和山岳,
像是在列队前来。

看哪,那大海本身,
在它那一望无际的汹涌着的胸脯上的是那些船只；
看吧,在那里它们的白帆在风中鼓起,点缀着那绿色与蓝色,
看吧,那来来去去的汽艇,驶出又驶入港口,
看吧,那些黝黑而波浪式起伏着的长长烟幡。

看哪,在俄勒冈,在遥远的西北部,
或在缅因,在遥远的东北部,你那些快乐的伐木者,
整天舞弄着他们的斧头。

看哪,在湖上,你的领航员在他们的罗盘旁,你的划桨手,
那梣木又怎样在那些肌肉发达的手臂下扭动着！

在熔炉旁,在铁砧旁,
请看你那些健壮的铁匠在抡着他们的大锤,
稳稳地举手过肩,举手过肩又落下,欢乐地叮当响着,
像一阵喧闹的笑声。

请注意到处都是发明家的精神,你那些一个接着一个的专利权,
你那些不断建成或正在兴建的工厂和铸工厂,
看吧,从它们的烟囱里高高的火苗是怎样溢流出来的。

注意,你那些没完没了的农庄,在北部,南部,
你那些富足的女儿州①,在东部和西部,
俄亥俄、宾夕法尼亚、密苏里、佐治亚、得克萨斯等地的多种产品,

---

① 女儿州(daughter-states),含义不详,可能是说:国家既是"母亲",州就是"女儿"。

你那些无限量的收成、青草、小麦、甘蔗、油料、玉米、大米、大麻、蛇麻子,
你的谷仓都堆得满满的,走不完的货车和胀满了的仓库,
葡萄在藤蔓上成熟,苹果在果园里成熟,
你那些计算不清的木材、牛肉、猪肉、马铃薯,你的煤,你的金和银,
你矿山里用不完的铁。

都是你的,啊,神圣的联邦!
船舶、农庄、店铺、谷仓、工厂、矿山,

城市和州郡,北方、南方,单项和集体,
敬畏的母亲①,我们把一切都献给你!

绝对的保护人是你!你是一切的堡垒!
因为我们很知道你给予了每一个人和全体,(像上帝一样慷慨,)
没有你就没有全体或个人,没有土地和家园,
没有船,没有矿,没有今天安稳享用的任何东西,
什么都没有,哪天都不会安逸。

九

而你呢,在一切之上飘动着的标志!
文雅的美人,有一句话对你说,(可能是有益的,)
要记得你并非一直在这里像今天一样舒服地居于最高地位,
旗帜啊,我曾经在别的场合看见过你,
并不是那样齐整,完全,容光焕发,穿着毫无污点的丝绸,
我曾经看见你的旗帜在你开裂的旗杆上碎成片片,
或是被某个年轻旗手紧张地朝着胸脯一把抓住,
为它而拼死拼活地进行着斗争,长期战斗着,
在雷鸣的炮声中,在众多的咒骂、呻吟和喊声中,在清脆而稠密的枪声中,

---

① 敬畏的母亲和亲爱的母亲(见下节)都是指联邦。

那移动着的人海像魔鬼似的汹涌着,冒着生命危险,
因为你的残部满身烟熏和污垢,浸在血泊中,
为了这个,我的美人啊,为了使你能够像今天那样安稳地随意飘荡,
我曾看见许多精壮的男子倒了下去。
现在呢,这里和这些从此享受到和平,一切都属于你,啊,旗帜!
而现在和今后都是为了你,啊,属于全球的诗魂!而你是为了它们!
而现在和今后,啊联邦,所有的工作和工人都属于你!
没有什么是脱离你而存在的——从此都是"一体",我们和你,
(因为孩子们的血,是什么呢,不都是母亲的血吗?
生命和工作,它们最终都是什么呢,不都是通向信仰和死亡的道路吗?)

在我们列举我们的统计不完的财富时,是为了你,亲爱的母亲,
我们今天才占有了一切,你是永远不会溶解的;
不要认为我们的颂歌,我们所展览的一切仅仅是为了总产值和金钱的收益——是为了你,为了你的灵魂,带有电力,是属于精神领域的!
我们的农庄、发明、收成,是因你才占有的,城市和州郡也是因为你!
我们的自由也都是因为你,我们活着也是因为你!

来自不停摆动着的摇篮那里[*]

来自不停摆动着的摇篮那里,
来自学舌鸟的喉头,穿梭一样的音乐,
来自九月的午夜,
在那不毛的沙地和远处的田野里,那个孩子从床上起来,一个人慢慢游逛着,光着头,赤着脚,
在阵雨般洒落的月晕下面,
上有阴影在神秘地游戏,互相纠缠着,像活的东西,
在生长着荆棘和黑莓的小块土地上,
从那对着我唱歌的小鸟的回忆中,
从你的回忆中,忧愁的兄弟,从我听见的时高时低的阵阵歌声中,
从那很迟才升起、又好像饱含着眼泪的半轮黄色月亮下,
从那在迷雾中唱出的怀念与爱恋的最初几个音符中,
从我心中发出的、从来不会停歇的一千个回答中,
从那由此而唤起的无数辞句中,
从那比任何一个都更加强烈而甜美的词汇中,
从它们现在又开始重访的那个场地,
就像一群飞鸟,鸣啭着,高飞着,或者从头上经过,
乘一切还没有从我身边滑过之前,匆忙地负载到这里来的,
是一个成年男子,然而因为流了这许多泪,又成了一个小男孩,
我把自己全身扑倒在沙滩上,面对着海浪,
我,痛苦和欢乐的歌手,今世和来世的统一者,

---

[*] 注意这首诗采用的歌剧形式。

所有暗示都接受了下来,加以利用,但又飞速地跃过了这些,
歌唱一件往事。

从前在鲍玛诺克①,
在空中飘着丁香的芬芳而五月草又正在长出的时候,
就在这一带海岸的荆棘丛中,
有两位来自阿拉巴马的披着羽毛的客人,双宿双飞,
还有它们的巢,和四个带着褐色斑点、浅绿色的卵,
每天那雄鸟在近处飞来飞去,
每天那雌鸟趴伏在巢里,默默地,闪着明亮的眼睛,
每天我,一个好奇的孩子,从不走得太近,从不惊动它们,
小心地仔细察看着,汲取着,转译着。

照耀吧!照耀吧!照耀吧!
倾倒你的温暖吧,伟大的太阳!
我们两个在一起正好取暖。

两个在一起!
风朝着南方吹去,风朝着北方吹去,
白色的白天来了,黑色的黑夜来了,
家乡,或来自家乡的河流和山脉,
一直在歌唱,忘记了时间,
我们俩厮守在一起。

但是突然,
也许被杀害了,她的伴侣什么也不知道,
一天上午那雌鸟没有趴伏在巢里,
下午也没有回来,次日也没有,
从此就再也没有出现。

---

① 见本书第 101 页《从鲍玛诺克开始》题注。惠特曼很喜欢用这个能引起他幼年时回忆的地名。

此后的整个夏天,在海涛声中,
在夜间,在气候比较平静时的满月下面,
在波涛嘶哑而汹涌的海上,
或白昼在荆棘丛中飞来飞去,
我有时看见并听见那只留下来的雄鸟,
那来自阿拉巴马的孤独客人。

吹吧!吹吧!吹吧!
沿着鲍玛诺克岸边劲吹吧,海风;
我等候又等候,在等你把我的伴侣吹到我身边。

是的,在星星闪闪放光的时候,
整个晚上在一个长满苔藓的木桩上,
几乎就在撞击着的浪花中,
坐着那孤单的奇妙的歌手,它催人泪下。

他呼叫他的伴侣,
他倾倒出来的含义在众人中独我能够理解。

是的,我的兄弟,我理解,
其他人也许不能,但是我一直珍惜每一个音符,
因为我不止一次在昏暗中悄悄走去海滩上,
默默地,避开着月光,让自己和阴影交融在一起,
此时还能记起那些模糊的形体、回声、各种声音和情景,
巨浪伸出的白臂膀不倦地在挥动着,
我,一个赤脚的孩子,海风吹动着我的头发,
听了很久很久。

我听是为了牢记,为了歌唱,现在又在转译着那些音符,
按照你的原意,我的兄弟。

抚慰！抚慰！抚慰！
紧跟在后面的后浪抚慰着前浪，
后面又有一个浪头，拥抱着，轻拍着，一个紧跟着一个，
但是我的爱却没有使我安宁，没有。
月亮低低悬挂在天边，它升起得很晚，
它走得缓慢——啊，我想它是负担着爱的重荷，爱的重荷。

啊，大海在疯狂地涌上陆地，
满怀着爱，满怀着爱。

啊，黑夜！莫非我看见了我的爱侣在那些浪头中间扑飞？
我看见的那白色当中的小小黑点是什么？

大声！大声！大声！
我大声呼叫着你，我的爱侣！
高昂而清晰，我把我的声音越过波浪抛掷出去，
你肯定知道谁在这里，在这里，
你肯定知道我是谁，我的爱侣。

低低悬挂着的月亮；
你那黄褐色上面的黑点是什么？
啊，是形体，是我伴侣的形体！
啊，月亮，不要再把她留住不放。

陆地！陆地！啊，陆地！
不管我转到什么方向，啊，我想你能够把我的伴侣还给我，只要你愿意，
因为我几乎能肯定我已朦胧地看见了她，不管我对着什么方向张望。

啊，正在升空的星星！
也许我渴想的那一个也会升空，会随同你们中的几个升到天空。

啊,歌喉!啊,颤抖着的歌喉!
经过了大气层,声音格外清脆!
穿透树林,穿透大地,
在某地力求听见你的,必是我想望的那一个。

扬走歌声吧!
这里很寂寞,黑夜的歌声!
孤独的爱的歌声!死亡的歌声!
在那缓步的,黄色的,残月下的歌声!
啊,在几乎即将沉入大海的月亮下面!
啊,不顾一切的绝望的歌声。

但是轻些!低声些!
轻些!让我只是喃喃细语吧,
请暂停片刻,你这粗哑声气的大海,
因为我深信我听见我的伴侣在某处答话的声音,
这样轻微,我必须寂静,寂静才能听见,
但也不能完全静寂,不然就怕她不能立即来到我身边。

到这里来,我的爱侣!
我在这里!在这里!
我就是用这种只能持续片刻的声音向你报告我自己,
这温柔的呼声是给你听的,我的爱侣,给你听的。

不要被误引去别的地方,
那是风的呼啸,这不是我的声音,
那是浪花在飞溅,在飞溅,
那些是树叶的阴影。

啊,黑暗!啊,一切都是徒劳!

啊,我是多么苦闷又悲伤。

啊,那天空中靠近月亮的褐色晕圈正在海上低垂!
啊,海上那愁苦的倒影!
啊,歌喉!啊,跳动着的心!
而我却整夜在徒劳又徒劳地歌唱着。

啊,过去!啊,幸福的生活!啊,欢乐的歌声!
在空气中,在树林里,遍及田野,
曾经爱过!爱过!爱过!爱过!爱过!
但是我的伴侣已不在,不再和我在一起!
我俩已不在一起。

歌声沉寂了,
别的都还在继续,星星在照亮,
风儿在吹,小鸟的歌声在不断成为回声,
暴烈的老母亲①在愤怒地放出悲声,不停地放出悲声,
在鲍玛诺克灰色而沙沙响着的海滩上,
那黄色的半轮月亮显得更大了,沉重地低低悬挂着,沉落着,几乎碰到了海面,
那十分激动的男孩,浪头盖没了他的赤脚,空气在戏弄他的头发,
长久禁闭在心里的爱,现在解放了,现在终于哄然爆发了,
歌声的含义、耳朵、灵魂,在快速地凝聚起来,
古怪的眼泪顺着双颊流下,

那里的对话,三方②,各自都发出了声音,
低沉的音调,粗野的老母亲在不停地呼叫,
阴沉地配合着孩子灵魂所提出的问题,嘶嘶吐露着某个已经听不见的

---

① 老母亲指大海。
② 三方(the trio),此处指鸟、大海和孩子。

秘密，
　　向着那刚刚起步的诗人。

　　是精灵还是鸟！（男孩的灵魂说道，）
　　你确实是在对着你伴侣歌唱吗？还是其实是对着我？
　　因为我，过去是个孩子，我舌头的作用还在睡觉，现在我听见了你，
　　现在在一瞬间我知道了我生活的目的，我觉醒了，
　　已经有一千名歌手，一千支歌，比你的更清楚，更响亮，更忧伤，
　　一千种婉转的回声已开始在我胸中取得生命，永不会死去。

　　啊，你这寂寞的歌手，独自唱着歌，也反映了我，
　　啊，寂寞的我在静听，我从此将不倦地使你永远存在，
　　我将永远不会逃避，永远不会逃避那些余音的震颤，
　　未曾满足的爱的呼声将永远不会在我这里消失，
　　我也永远不会再是过去那个无所用心的男孩，像那天晚上那样，
　　在海边，在那黄色的低垂的月亮底下，
　　那使者已经唤醒了那烈火，那内心深处甜蜜的苦味，
　　那说不清的渴想，我那注定了的命运。

　　啊，给我提供线索吧！（在黑夜里它躲藏在这里的某个地方，）
　　啊，我既可以得到许多，那就再多给我一些吧！

　　只要一个词（因为我决心掌握它，）
　　那最后的一个词，重于一切，
　　微妙，已经传出——是哪一个词呢？——我在听着；
　　你一直在悄语的就是它吗，你海上的波浪？
　　来自你晶莹的海面和潮湿的沙土的就是它吗？

　　大海朝着这里回答，
　　不迟延，也不匆忙，
　　整个夜里向着我悄语，拂晓时已十分明确，

向我喃喃吐出的是那低沉、甜美的词:"死亡",
一再重复是死亡,死亡,死亡,死亡,
嘶嘶然,音调优美,既不像那小鸟也不像我那已觉醒的童心,
而是渐渐朝着我一个人靠近,在我脚下发出沙沙的声音,
从那里一直缓缓接近我耳边,而且轻柔地沐浴着我的全身,
死亡,死亡,死亡,死亡,死亡。

这我不会忘记,
而是和我那昏暗的精灵和兄弟的歌声融合在一起,
那歌是他在月光下鲍玛诺克的灰色海滩上唱给我听的,
还有那些信口唱出的一千首答应之歌,
从那时开始我自己的歌也苏醒过来,
伴随着它们的是海浪送来的那个词,这是关键,
这个词属于最甜蜜的歌和一切歌,
那强有力而甜美的词一直在缓缓接近我脚边,
(或者像一个裹着美丽长袍的老婆婆在摇着摇篮,低着头,)
是大海悄悄说给我听的。

一首波士顿民谣*

为了及时赶到波士顿城,我今天老早就起了床,
这里这个角落是个好地方,我决定站在这里看热闹。

让出路来,乔纳森!①
给总统的司礼官让路——给政府的大炮让路!
给联邦的步兵和龙骑兵让路,(怪影在成群地翻筋斗。)

我喜欢看到星条旗,我希望横笛吹奏扬基歌。②
最前列的部队佩带的弯刀够多亮堂!
每个人握着他的左轮手枪,挺直着腰板走过波士顿城。

一片浓雾跟在后面,雾里的老朽们一颠一跛地走过来,
有的装着木腿,有的缠着绷带,脸色苍白。

---

* 这首诗作者写于南北战争前的 1854 年,国内正酝酿热烈的废奴情绪之际,这一年,爆发了一场"波士顿护奴暴动"(She Boston Slane Riot)。起因于逃奴安东尼·伯恩斯(Anthony Burns)在波士顿被捕。按照"逃奴法令",伯恩斯是南方某奴隶主的私有财产,必须"物归原主"。波士顿的废奴群众集会反对,最后爆发为暴动,当局派兵镇压。皮尔斯(F. Pierce)总统表示必须"执法"。据说逃奴被押解上船,送往南方,交还主人时,武装押送的队伍不下一万人。诗中描写的就是这支庞大的押送队伍。诗中的"鬼影"是指那些在独立战争中阵亡的将士,他们挤入行列,为了"自由"和"民主"的沦丧而悲愤欲绝,但他们手中的唯一武器却只有老朽的拐杖。作者辛辣地指出,独立战士在此已起不了作用,1854 年波士顿的大街上最合时宜的主人公当是英王乔治的尸骨。回忆八十年前美国独立战士为之流血的正是乔治三世派来的军队。

① 乔纳森是新英格兰乡下人的名字,是个普通美国人,他代表"民主"与"自由"。他在诗的第三行中必须为总统的司礼官让路,但在诗的结尾时也成了满肚子生意经的统治阶级的顺民了。

② 扬基歌(Yankee Doodle)是美国独立战争时流行的歌曲。

好啊,这真是一场热闹——它把死者从地下唤了出来!

山里的旧坟地也赶来看热闹!

鬼影!数不清的鬼影在两侧和后方!

蠹虫蛀过的三角帽——迷雾炮制的拐杖!

挂着吊带的胳膊——老年人倚靠着青年人的肩膀。

北方佬的鬼魂,是什么事使你们烦恼?没有牙齿的牙床在嚼舌,说的都是什么?

是不是疟疾使你们的四肢抽搐?你们是否把拐棍错当了火枪,还举着它们瞄准?

如果泪水模糊了你们的眼睛,你们就看不见总统的司礼官了,

如果你们竟发出这样的呻吟,你们就可能会震哑政府的大炮。

莫要不识廉耻啊,老年的疯子们把你们乱舞着的臂膀放下来,不要卖弄你们的白发,

你们的曾孙们在这里目瞪口呆,他们的妻子在窗口望着他们,

看他们穿得有多体面,他们的行为又多规矩。

越发糟糕了——你们受不住了吗?你们要退避三舍了吗?

和活人待上一个小时对你们是太死气沉沉吗?

那就仓皇撤退吧!

回到你们坟地里去——回去——回到山里去,年老的跛子们!

反正我认为这里不是你们的地方。

但是有一件东西是属于此地的要我告诉你们吗,波士顿的老爷们?

我会悄悄告诉市长,他会派一个委员会到英国去,

议会会给他们权力,赶一辆轻便马车到皇家陵园去,

把国王乔治的棺材挖出来,迅速脱掉他的寿衣,把他的骸骨装在匣内,准

备上路,
  找一艘扬基款式的快艇——这就是你的货物,黑肚皮的快艇,
  把锚收起来吧——张开帆篷——直驶波士顿海湾。

然后再把总统的司礼官叫上,出动政府的大炮,
把国会里爱吼叫的人们请来,另外派支队伍,用步兵和龙骑兵当警卫。

这是给他们放在中央的供品,
看吧,所有规矩的公民——在窗口望着吧,妇女们!

委员会会打开匣子,把国王的肋骨安装起来,站不稳的用胶水粘住,
把颅骨安在肋骨上面,给颅骨戴上王冠。

这样你就复了仇,老家伙——王冠已物尽其用,而且不仅如此。

把手插在口袋里,乔纳森——你从今天起是个有身份的人了,
你真够机灵——这里是你的一笔赚钱买卖。

啊,船长！我的船长！

啊,船长！我的船长！我们可怕的航程已终了,
船只渡过了每一个难关,我们寻求的奖品已得到,
港口就在眼前,钟声已经听见,人们在狂热地呼喊,
眼睛在望着稳稳驶进的船只,船儿既坚定又勇敢,
但是心啊！心啊！心啊！
啊,鲜红的血在流滴,
我的船长躺卧在甲板上,
人已倒下,已完全停止了呼吸。

啊,船长！我的船长！请起来倾听钟声的敲撞！
请起来——旗帜在为你招展——号角在为你吹响,
为了你,才有花束和飘着缎带的花圈——为了你人群才挤满了海岸,
为了你,汹涌的人群才呼唤,殷切的脸才朝着你看；
在这里,啊,船长！亲爱的父亲！
请把你的头枕靠着这只手臂！
在甲板这地方真像是一场梦,
你已倒下,已完全停止了呼吸。

我的船长没有回答,他的嘴唇惨白而僵冷,
我的父亲感觉不到我的臂膀,他已没有了脉搏和意志的反应,
船只已安全地抛下了锚,旅程已宣告完成,
胜利的船只已达到目的,已走完了可怕的航程；
欢呼吧,啊海岸,敲撞吧,啊钟声！

但是我每一举步都怀着悲凄,
漫步在我船长躺卧的甲板上,
人已倒下,已完全停止了呼吸。

风暴的豪迈音乐

一

风暴的豪迈音乐,
自由旋转的狂风,呼啸着越过大草原,
森林里树梢的轰鸣声——山间的风,
恍如人影的昏暗形体——你们这些隐蔽着的管弦乐队,
你们这些幽灵的小夜曲和灵敏的乐器,
把各国的所有舌头和大自然的节奏交融在一起,
你们这些像广大作曲家留下的和声——你们这些合唱队,
你们这些不成形的,自由的,宗教舞蹈——你们来自东方,
你们这些河流的低音,飞瀑的吼叫声,
你们这些来自远方的枪炮和奔跑着的骑兵的声音,
军营的回声和所有各种不同的号角声,
乱哄哄地成群结队而来,塞满着已经很深的午夜,使我无能地低下了头,
走进我那寂寞的卧室,你们为什么把我一把抓住?

二

向前走来吧,啊,我的灵魂,让别的一切都去休息,
听着,不要错过,它们是朝你而来的,
劈开了午夜,进入了我的卧室,
它们是为了你而歌舞的,啊,灵魂。

一支喜庆日子的歌,

新郎和新娘的二重唱,一支婚礼进行曲,

他们有着爱情的嘴唇,情侣的那两颗满装着爱的心,

那绯红的双颊和芳香,随从中挤满了青老年人的友好面孔,

伴奏的是长笛的清澈声调和竖琴的如歌的音乐。

现在是响亮的鼓声在走近,

维多利亚①! 你见否在硝烟中旗帜被撕裂但仍在飘扬,被击败的正在溃退?

你听见那一支正在取胜的军队的呐喊声吗?

(啊,灵魂,妇女们的抽泣声,伤员们在痛苦地呻吟着,

火焰的嘶嘶和噼啪声,那已变得漆黑的废墟,城市的余烬,

人类的哀歌和凄凉。)

现在远古和中世纪的歌曲把我灌满了,

我看见并听见威尔士节日期间的老竖琴手和他们的竖琴,

我听见吟游诗人唱着他们的情歌,

我听见中世纪的吟游诗人②,行吟诗人③和抒情诗人④。

现在是那大风琴在发出声音,

颤抖着,而下面(正像大地那些隐蔽着的立足点,

凭借着它们而升腾,跃起的,

是一切美丽、娴雅和力量的形体,我们所知道的一切色彩,

绿色的草叶片和鸣啭着的鸟雀,跳跃而嬉耍着的孩子们,天上的云彩,)

那强大的低音站得很稳,它的跳动从不间歇,

沐浴、支撑、融化着一切,是一切的母性本能,

---

① 维多利亚(A. Victoria,1819—1901),英国女王。可能指的是克里米亚之役和轻骑兵的冲锋(参看丁尼生的同名诗篇)。
② 中世纪的用竖琴伴奏的吟游诗人。
③ 也是吟游诗人(多见于英国和苏格兰)。
④ 十一至十三世纪主要出现在法国南部与意大利北部的行吟诗人。

和它同时的是大量的各种乐器,

演奏者在演奏,世界上所有的音乐家,

那些庄重的赞美诗和引起人们顶礼膜拜的弥撒,

所有热情的心声,忧伤的恳求,

各个时代数不清的甜蜜的歌唱家,

而能够溶解凝固人类的音乐的是大地本身的优美和声,

风、树林和强大的海涛,

一个新的混合的管弦乐队,使时代和地区结合在一起,具有十倍的更新力量,

正像诗人们讲述的遥远的过去,那天国①,偏离了那地方,长期分离着,但是现在漫游已结束,

旅程已告终,出了师的学徒回了家,

人与艺术又和大自然融合为一体。

合奏②! 为了大地和天堂;

(那"全能的"指挥这一次用指挥棒发出了信号。)

全世界的丈夫们进行着男子汉的载歌载舞,③

所有的妻子们响应着。

小提琴的舌头,

(啊,我认为舌头啊,你们诉说了这颗心自己不能诉说的心事,

这颗郁郁多思多情的心,它自己说不清。)

三

啊,从幼年时开始,

你就知道,灵魂啊,我是怎样感到一切声音都成了音乐,

---

① 但丁《神曲》第三部,此时但丁和贝雅特丽齐结束了漫游,一同进入天国。
② 指挥命令演员齐奏,也指偏离天国后又回到了家。
③ 这里指古希腊歌舞剧中的那种齐唱齐舞。

我母亲唱摇篮曲或赞美诗的声音,
(那声音,啊温柔的声音,回忆的亲热的声音,
一切奇迹中的最后一个,啊,最亲爱的母亲的姊妹的声音;)
雨,成长着的玉米,长叶玉米中的微风,
那有节奏的涛声拍打着沙滩,
那啾啾的飞鸟,那鹰的尖叫,
夜间那低飞的野鸭在迁移到北方或南方去时的声调,
乡间教堂或树丛里的圣歌,露天举行的野营布道会,
酒菜馆里的提琴手,男声重唱曲,那拉得长长的水手之歌,
那哞哞叫着的牛,那咩咩叫着的羊,黎明时那喔喔啼着的公鸡。

当今各国的所有歌曲围绕着我唱了起来,
德国的友谊、美酒和爱情的歌曲,
爱尔兰的民谣,欢乐的快步舞和各种舞蹈,英国式歌曲,
法兰西歌曲,苏格兰曲调,而在一切之上,
意大利的举世无双的作品①。

她脸色苍白地走过舞台,然而却怀着沉郁的激情,
诺玛②手中挥动着匕首大踏步走着。

我看见可怜的疯傻了的露茜亚③眼睛里那不正常的闪光,
她的头发零乱地披散在背上。

我看见欧那尼④在举行婚礼的花园里散步,
在夜间玫瑰的芳香中容光焕发地拉着新娘的手时,
听到一声可怕的呼叫,注定要死亡的号角声。

---

① 指惠特曼最感兴趣的意大利歌剧。
② 贝里尼歌剧中的女主人公。诺玛向着她情人挥舞匕首时已是剧中的高潮。
③ 多尼采蒂歌剧《拉马摩尔的露茜亚》中的女主角,她受骗嫁了她所不爱的丈夫,便杀死了他,并发了疯。
④ 威尔地同名歌剧中的男主人公,他卷入了情况复杂的爱情阴谋,以自杀结束了他的一生。

面对着剑拼剑的交锋和对着上天露出灰白头发时,
是那世界上清晰的电流似的男低音和男中音,
那长号二重唱①,自由万岁!

从西班牙的板栗树的浓荫那里,
在古老而厚重的女修道院院墙旁是一支悲歌,
失去了爱情之歌,青春和生命的火把在绝望中被扑灭,
垂死的天鹅之歌,福南多的心都碎了。②
终于从苦痛中醒来,如释重负的阿米娜歌唱了,
她那欢乐的暖流像星星那样众多,像晨光那样欢喜。

(那位多产的夫人来了,
那晶莹的明星,金星似的女低音③,那花朵一般的母亲,
最崇高的众神的姊妹,我听了阿尔波尼④本人。)

四

我听见那些颂歌,交响乐,歌剧,
我在"威廉·退尔"⑤中听见一个觉醒了的、愤怒的民族的音乐,
我听见了梅耶贝尔的《胡格诺派教徒》,《先知》,或《罗伯特》⑥,
古诺的《浮士德》或莫扎特的《唐璜》⑦。

我听见所有国家的舞蹈音乐,

---

① 即贝里尼的歌剧《清教徒》中的绝妙的长号二重唱。
② 多尼采蒂歌剧《宠姬》中的男主人公。他生怕他的心上人欺骗他,而成了国王的情妇。
③ 女歌星阿尔波尼既是晶莹的金星,又是著名的歌星。
④ 玛丽埃塔·阿尔波尼,杰出的歌剧明星,1852年夏天来到纽约。惠特曼观看了她的每一场演出,并给予她最崇高的评价。
⑤ 罗西尼的著名歌剧。退尔是瑞士的民族英雄。最初上演时为1829年。
⑥ 梅耶贝尔(1791—1863)的浪漫主义歌剧《罗伯特》《胡格诺派教徒》和《先知》于1831、1836和1849年在巴黎上演。
⑦ 《浮士德》于1859年在巴黎上演,莫扎特的《唐璜》(亦即《唐·吉凡尼》)于1797年10月在布拉格上演。

华尔兹舞,一些十分动人的节奏,使我陷入并沐浴在幸福中,
波莱罗舞①,由轻盈的六弦琴和清脆的响板伴奏着。

我看见新旧的宗教舞蹈,
我听见希伯来七弦竖琴的声音,
我看见高举十字架在行军的十字军,伴随着的是勇武的铙钹的铿锵声,
我听见托钵僧在单调地吟唱,有时夹杂着狂热的喊叫,他们向后转永远把脸朝着麦加,
我看见波斯和阿拉伯人的全神贯注的宗教舞蹈,
又有一次在刻瑞斯的家乡厄琉西斯②,我看见现代希腊人在跳舞,
我听见他们在弯腰时拍着手,
我听见他们的双脚在按着节拍拖着脚步移动着。

我又一次看见柯里班人③的古老狂舞,表演者使彼此都受到伤害,
我看见那些罗马青年随着刺耳的六孔竖笛的音乐来回抛接他们的兵器,
一时跪下一时又站起。
我听见在穆斯林的清真寺那里祈祷报告人在呼叫,
我看见里面做礼拜的人们,没有形式,没有布道,没有争辩或发言,
而是沉默,奇异,虔诚,抬起发着红光的头,狂热的脸。

我听见多弦的埃及竖琴,
尼罗河船夫的原始吟唱,
中国的神圣的帝王家的颂歌,
随着那"磬"的幽雅声音,(那受着敲击的木石,)
或随着印度的管箫和那七弦琴,烦乱的弹拨声,
一些印度的舞蹈着的女子。

---

① 一种西班牙民族舞蹈,响板伴舞。
② 刻瑞斯(Ceres)是罗马神话中专司粮食丰收的女神。厄琉西斯(Eleusis),雅典西北的希腊古城。
③ 柯里班人是小亚西亚古国弗利吉亚自然女神西比里的狂欢侍从。希腊人也学古人似的举行颂扬自然的狂欢礼节。

五

现在亚非两洲离开了我,欧洲掌握了我,使我得意,
随着巨大的风琴和乐队我听见各种声音的宏大汇合,
路德的有力赞歌《我们的上帝是强大的避难所》①,
罗西尼的《悲伤的母亲站在那里》②,
或者在某一昏暗的装着彩色玻璃窗的高大教堂里飘扬着,
那狂热的《上帝的羔羊》或《荣耀属于至高者》。③

作曲家!威力无边的大师们!
还有你们,古国的甜蜜歌唱家,女高音,男高音,男低音!
面对你们的是一个在西方唱着颂歌的新诗人,
他怀着热爱向你们敬礼。

(这些都指向你,啊,灵魂,
一切意识,表演和事物都指向你,
只是现在,我似乎觉得声音领导一切。)

我听见孩子们一年一度在圣保罗大教堂唱歌,
或者,在某个巨大厅堂的高屋顶下,贝多芬,韩德尔或海顿的交响乐,清唱剧,
在神性的波澜里荡漾着的《创世记》④冲洗着我。

让我拥抱所有的声音吧,(我疯狂地挣扎着呼叫,)
请让宇宙的所有声音把我灌满吧,
把它们的一切搏动赐给我,也包括大自然的搏动,

---

① 此地用的是德语原文。
② 这是一出清唱剧的题目,原文为意大利语。
③ 两首赞美诗,原文为拉丁文。
④ 《创世记》,奥地利作曲家海顿(F. J. Haydn,1732—1809)的著名清唱剧。

风暴、江海、风、歌剧和颂歌,进行曲和舞蹈,
放声吧,倾倒吧,我将接受一切!

六

然后我悄悄醒来了,
而且稍停片刻,审查一下我梦中的音乐,
审查一下所有那些回忆,那怒吼着的风暴,
和所有女高音和男高音们唱的歌曲,
那些全神贯注的富于宗教热忱的东方舞蹈,
那些甜蜜的各种乐器,风琴的宏伟和声,
和所有那些朴素的爱与悲与死亡的哀诉,
我从卧室的床上对我那沉默而好奇的灵魂说:
来吧,我已经找到了那长久以来一直在寻求的线索,
让我们精神抖擞地在大白天出行吧,
欣然清点着生活,到世界和现实中去走一走,
今后将享受我们天堂般梦境的滋养。

我说,而且,
或许你所听见的,啊,灵魂,不是风的声音,
不是怒吼着的风暴之梦,不是海鹰扑打着的翅膀或粗野的尖叫,
也不是阳光灿烂的意大利的声乐,
不是德国的庄严风琴,不是宏大的歌声的汇合,不是重重叠叠的和声,
不是丈夫和妻子们的载歌载舞,不是兵士们行军的声音,
不是笛子,不是竖琴,不是营地发出的号角声,
而是一种适合你的新的节奏,
一些能够沟通生与死的诗篇,在夜空中模糊地飘荡,没有被捉住,没有被写下,
而是让我们在坦率的大白天里把它写出来。

向着印度行进

一

歌唱我这个时代,
歌唱当前的巨大成就,
歌唱工程师们强大而灵巧的工程,
我们的现代奇迹,(胜过古代那笨重的七个①),
在"旧世界"东方的苏伊士运河②,
"新大陆"被它那强大的铁路跨越了,③
海底铺设着善于对话的轻柔电缆;④
然后最先发出声音而且永远发声的是指向你的呼声,啊,灵魂,
那"过去"!那"过去"!那"过去"!

那"过去"——那昏暗的莫测高深的追溯往昔!
那繁衍着生物的深渊——睡觉的人们和阴影!
那过去——过去的无限巨大!
因为当前如不是从过去生长出来的,又能是什么?
(正像一个已形成、已推送前进的射出物,经过某一界线后,还在继续

---

① 指世界古代七大奇观,即:埃及金字塔、古代小亚西亚的哈利卡纳苏城的摩索拉斯陵墓、古代小亚西亚埃弗色斯的阿尔忒弥斯神庙、巴比伦的空中花园、罗得岛上的太阳神巨像、奥林比亚的宙斯像和亚历山大的法罗斯灯塔。
② 接连地中海与红海的苏伊士运河于1859年4月动工,1869年11月17日开放。
③ 美国的联合太平洋铁路和中央太平洋铁路于1869年5月10日在犹他州普罗蒙特里(Promontory)接轨。
④ 大西洋海底电缆于1866年铺设完成。

前进,

同样,当前完全是过去形成,推送前进的。)

二

啊,灵魂,向着印度行进!
解开亚洲的神话,那些原始的寓言之谜。

不只是你们才是世界的值得夸耀的真理,
不只是你们,你们这些现代科学提供的事实,
而是古代的神话和寓言,亚洲、非洲的寓言,
那些精神的射程遥远的光芒,那些放松了约束的梦想,
那些潜力深远的圣典和传说,
诗人们设想的大胆情节,昔日的宗教;
啊,你们这些比正在升起的太阳所浇灌的百合更加美丽的寺院!
啊,你们这些寓言,摈弃了已知,逃脱了已知的掌握,直上天空!
你们这些高耸而炫人耳目的塔楼,布满了尖顶,像玫瑰那样鲜艳,闪着金光!
不朽的寓言高塔是普通人的梦想铸成的!
我也完全像欢迎其他一切那样欢迎你们!
我也同样欢喜地歌唱你们。

向着印度行进!
看哪,灵魂,你不是一开始就看清了上帝的旨意所在吗?
大地将被跨越,为网状物所连接,
各个民族,近邻将通婚,
海洋能够逾越,遥远的将成为靠近,
不同国土将结合在一起。

我歌唱一种新的崇拜对象,
你们这些船长,航海者,探险者,你们的一切,

你们这些工程师,你们这些建筑师、机械师,你们的一切,
你们,不只是为了贸易或运输,
而是凭着上帝的名义,也是为了你,啊,灵魂。

三

向着印度行进!
看哪,灵魂,为了你才有两种场面,
我看见一面是苏伊士运河动工了,开放了,
我看见那船队,是欧也妮皇后在领导着前进,①
我在甲板上看到了奇异的景色,那纯净的天,那远处的平沙,
我很快就打那些如画的人群、群集的工人、那些巨大的挖泥机身边走过。

另一面,很不相同,(然而仍是你的,都是你的,啊,灵魂,是相同的,)
我看见跨越了我自己那个大陆的太平洋铁路排除着一切障碍,
我看见接连不断的列车弯弯曲曲地沿着普拉特河运载着货物和乘客,②
我听见火车头在向前冲刺,吼叫着,还有那刺耳的汽笛,
我听见那些在穿过世界最壮丽的景色时发出的阵阵回声,
我跨越拉勒米河流过的平原,注意到那些怪石和孤立的小尖山,
我看见许多飞燕草和野葱,那荒凉的没颜色的艾灌丛生的沙漠,
我隐约看见在远处、或看见就在我头顶上那些高高耸立的巨大山峦,我看见温德河和沃萨奇山,
我看见那莫纽门特山③和伊格尔内斯特④,我经过普罗蒙特里,直上内华达,
我匆匆看了那雄伟的埃尔克山⑤并绕过它的山脚,
我看见洪堡山脉⑥,我穿过山谷又过了河,

---

① 当时,拿破仑三世之妻乘坐"雄鹰号"通过苏伊士运河,作为运河开航仪式的先导。
② 从这里开始的十四行写铁路线从奥马哈(Omaha)到旧金山。
③ 莫纽门特(Monument)山,在犹他州。
④ 伊格尔内斯特(Eagle Nest),在新墨西哥州。
⑤ 埃尔克(Elk)山,在怀俄明州。
⑥ 洪堡(Humboldt)山脉,在内华达州。

我看见塔霍湖①清澈的水面,我看见高大的松林,
或是越过那大沙漠,那些含碱的平原,我看见湖泊和草地
的迷人幻景,
注意到通过这些和一切,靠的是那窄窄的双轨,
畅通地进行了三四千英里的陆地旅行,
把东海和西海衔接在一起,
成为欧亚两洲之间的大路。

(啊,热那亚人②你的梦想!你的梦想!
你已睡进坟墓几个世纪后,
你创立的大陆证实了你的梦想。)

四

向着印度行进!
多少船长的奋斗,多少已死去的水手的故事,
它们偷偷前来逐渐影响着我的情绪,
像高不可攀的天上的大大小小的云彩。

沿着全部历史,顺坡而下,
像一条流溪,时而下沉,时而又升到表面,
一个从未停止过的思想,发展成为多变化的一串——看哪,灵魂,它们是朝着你并在你的眼前升起的,
那些计划,那些一再踏上的航程,那些探险的队伍,
伐斯柯·达·伽马③又一次启航了,
又一次增长了知识,成为海员的指南针,
发现了新的大陆,诞生了新的国家,诞生了你,美利坚,

---

① 塔霍(Tahoe)湖,在加利福尼亚州和内华达州之间的边界地区。
② 指哥伦布。
③ 伐斯柯·达·伽马(Vasco da Gama,约1450—1524)葡萄牙航海家,他是在1497至1498年第一个从欧洲绕过非洲到达印度的欧洲人。

为了广阔的目标,充实了人类长期以来受到的考验,
你作为世界的圆形终于得到了完成。

五

啊,巨大的"圆形",在空间游泳,
全身盖满了肉眼可见的力量和美,
轮换着光与白昼和那繁忙的精神世界的黑暗,
语言无法形容的太阳和月亮在高空前进,还有上空无数的星星,
下面是多种多样的青草和湖泊、动物、山峦、树木,
伴随着的是难以辨认的目标,某种隐蔽的预兆性的意图,
现在首先是我的思想似乎开始能够跨越你了。

从亚洲的花园里光辉地往下传送,
出现了亚当和夏娃,然后是他们留下的数不清的后代,
他们到处在漫游,渴望着,好奇地、不安地探索着,
提出问题,得不到回答,没有成为形式,高度兴奋,内心没有欢乐,
还不停地唱出忧伤的叠句:永不满足的灵魂,那是为什么?以及:啊,愚弄人的生活,你要去哪里?

啊,谁能安慰这些高度兴奋的孩子们?
谁能为这些不安的探索陈说缘由?
谁能说出这个冷漠的大地的秘密?
谁把它和我们牢牢拴在一起?这个和我们脱离的很不自然的大自然是什么东西?
对我们的感情来说,这个大地又是什么?(并不亲热的大地,一次都未响应过我们心脏的搏动,
冰冷的大地,墓葬所在的地方。)

然而,灵魂啊,必须保证最早的意图继续存在,并且使之实现,
也许现在时间已经到来。

在所有的大海都越过以后,(似乎已经逾越,)
在那些伟大的船长和工程师已经大功告成以后,
在伟大的发明家、科学家、化学家、地质学家、民族学家的后面,
最后到来的将是那名副其实的诗人,
上帝的真正儿子将咏唱着他的诗歌前来。

然后那被承认的将不仅是你的业绩,啊,航海者,啊,科学家与发明家,
所有焦躁不安的孩子们的心将得到宽慰,
所有的感情将充分得到报答,那秘密将得到说明,
所有这些隔离和空隙将得到处理,挂起钩来,连接在一起,
整个大地,这冰冷、冷漠、不出一声的大地将完全得到承认,
神圣的三位一体将光辉地得到完成,而上帝的真正儿子,那诗人,将使之严密地凝结在一起,
(他无疑将渡过海峡,战胜山岳,)
他将不会白白绕过好望角,
大自然和人类将不会再分裂而分散,
上帝的真正儿子绝对会使它们融合成一体。

六

这一年我在它敞开的门旁歌唱!
这一年达到了目标!
这一年是不同大陆、不同气候和大洋之间结婚的日子!
(现在不只是威尼斯总督和亚德里亚海结了婚,)①
我看见,啊,这一年,在这一年里巨大的由水陆形成的地球既得到一切也付出一切,
欧洲和亚洲、非洲联合了,而它们又和"新大陆"连接在一起,

---

① 威尼斯顶峰时期,总督每年都举行该城与大海结婚的仪式。主要是把一个戒指投入亚德里亚海。

各个国家,各种地形,在你面前跳舞,举着一个节日的花环,
像拉着手的对对新娘和新郎。

向着印度行进!
遥远的高加索的凉风,安抚着人类的摇篮,
幼发拉底河①在奔流,过去又放出光辉。

看哪,灵魂,对过去的回忆又出现在眼前,
大地那些古老的、人口最多、最富裕的国土,
印度和恒河的水流以及它们的许多分支,
(我今天在美利坚的岸边散步时看见并重温了一切,)
在行军时突然死去的亚历山大②的故事,
一边是中国,另一边是波斯和阿拉伯,
南方是大海和孟加拉湾,
那些川流不息的各种文学,惊心动魄的史诗、宗教、各个社会等级,
延续至今的古老与玄秘的梵天,那温柔而年轻的佛陀,
中央与南方的帝国和它们所有的财产,属主,
帖木儿的征战,奥朗则布的统治,③
经商者、统治者、探险者、穆斯林、威尼斯人、拜占庭、阿拉伯人、葡萄牙人,
至今还是最早的著名旅行家,马可·波罗,摩尔人巴图他④,
需要解决的疑团,还不存在的地图,需要填补的空白,
人们那只不停步的脚,不知休息的双手,
你自己,啊,灵魂,你从来不肯忍受挑战。

中世纪的航海家出现在我眼前,

---

① 幼发拉底河谷是西方文明的摇篮,被假设是和诺亚的方舟联系在一起的。
② 亚历山大侵略了印度后在归途中死去。
③ 帖木儿(Tamerlane 或 Timur,1336?—1405),又名"破坏一切的王子",领导了征服土耳其、波斯、印度和俄罗斯的战争。300 年后的印度莫卧儿帝国统治者奥朗则布(Aurangzeb,1618—1707),自称"世界征服者",在相邻的伊斯兰教和印度诸国某种程度上实现了他夸下的海口。
④ 马可·波罗(Marco Polo,1254—1324),威尼斯旅行家,深入了遥远的契丹。巴图他(Batouta,1303—1377),曾在亚洲和非洲旅行,两者都是为了开拓贸易。

一四九二年的世界，以及它那已经觉醒的事业心，①
此时某物在人类的胸中涌起，恰像春季赐给大地的活力，
骑士制度的绚丽晚霞正在没落。

你又是谁呢，忧伤的阴魂？
巨大，充满幻想，你自己就是个幻想家，
雄伟的肢体，虔诚的放光的眼睛，
你的目光所到之处向四沿展开了一个黄金世界，
使它涂上了华丽的色彩。

作为主要演员，
他在某一伟大场景里走向台前的灯光，
我看见大将他本人②在众人中占着统治地位，
（是勇敢、行动、信仰的历史典型，）
我看见他领导着他那小小船队从巴罗斯启航，
看见他的出航，他的回归，他的巨大声望，
他的不幸遭遇③，他的诽谤者，看见他成为囚犯，带着镣铐，
看见他的沮丧、贫穷、死亡。

（我好奇地进入历史时代，注意着英雄们的各种努力，
耽搁的时间很长吗？诽谤，贫穷，死亡十分辛酸吗？
种子在地里埋了几个世纪竟无人理会吗？看哪，上帝还是及时的，
在夜间升起时，它发芽开花了，
使大地又充满了美和效益。）

---

① 意大利航海家哥伦布（Columbus，约1451—1506）于1492年8月3日率船员八十七人（一说九十人），乘船三艘，自西班牙巴罗斯港启航横渡大西洋，抵达美洲，误以所到之地为印度。惠特曼很赞赏他的冒险精神。
② 惠特曼称哥伦布是"主要演员"，海洋的"大将"。
③ 关于哥伦布后来的不幸遭遇，参看下面一首《哥伦布的祈祷》。

七

啊,灵魂确实是在向着最根本的思想之路行进的,
不只是大陆和海洋,你自己那明朗的清新,
你的生育与开花的青年早熟,
直接指向开始萌生圣典的王国。

啊,灵魂,不再受抑制,我和你,你和我,
你的环球航行开始了,
对于人类说来,这是他思想的归航,
回到理智的最早期乐园,
回到智慧的新生,回到单纯的直观,
又一次回到美好的创世时期。

八

啊,我们不能再等了,
我们也上船吧,啊,灵魂,
我们也欢乐地在没有轨迹的大海上出航,
毫无恐惧地在极度兴奋的波浪上航驶,前去不知名的海岸,
在吹飘着的风中,(你拥抱着我,我拥抱着你,啊,灵魂,)
自由地欢唱着,唱着我们的上帝之歌。
高唱着愉快的探险的颂歌。

笑出声来又多次接吻,
(让别人去恳求开恩吧,让别人去为罪孽、悔恨、自卑而哭泣吧,)
啊,灵魂,你使我忻慰,我使你忻慰。

啊,和随便哪个僧侣相比也许更加如此,啊,灵魂,我们也信仰上帝,
但是对于上帝的奥秘,我们决不敢儿戏。

啊,灵魂,你使我忻慰,我使你忻慰,
在这些海上航行,或者站在山上,或者在夜间醒来,
思想,有关时间、空间和死亡的默默思考,像流水一样,
确实托举着我像带我经过那些没有尽头的各个地区,
我呼吸了它们的空气,听见了它们的微波,全身受到了冲洗,
啊,上帝,让我在你里面沐浴,攀登到你所在的高处,
我和我的灵魂将在你的范围里遨游。

啊,你是超越一切的,
没有名字,是纤维,又是呼吸,
光中之光,创造着宇宙万物,你是它们的中心,
你是真、善、爱的更加强大的中心,
你是品德和精神的源泉——情感的源泉——你是蓄水池,
(啊,我那忧心忡忡的灵魂——啊,尚未缓解的口渴——你不在那里等候着吗?
也许那完美的"同志"在某个地方等候着我们?)
你是脉搏——你是星星,太阳,天体的动力,
在环行时有秩序地、安全地、和谐地运动着,
横跨着那没有形体的空间的浩渺,
我该怎样想,怎样呼一口气,怎样说话呢,如果只凭我自己,
我竟不能启航到那些更为高超的宇宙那里去?
我想到上帝就很快感觉到自己的渺小,
想到大自然和它的奇迹、时间、空间、死亡时也一样,
但是我回头来向你发出呼唤,啊,灵魂,你这真正的"我",
看哪,你轻轻掌握了各个星球,
你和时间配合,满足地向着死亡微笑,
充实并充分增大了空间的浩渺。

比星星和太阳更加伟大,
啊,灵魂,你登上了前进的旅程;
除了你和我们的爱还有什么能更加宽广地扩张呢?

什么企求、愿望能超过你和我们的企求和愿望呢,啊,灵魂?
什么有关理想的梦想?什么纯洁,完美,有力的计划?
什么心甘情愿为别人舍弃一切?
为了别人而忍受一切?

朝前计算吧,啊,灵魂,等你赢得了时间,
跨越了所有的大海,冒着风雨,顺利地驶进了各个海角,结束了航程,
你受到了包围,你应付,面对了上帝,付出了一切,达到了目的,
心怀友情和全部的热爱,找到了"长兄",
"幼弟"温柔地投入了他的怀抱。

九

朝着比印度更远的方向行进!
你的翅膀已真的为这样的远飞休整妥当了吗?
啊,灵魂,你真的愿意踏上那样的航程吗?
你是在那样的水上戏耍吗?
你探测了梵文和《吠陀经》①的底细吗?
那么你已经决定了你的去向?

向着你们,你们的海岸行进,你们这些古老的难以对付的奥秘!
向着你们行进,就必须掌握你们,你们这些令人窒息的问题!
你们,到处布满了船骨的残骸,活着是永远到不了你们那里的。

朝着比印度更远的方向行进!
啊,大地和天空的秘密!
你们的秘密,啊,大海的水!啊,弯弯曲曲的小港和河流!
你们的秘密,啊,树木和田野!你们的我的大陆的崇山峻岭!

---

① 古印度的圣书《吠陀经》是用梵文写的,它的译本在美国作家爱默生、梭罗和惠特曼时期很有影响。

你们的秘密,啊,大草原!你们的,灰色的岩石!
啊,朝霞!啊,云彩!啊,雨和雪!
啊,白天和黑夜,朝着你们的方向行进!

啊,太阳、月亮和你们所有的星星!天狼星和木星①!
朝着你们行进!

行进,立即行进!血在我血管里燃烧!
走吧,啊,灵魂!即刻起锚!
割断那些绳索——张开——把每片帆篷都抖开!
我们像树木一样站在地上的时间还不够长吗?
我们在这里卑躬屈膝像畜生似地吃着喝着的时间还不够长吗?
我们被书本搅得愚昧又眩晕的时间还不够长吗?

扬帆前进——只向深海处领航,
啊,灵魂,要不惜一切地探索,我和你,你和我,
因为我们去的地方是海员还不敢去的,
我们将让船、我们自己和一切甘冒风险。

啊,我那勇敢的灵魂!
啊,向更远更远处航行!
啊,大胆的欢乐,但是却安全!它们不都是上帝的海洋吗?
啊,向远些,远些,更远一些的方向航驶!

---

① 天狼星是天空最亮的星,木星是太阳系最大的星。

179

哥伦布的祈祷*

一个受够了打击和摧残的老人,
被抛弃在这片野蛮的岸上,远离家乡,
被海洋和阴沉而倔强的双眉紧锁着,沉闷地度过了十二个月,
悲痛,折磨得浑身僵硬,病得差一点死去,
我沿着岛边走去,
发泄着心里的烦闷。

我实在太痛苦了!
也许我不可能再多活一天;
我不能休息,啊,上帝,我不能吃喝或睡觉,
直到我能用我的祈祷再一次向你申述自己,
让我再一次呼吸,接受你的沐浴,和你谈心,
再一次向你说说我自己。

你知道我的全部经历,我的一生,
我那种积极工作的漫长而繁忙的一生,不仅仅是对你的崇拜;
你知道我青年时代的祈祷和守夜①,
你知道我壮年时的严肃而充满梦幻的默想,
你知道我是怎样在开始以前献出了一切以求来到你面前,
你知道我在暮年时批准了我所有那些许愿并严格地遵守了它们,

---

* 这首诗发表于1874年。1873年惠特曼得了严重的瘫痪病,此诗也是他自己的写照。
① 也是一种祈祷仪式。

你知道我从未对你失去信心或热情,
在镣铐下,被囚禁时,蒙受耻辱,从不埋怨,①
接受着来自你的一切,作为你的旨意。

我的一切冒险都充满着你,
我的各种考虑、计划是想到了你才开始进行的,
在海上航行或在陆地上旅行是为了你;
意图、主旨、抱负是我的,成果是留给你的。

啊,我深信它们确实来自你,
那种动力、热忱,那种不可战胜的意志,
那种强有力的、能够感受的、内心的决策,比说的话还强大,
上天传递给我的信息甚至在睡梦中都在悄悄对着我耳语,
这些促使我前进。
这些和我的努力促成了迄今为止的工作,
大地的古代那些因享乐过度而窒息的国土因我而得到缓解与解放,
由于我,两个半球才成为环形而且连接在一起,不知成为已知。

我不知道结果会怎样,一切在于你,
或小或大我不知道——也许成为宽阔的田野,成为国家,
也许我所熟悉的兽性的数不清的人类那些发育不全的树丛,
经移植之后能长足身体,具有配得上你的知识,
也许我熟悉的宝剑真的会变成收获的工具,
也许我熟悉的毫无生气的十字架,欧洲那个僵死的十字架会在那里含苞、
开花。

再努一次力,我的祭台是这片荒凉的沙土;
而你,啊,上帝照亮了我的一生,

---

① 哥伦布晚年第三次航行后被囚禁。伊莎贝拉之死,福迪能对他的冷漠,贫病交加等等事迹,惠特曼得自欧文的《哥伦布的生平和航海事业》(1828)等当时流行的著作。

光的射线,稳定,不可言喻,是你赐予的,
无法说清的珍奇光明,点亮了当前的光,
超过一切标记,描述,语言;
为了那,啊,上帝,就让它成为我最近说的话吧,我跪在这里,
年迈,贫穷,瘫痪,我感谢你。
我的终点已近,
云层已渐渐把我包围,
航行受到挫折,路线有争议,失败了,
我把我的船只都交给你。

我的双手,我的四肢已无力,
我的头脑感到疲劳,不辨东西,
把这些陈旧的船骨拆散吧,我不能拆散,
我要紧紧依附你,啊,上帝,虽然浪头打击我,
你,你,我至少是认识的。

我表白的是先知的思想吗,还是在胡言乱语?
我对生活有多少认识?对自己又懂得多少?
我甚至对我自己过去和当前的工作都不清楚,
常常变动的各种模糊猜想展示在我面前,
更新更好的世界,它们的强大诞生,
嘲弄着我,使我迷惑。

这些事情我突然看见了,意味着什么呢?
好像某种奇迹,某只神圣的手拨开了我的眼睛,
昏暗的巨大形体透过空气和天空在微笑,
在远方的浪头上航驶着无数船只,
我听见用新语种唱出的圣歌在向我致敬。

我自己的歌

一

我赞美我自己,歌唱我自己,
我承担的你也将承担,
因为属于我的每一个原子也同样属于你。

我闲步,还邀请了我的灵魂,
我俯身悠然观察着一片夏日的草叶。

我的舌,我血液的每个原子,是在这片土壤、这个空气里形成的,
我是生在这里的父母生下的,父母的父母也是在这里生下的,他们的父母也一样,
我,现在三十七岁①,一开始身体就十分健康,
希望永不终止,直到死去。

信条和学派暂时不论,
且后退一步,明了它们当前的情况已足,但也决不是忘记,
不论我从善从恶,我允许随意发表意见,
顺乎自然,保持原始的活力。

---

① 这首诗的初版发表时惠特曼三十六岁。初版时没有这一段,是次年增补的。

二

屋里、室内充满了芳香,书架上也挤满了芳香,
我自己呼吸了香味,认识了它也喜欢它,
其精华也会使我醉倒,但我不容许这样。

大气不是一种芳香,没有香料的味道,它是无气味的,
它永远供我口用,我热爱它,
我要去林畔的河岸那里,脱去伪装,赤条条地,
我狂热地要它和我接触①。

我自己呼吸的烟雾,
回声、细浪、窃窃私语、爱根、丝线②、枝桠和藤蔓,
我的呼和吸,我心脏的跳动,通过我肺部畅流的血液和空气,
嗅到绿叶和枯叶、海岸和黑色的海边岩石和谷仓里的干草,
我喉咙里迸出辞句的声音飘散在风的旋涡里,
几次轻吻,几次拥抱,伸出两臂想搂住什么,
树枝的柔条摆动时光和影在树上的游戏,
独居,在闹市或沿着田地和山坡一带的乐趣,
健康之感,正午时的颤音,我从床上起来迎接太阳时唱的歌。

你认为一千英亩③就很多了吗?你认为地球就很大了吗?
为了学会读书你练习了很久吗?
因为你想努力懂得诗歌的含意就感到十分自豪吗?

今天和今晚请和我在一起,你将明了所有诗歌的来源,

---

① 这两节比较了从书本中和从大自然中获得的经验。
② 爱根和丝线都是植物的名称。
③ 一英亩约为六市亩。

你将占有大地和太阳的好处(另外还有千百万个太阳)①,

你将不会再第二手、第三手地接受事物,也不会借死人的眼睛观察,或从书本中的幽灵那里汲取营养,

你也不会借我的眼睛观察,不会通过我而接受事物,

你将听取各个方面,由你自己过滤一切。

三

我曾听见过健谈者在谈话,谈论着始与终,

但是我并不谈论始与终。

和现在一样,过去也从来未曾有过什么开始,

和现在一样,也无所谓青年或老年,

和现在一样,也决不会有十全十美,

和现在一样,也不会有天堂或地狱。

冲动,冲动,冲动,

永远是世界繁殖力的冲动。

从昏暗中出现的对立的对等物在前进,永远是物质与增殖,永远是性的活动,

永远是同一性的牢结,永远有区别,永远是生命的繁殖。

多说是无益的,有学问无学问的人都这样感觉。

肯定就十分肯定,垂直就绝对笔直,扣得紧,梁木之间要对榫②,

像骏马一样健壮,多情、傲慢,带有电力,

我与这一神秘事实就在此地站立。

我的灵魂是清澈而香甜的,不属于我灵魂的一切也是清澈而香甜的。

---

① 这种天文学学说在当时是先进的。在这里这样说是极言天体之多,宇宙之广。
② "扣紧"和"对榫"都是木工用语。惠特曼少年时曾从其父当木工。

缺其一则两者俱缺,那看不见的由那看得见的证实,
那看得见的成为看不见时,也会照样得到证实。

指出最好的并和最坏的分开,是这一代给下一代带来的烦恼,
认识到事物的完全吻合和平衡,他们在谈论时我却保持沉默,我走去洗个澡并欣赏我自己。

我欢迎我的每个器官和特性,也欢迎任何热情而洁净的人——他的器官和特性,
没有一寸或一寸中的一分一厘是邪恶的,也不应该有什么东西不及其余的那样熟悉。

我很满足——我能看见,跳舞,笑,歌唱;
彻夜在我身旁睡着的、拥抱我、热爱我的同床者[1],天微明就悄悄地走了,
给我留下了几个盖着白毛巾的篮子,以它们的丰盛使屋子也显得宽敞了,
难道我应该迟迟不接受、不觉悟而是冲着我的眼睛发火,
要它们回过头来不许它们在大路上东张西望,
并立即要求为我计算,一分钱不差地指出,
一件东西的确切价值和两件东西的确切价值,哪个处于前列?

四

过路的和问话的人们包围了我,
我遇见些什么人,我早年的生活,我住在什么地区,什么城市或国家对我的影响,
最近的几个重要日期、发现、发明、会社、新老作家,
我的伙食、服装、交游、容貌、向谁表示敬意、义务,
我所爱的某一男子或女子是否确实对我冷淡或只是我的想象,
家人或我自己患病,助长了歪风,失去或缺少金钱,灰心丧志或得意忘形,

---

[1] 1855年《草叶集》初版中,此行为:"上帝像一个亲热的同床者一样……"

交锋,弟兄之间进行战争的恐怖,消息可疑而引起的不安,时或发生而又无规律可循的事件,

这些都不分昼夜地临到我头上,又离我而去,

但这些都并非那个"我"自己。

虽然受到拉扯,我仍作为我而站立,
感到有趣,自满,怜悯,无所事事,单一,
俯视,直立,或屈臂搭在一无形而可靠的臂托上,
头转向一旁望着,好奇,不知下一桩事会是什么,
同时置身于局内与局外,观望着,猜测着。

回首当年我和语言学家和雄辩家是如何流着汗在浓雾里度过时光的,
我既不嘲笑也不争辩,我在一旁观看而等候着。

五

我相信你,我的灵魂,那另一个我①决不可向你低头,
你也决不可向他低头。

请随我在草上悠闲地漫步,拔松你喉头的堵塞吧,
我要的不是词句、音乐或韵脚,不是惯例或演讲,甚至连最好的也不要,
我喜欢的只是暂时的安静,你那有节制的声音的低吟。

我记得我们是如何一度在这样一个明亮的夏天的早晨睡在一起的,
你是怎样把头横在我臀部,轻柔地翻转在我身上的,
又从我胸口解开衬衣,用你的舌头直探我赤裸的心脏,
直到你摸到我的胡须,直到你抱住了我的双脚。

---

① 指肉体。

超越人间一切雄辩的安宁和认识立即在我四周升起并扩散①,
我知道上帝的手就是我自己的许诺,
我知道上帝的精神就是我自己的兄弟,
所有世间的男子也都是我的兄弟,所有的女子都是我的姊妹和情侣,
造化用来加固龙骨的木料就是爱,
田野里直立或低头的叶子是无穷无尽的,
叶下的洞孔里是褐色的蚂蚁,
还有曲栏上苔藓的斑痕,乱石堆,接骨木,毛蕊花和商陆。

六

一个孩子说:"这草是什么?"两手满满捧着它递给我看;
我哪能回答孩子呢? 我和他一样,并不知道。

我猜它定是我性格的旗帜,是充满希望的绿色物质织成的。

我猜它或许是上帝的手帕,
是有意抛下的一件带有香味的礼物和纪念品,
四角附有物主的名字,是为了让我们看见又注意到,并且说:"是谁的?"

我猜想这草本身就是个孩子,是植物界生下的婴儿。

我猜它或者是一种统一的象形文字,
其含义是,在宽广或狭窄的地带都能长出新叶,
在黑人中间和白人中一样能成长,
凯纳克人,特卡荷人,国会议员,柯甫人②,我给他们同样的东西,同样对待。
它现在又似乎是墓地里未曾修剪过的秀发。

---

① 参看《新约·腓立比书》第四章第七节:"上帝所赐出人意料的平安……"
② 凯纳克人即法裔加拿大人,特卡荷(一种褐色的真菌)人即弗吉尼亚人,柯甫人即黑人。

我要温柔地对待你,弯弯的青草,
你也许是青年人胸中吐出的,
也许我如果认识他们的话会热爱他们,
也许你是从老人那里来的,或来自即将离开母怀的后代,
在这里你就是母亲们的怀抱。

这枝草乌黑又乌黑,不可能来自年老母亲们的白头,
它比老年人的无色胡须还要乌黑,
乌黑得不像来自口腔的浅红上颚。

啊,我终于看到了那么许多说着话的舌头,
并看到它们不是无故从口腔的上颚出现的。

我深愿能翻译出那些有关已死青年男女们隐晦的提示,
和那些有关老人、母亲,和即将离开母怀的后代们的提示。

你想这些青年和老人们后来怎么样了?
你想这些妇女和孩子们后来怎么样了?
他们还在某个地方活着并且生活得很好,
那最小的幼芽说明世上其实并无死亡,
即使有,也会导致生命,不会等着在最后把它扼死,
而且生命一出现,死亡就终止。

一切都向前向外发展,无所谓溃灭,
死亡不像人们所想象的那样,不是那么不幸。

七

有人认为出生是幸运吗?
让我马上告诉他或她:死去也一样幸运,而且我知道。

我和垂危者经历了死亡,和新生儿经历了新生,不只局限在我的鞋帽之间,

我详细观察了多种事物,没有两者是相同的,每一种都很好,

大地是美好的,星星是美好的,附属于它们的一切也都美好。

我不是大地,也不是大地的附属物,

我是人们的共事者和同伴,一切都和我自己一样不死而且深不可测,

(他们不知道怎么会不死,但是我知道。)

每一物类都为的是它自己和本类,属我的男性和女性是为了我,

为我的还有那些曾经是少年而热爱女人的人们,

为我的还有那自尊心强的男子,他感觉到受轻慢时像针刺那样疼痛,

为我的有心爱的女友和那位老处女,为我的有母亲们和母亲们的母亲,

为我的有微笑过的嘴唇,流过泪的眼睛,

为我的有孩子们和生育孩子的人们。

揭去披盖吧!对我来说你是无罪的,既不陈旧,也未被抛弃。

我能透过平纹布和方格布①而分辨究竟,

而且我永在现场,固执,渴求收获,不知疲倦,无法把我撵走。

八

小宝贝睡在摇篮里,

我揭开纱帐看了很久,用手轻轻赶走了苍蝇。

小青年和脸色绯红的少女转身走上了多灌木丛的山冈,

我在山巅端详着他们。

自杀者趴伏在卧室里血淋淋的地板上,

我目睹了尸体和它粘湿的头发,注意到手枪落在什么地方。

---

① 指男女服装。

人行道上的乱嚼舌,车辆的轮胎,靴底上的污泥,散步者讲的话,
笨重的马车,车夫和他那举着向人问话的大拇指,马蹄走在花岗石上的得得声,
雪车的丁当声,大声说笑,雪球的来回投掷,
对群众喜爱的节目发出的喝彩声,激怒了的暴徒们的吼叫声,
担架上帘子的拍打声,里面抬着的是一个去医院的病人,
狭路相逢,突发的咒骂声,殴打和跌倒,
激动了的人群,佩着星章的警察迅速挤进了人堆的中心,
冷漠的顽石来回接送了许多回声,
有多少中暑跌倒或晕倒的过饱或半饱者发出了呻吟,
有多少妇女在突感阵痛时呼叫起来,急急回家去分娩,
何等样活跃和已被埋葬的言谈还在这里颤动,何等样的号叫声为礼教所节制,
罪犯被捕,受轻慢,勾引人们通奸,接受建议,用噘着的嘴唇拒绝,
我注意到这些或它们的表现或它们的余震——我来了又走了。

九

乡里谷仓的大门敞开着并已作好准备,
收获时的干草装上了缓缓前进的大车,
明亮的光在灰褐和绿色之间交相辉映,
手抱的干草堆放在下陷的干草垛上。

我在那里,我也帮忙,我伸脚躺在草堆上,
我感到了轻微的颠簸,一腿搁在另一腿上,
我从横木上跳下来,揪住了苜蓿和猫尾草,
又打一个滚,我头发里满都插上了干草。

十

我独自在荒山野林里打猎,

到处遨游,对自己的轻松欢快感到惊讶,
黄昏时找一个安全的地方过夜,
点一把火,烧烤着新打来的野味,
在拾来的树叶上我睡着了,我的狗和枪在我身旁。

那扬基式的快艇挂着三层帆篷,它冲破了闪光和风吹散的浪花,
我眼望着陆地,在船头弯下腰来,或在甲板上大声欢呼。
船夫们和挖蛤蜊的起得很早,路过时约上了我,
我把裤腿塞在靴筒里,跟着去玩了一个痛快;
那天你也该和我们在一起,围坐在鱼杂烩的火锅旁边。

在遥远的西部,我看见捕兽人在露天举行婚礼,新娘是个红种人,①
她父亲和他的朋友们在一旁,盘腿而坐,默不作声地抽着烟,他们脚上穿着鹿皮鞋,肩上披着宽大厚重的毛毡,
岸上安闲地坐着那捕兽人,穿的几乎全是皮块,浓重的胡子和鬈发护住了他的颈脖,他用手拉着他的新娘,
她睫毛长,头上没有遮盖,粗直的长发垂落在丰腴的四肢上,直挂到她的脚边。

一个逃亡的黑奴来到我家并在外面站住了,
我听见他的响动声,他在折断着木柴堆上的细树枝,
从厨房半开的门里,我看见他四肢软弱无力,
我走到他坐在木料上的地方,引他进屋,让他放心,
又给他满满倒了一盆水,让他洗洗身上的汗渍和带着伤的两脚,
还给了他一间通过我自己房间的屋子,给了他几件干净的粗布衣服,
还清楚地记得他转动着的眼珠和局促不安的神态,
还记得用药膏涂抹了他的颈部和脚踝上的伤口;
他在我家住了一个星期,恢复了健康,继续北上,
进食时我让他坐在我身旁,墙角里倚着我的火枪。

---

① 这一段四行是惠特曼根据美国画家密勒(1810—1874)的一幅作品《捕兽人的新娘》写成的。

十一

二十八个青年人在岸边洗澡,①
二十八个青年个个都非常友好,
二十八年的女性生活又都是这样寂寞。

岸边高处的那所精舍是她的,
她美丽,穿着华贵的衣服,躲藏在窗帘背后。

在这些青年中她最喜欢哪一个?
啊,其中最丑的一个她也认为很美。

小姐,你打算到哪里去? 我看得见你,
你在那边水里溅得水花四起,但是你待在你屋里却纹丝不动。

第二十九个前来洗澡,跳跃着、欢笑着沿着海滩而来,
其他的人看不见她,可是她看见了他们并且喜爱他们。

青年们的胡须上闪烁着水花,水珠从他们的长发上滚下来,
小小溪流淋遍了他们全身。

一只看不见的手也摸遍了他们的全身,
颤抖着顺着额边和肋骨而下。

青年们仰卧着漂在水上,他们的白肚皮鼓鼓地对着太阳,也不问是谁在紧紧地一把拉住他们,
他们不知道谁在低着头弯着腰微微喘气,
也没有去想水花溅湿了谁。

---

① 恒星月为二十八天。作者在这里是写寂寞与情欲。

十二

屠夫的小伙计脱下了他的屠宰服,或在市场的肉案前磨刀霍霍,
我留在那里欣赏他的对答敏捷和他的舞蹈动作①。

胸部污垢斑斑而多毛发的铁匠们在铁砧周围,
一个个抡着大锤,用出全副力气,炉火烧到了高温。

在洒满煤渣的门口我观察着他们的动作,
他们十分柔韧的腰和粗壮的两臂非常协调,
他们举手过肩地抡着大锤,又慢又稳,
他们不慌不忙,人人在自己的地方落下铁锤。

十三

黑人紧紧握住了四匹马的缰索,拴在链上的木块在下面摇晃,
赶着石厂里那辆大车的黑人,又稳又高大,一腿牢牢地踏在横木板上,
他的蓝衬衫露着他那粗壮的脖子和胸脯,又在腰际松开,
他的目光宁静而威严,一手推开了低垂在前额的帽子,
阳光落在他卷曲的头发和胡子上,落在他光滑健美的四肢的黑色皮肤上。

我看见了这个煞是好看的巨人,爱上了他,而且不只如此,
我还和车马同路而行。

不管在哪里行动,是后退还是向前转身,我热爱着生活,
对偏僻的角落和小青年我都愿低头,不错过一人一物,
我让自己吸收着一切,也为了写这首诗。

---

① 小伙计在这里作了一些缓慢和跳跃的舞蹈动作,是当时很流行的。

摆动得轭和链嘎嘎响,或在树荫下停步的牛群,你们眼睛里表达的是什么呢?

似乎比我平生所读的书还要丰富。
在我去远处的整天的漫步中,我的脚步惊动了一群野鸭,
它们同时起飞,缓慢地在空中盘旋。

我相信这些有明确目标的翅膀,
承认在我胸中游戏着的红色、黄色、白色,
认为绿色、紫色和羽毛冠都各有深意,
也不会因为龟只是龟而说它毫无价值,
林中的松鸦从来没有学过音律,但是我认为它的鸣啭声还是相当好听,
那栗色母马投来的一瞥羞得我从愚昧中惊觉过来。

十四

野鹅领着鹅群飞过寒冷的夜空,
他说,"呀——哼",传来的声音像是对我发出的邀请,

自作聪明者可能认为它毫无意义,但是我仔细倾听,
找到了它的用意和它在寒空中的地位。

北方的快蹄鹿,门槛上的猫,山雀,草原犬鼠,
吸着奶、在咕哝着的母猪身旁的小猪群,
火鸡的幼雏和半张着翅膀的母火鸡,
我在它们和自己身上看到了同一个古老法则。

我的脚一踏上大地就跳出一百种温情柔意,
它们蔑视我为描述它们而作出的最大努力。
我迷恋于在户外成长,
那些在牛马中生活的,那些尝到海洋或树林滋味的人,
造船和驾驶船只的人,挥动铁斧和大锤的人,和赶马的人,

195

我可以接连好几个星期和他们同吃同睡。

最平凡,最低贱,最靠拢,最容易接近的是"我",
我寻找机会,为了巨大的收获而付出代价,
我装饰自己,把自己交托给第一个愿意接受我的人,
不要求上天下来俯就我的诚意,
而是永远无偿地把它四处散布。

十五

风琴旁嗓音圆润的女中音在歌唱,
木匠在修整他的厚木板,刨子的铁舌发出了疯狂上升的嘶叫声,
已婚和未婚的孩子们回家去赴感恩节的筵席,
舵手紧握住那主舵柄,用粗壮的手臂朝下面推送,
大副心无二用地站在捕鲸船上,矛和鱼叉都已经准备好,
打鸭子的悄悄又谨慎地走了一程又一程,
教会的执事们在圣坛前交叉着两手接受圣职,
纺纱女随着大纺轮的鸣响而进退,
农夫在星期日漫步查看燕麦和裸麦时在栅栏那里暂停,
疯子的病已经确诊,终于被送进了疯人院,
(他不会再睡在母亲卧室里的小榻上了;)
头发灰白、下颚瘦削的排字工人在活字盘旁工作,
他咀嚼着烟叶,两眼蒙眬地望着稿样;
畸形的肢体被绑在外科医生的手术台上,
割掉的部分被丢落在桶里,好不怕人;
黑白混血的女孩在拍卖场上被出卖,醉汉在酒吧间的火炉边打瞌睡,
机械工卷起了袖子,值班的警察在巡逻,看门的注视着进出的行人,
小伙子赶着快车,(我爱他,虽然我并不认识他;)
混血儿系上了他的跑鞋,准备参加赛跑,
西部射火鸡的活动吸引了老人和青年,有的倚着枪,有的坐在木料上,
射击手从人堆里走了出来,站好位置,举枪瞄准;

新到的一群群移民站满了码头或大堤,

鬈发的在甜菜田里锄地,监工的在马鞍上监视着他们,

舞厅里的喇叭响了,男的跑去找他们的舞伴,跳舞的各自向对方鞠了一躬,

青年人睁眼躺在松木顶的阁楼上,听着音乐般的雨声,

密歇根人在注入休伦湖的小河湾那里布下了陷阱,

裹着黄色镶边布围子的印第安妇女在出售鹿皮便鞋和珠子串成的钱包,

鉴赏家沿着展览厅的长廊仔细观看,半闭着眼,哈着腰,

水手们拴牢了轮船,为上岸的乘客搭上一块厚木板,

妹妹伸手撑开一束线,姐姐把它绕成团,时而停下来解开疙瘩,

结婚才一年的妻子在恢复体力,因一周前生下了头胎而感到幸福,

头发干净的扬基女孩在操作缝衣机,或在工厂或车间里干活,

筑路工人倚着他那柄双把木槌,新闻记者的铅笔顺着笔记本飞驰,画招牌的在用蓝金两色涂写着字母,

运河上的少年在踏步拉着纤索走,会计员坐在桌子旁算着账,鞋匠在给他的麻线打上蜡,

指挥在给军乐队打拍子,所有的演奏员都跟随着他,

孩子受了洗礼,新进教的正在宣讲他的初步心得,

比赛的船只布满了海湾,竞赛已经开始,(白帆的金光闪得有多亮!)

赶牲口的在看守着他的牲口,哪几只走散他就张口吆喝,

小贩背上扛着包、流着汗,(买东西的在斤斤计较那一分钱的零头;)

新娘抹平了她的白礼服,时钟的分针移动得慢吞吞地,

吸鸦片的僵直着头,微张着口,斜躺着,

妓女胡乱披着围巾,她的软帽在她那醉醺醺、长满小瘰疬的颈脖上颤悠,

众人嘲笑她的下流咒骂,男人们嗤笑她,还彼此挤眉弄眼,

(可耻! 我决不笑话你的咒骂,也不嗤笑你;)

总统在召开内阁会议,周围是那些部长大人,

广场上是三个庄严而友好的中年妇人在挽着臂膀走路,

一群小渔船上的捕鱼人在船舱里一层一层地铺放比目鱼,

那密苏里人跨越平原,携带着他的货物和牛羊,

收票员在车厢里走过时,响动着手里的零钱以吸引注意,

地板工人在铺地板,铅铁工人在盖屋顶,泥水匠在吆喝着要灰泥,

工人们各自肩扛着灰桶在鱼贯而前,

岁月如流星,难以形容的拥挤人群已集合起来,这是七月四日,(听那礼炮和轻武器的鸣响声!)

岁月如流星,耕田的耕田,割草的割草,冬天的种子落进了土地;

在大湖那边,捕捉梭鱼的人在冰洞旁边守候着,

新开辟的土地上到处是密密麻麻的树桩,开地的用他那斧子大力地砍伐着,

快到黄昏时,平底船的船夫们在那些白杨或胡桃树附近拴住了船,

寻捕浣熊的人们走遍了红河地区或那些被田纳西河汲干了的地区或阿肯色河地区,

在恰塔胡支或阿尔塔马哈①周围的黑暗中照亮着火炬,

长辈们坐着用晚餐,周围陪着的是儿子、孙子和曾孙们,

在土坯墙里,篷帐下,经过了一天追逐之后,猎户们和捕兽者在休息,

城市入睡了,乡村入睡了,

活着的,该睡时睡了,死了的,该睡时睡了,

年老的丈夫睡在他妻子身旁,年轻的丈夫睡在他妻子身旁;

这些都内向进入了我心,而我则是外向脸朝着它们,

按目前光景,我争取多少和它们一样,

我为其中的每一个和全体在编织这首我自己的歌。

十六

我既年老又年轻,既愚昧无知又大贤大智,

既不关心别人,又永远在关心别人,

既是慈母又是严父,既是孩子又是成人,

塞满了粗糙的东西,又塞满了精致的东西,

是许多民族组成的民族中的一员,最小的和最大的全都一样,

---

① 这是两条南方的河流。恰塔胡支在佐治亚和阿拉巴马,佐治亚和佛罗里达之间。阿尔塔马哈在佐治亚州。

是北方人也是南方人，是个漫不经心的、又是个好客的种地人，住在奥柯尼河畔①，

一个准备按照自己方向行商的扬基人，我的关节是世界上最柔软的也是世界上最坚硬的关节，

是个裹着鹿皮绑腿在艾尔克洪河谷里行走的肯塔基人，是个路易斯安那人或佐治亚人，

一个在湖上，海湾或沿海航行的船夫，一个"乡巴佬"，"钻地獾"，"七叶树"②；

习惯于穿着加拿大的雪鞋或在丛林地带活动或和纽芬兰附近的渔夫们待在一起，

习惯于在一队冰船里和其他人一同航行，随着风势转换方向，

习惯于在佛蒙特的丘陵地带或在缅因的树林里或在得克萨斯的牧场上，

是加利福尼亚人的伙伴，自由自在的西北部人的伙伴（热爱他们的魁梧体格，）

撑筏人和运煤工的伙伴，一切握手言欢、共进酒肉的人们的伙伴，

最质朴的人们的学生，最有头脑者的导师，

一个乍学步的初学者，又是个经历了无数寒暑的行家，

我隶属于各种不同色彩和不同等级，各种级别和宗教，

是个庄稼汉、技工、艺术家、绅士、水手、贵格会③教徒，

囚犯、拉客者、鲁莽汉、律师、医师、牧师。

我抵制可能压倒我自己的多样性的一切，
吸进空气，但还给人们余下很多，
我并不自负，而是占有着我自己的位置。

（飞蛾和鱼子安于它们的位置，
我看得见的明亮星球和我看不见的昏暗星球占有着它们的位置，
可捉摸的占有着它的位置，不可捉摸的占有着它的位置。）

---

① 在佐治亚州中部。
② 这些是印第安纳人、威斯康星人、俄亥俄人的绰号。
③ "公谊会"的别称，是基督教的一个教派。

十七

这些其实是各个时代、各个地区、所有人们的思想,并非我的独创,
若只是我的思想而并非又是你的,那就毫无意义,或等于毫无意义,
若既不是谜语又不是谜底,它们也将毫无意义,
若它们不是既近且远,也就毫无意义。

这就是在有土地有水的地方生长出来的青草,
这是沐浴着全球的共同空气。

十八

我让雄壮的音乐伴随着我前来,响起的是我的号和鼓,
我不单为公认的胜利者吹奏进行曲,我也为战败和被杀者吹奏。

你曾经听说大获全胜是件好事,对吗?
我说溃败也是好事,战役的失利和胜利出自同样的精神。

我为死者击鼓奏乐,
我通过管乐器的吹口①为他们吹奏最响亮最欢畅的管乐。

失败的人们万岁!
战舰沉没在海里的人们万岁!
自己也沉没在海里的人们万岁!
所有在战役中失利的将军们和被征服的英雄们万岁!
无数无名英雄和最伟大的知名英雄完全平等!

---

① "管乐器的吹口"或作"吹奏者吹奏时的口型"。

十九

这顿饭是平均分配的,这些肉是给饥饿的人们准备下的,
不仅为正直的人,也为恶毒的人,我和所有的人订下了约会,
我决不让任何一个人受怠慢或被遗漏,
我在此特别邀请了那受人供养的女人,吃白食者,和窃贼,
那厚嘴唇的奴隶受到了邀请,那患性病的受到了邀请;
他们和其他人之间将毫无区分。

这是一只羞答答的手在按捺,这是头发在飘动、散发着香味,
这是我的嘴唇触到了你的,这是充满爱慕的低语,
这种遥远的深度和高度映出了我自己的面庞,
这是深思后我自己的化入和再输出。

你猜测我有什么复杂的目的吗?
是的,有,因为四月里的阵雨有目的,岩石旁的云母也有。

你认为我有意使人惊奇吗?
日光使人惊奇吗? 红翼鸟一早便在树林里鸣啭又怎么样?
我比它们格外使人惊奇吗?

此刻我说了一些知心话,
我不一定对人人都说,但是我要对你说。

二十

谁在那里走动? 如饥如渴,粗野,神秘,赤身裸体;
为什么我会从我吃的牛肉中摄取力量?

人究竟是什么东西? 我是什么? 你是什么?

一切我标明是我自己的,你就该用你自己的把它抵消,
不然听信了我就是浪费时间。

我不会像有些人那样到处抽鼻子,
认为岁月空虚,地上只有污泥和粪垢。

啜泣与献媚和药粉包在一起是给病人吃的,恪守陈规适用于极远的远亲,
我戴不戴着帽子出进,全凭我自己情愿。

我为什么要祈祷?我为什么要虔诚又恭敬?

探索了各个层次,分析到最后一根毛发,向医生们请教,计算得分毫不差,
我发现只有贴在我自己筋骨上的脂肪才最为香甜。

在一切人身上我看到自己,不多也不差分毫,
我所讲到的我自己的好坏,也是指他们说的。

我知道我结实而健康,
宇宙间从四处汇集拢来的事物,在不断朝着我流过来,
一切都是写给我看的,我必须理解其含义。

我知道我是不死的,
我知道我所遵循的轨道不是木匠的圆规所能包含的,
我知道我不会像一个孩子在夜间点燃的一支火棍所画出的花体字那样转瞬消失。

我知道我是庄严的,
我不去耗费精神为自己申辩,或求得人们的理解,
我懂得基本规律是不需要申辩的,
(我估计我的行为实在不比盖我那所房子时所用的水平仪更加高傲。)

202

我就照我自己这样存在已足矣,
如果世界上没有别人意识到此,我没有异议,
如果人人都意识到了,我也没有异议。

有一个世界是意识到了的,而且对我来说也最博大,那就是我自己,
不论我是否今天就能得到应得的报酬,还是要再等万年或千万年,
我现在就可以愉快地接受一切,也可以同样愉快地继续等候。

我的立足点是和花岗石接榫的,
我嗤笑你所谓的消亡,
我懂得时间有多宽广。

二十一

我是肉体的诗人也是灵魂的诗人,
我占有天堂的愉快也占有地狱的苦痛,
前者我把它嫁接在自己身上使它增殖,后者我把它翻译成一种新的语言。

我既是男子的诗人也是妇女的诗人,
我是说作为妇女和作为男子同样伟大,
我是说再没有比人们的母亲更加伟大的。

我歌颂"扩张"或"骄傲",
我们已经低头求免得够了,
我是在说明体积只不过是发展的结果。

你已经远远超越了其余的人吗?你是总统吗?
这是微不足道的,人人会越过此点而继续前进。

我是那和温柔而渐渐昏暗的黑夜一同行走的人,

我向着那被黑夜掌握了一半的大地和海洋呼唤。

请紧紧靠拢,袒露着胸脯的夜啊——紧紧靠拢吧,富于魅力和营养的黑夜!
南风的夜——有着巨大疏星的夜!
寂静而打着瞌睡的夜——疯狂而赤身裸体的夏夜啊。

微笑吧!啊,妖娆的、气息清凉的大地!
生长着沉睡而饱含液汁的树木的大地!
夕阳已西落的大地——山巅被雾气覆盖着的大地!
满月的晶体微带蓝色的大地!
河里的潮水掩映着光照和黑暗的大地!
为了我而更加明澈的灰色云彩笼罩着的大地!
远远的高山连着平原的大地——长满苹果花的大地!
微笑吧,你的情人来了。

浪子,你给了我爱情——因此我也给你爱情!
啊,难以言传的、炽热的爱情。

二十二

你这大海啊!我也把自己交托给了你——我猜透了你的心意,
我在海滩边看到了你那屈着的、发出着邀请的手指,
我相信你没有抚摸到我是不肯回去的,
我们必须在一起周旋一回,我脱下衣服,急急远离陆地,

请用软垫托着我,请在昏昏欲睡的波浪里摇撼我,
用多情的海水泼在我身上吧,我能报答你。
有着漫无边际的巨浪的大海,
呼吸宽广而紧张吐纳的大海,
大海是生命的盐水,又是不待挖掘就随时可用的坟墓,

风暴的吹鼓手和舀取者,任性而又轻盈的大海,
我是你的组成部分,我也一样:既是一个方面又是所有方面。

我分享你潮汐的涨落,赞扬仇恨与和解,
赞扬情谊和那些睡在彼此怀抱里的人们。

我是那个同情心的见证人,
(我应否把房屋内的东西列一清单却漏去了维持这一切的房屋呢?)

我不仅是善的诗人,也不拒绝作"恶"的诗人。

关于美德与罪恶的这种脱口而出的空谈是怎么回事呢?
邪恶推动着我,改正邪恶也推动着我,我是不偏不倚的,
我的步法表明我既不挑剔也不否定什么,
我湿润着所有已经成长起来的根芽。

你是怕长期怀孕时得了淋巴结核症吗?
你是否在猜测神圣的法则还需要重新研究而修订?
我发现一边是某种平衡,和它对立的一边也是某种平衡,
软性的教义和稳定的教义都必然有益,
当前的思想和行动能够使我们奋起并及早起步。

经过了过去的亿万①时刻而来到我跟前的此时此刻,
没有比它、比当前更完美的了。

过去行得正或今天行得正并不是什么奇迹,
永远永远使人惊奇的是天下竟会有小人或不信仰宗教者。

---

① 原文为 decillions,是在 1 后加 33 个 0 所得的数。

二十三

历代留下的词句不断展现在眼前！
我的是一个现代词,"全体"这个词。

这个词标志着坚定不移的信仰,
此时或今后对我都是一样,我无条件地接受"时间"。

只有它无懈可击,只有它圆满地完成一切,
只有那神秘而使人困惑的奇迹才完成一切。

我接受"现实",不敢对它提出疑问,
唯物主义贯彻始终。

为实证的科学欢呼！准确的论证万岁！
把掺和着杉木与丁香枝的景天草①取来吧,
这是辞典编纂者,这是化学师,这人编了一部古文字②的语法,
这些水手使船只安全驶过了危险的无名海域,
这是地质学家,这是手术刀使用者,这是个数学家。

先生们,最高荣誉永远属于你们！
你们的事实很有用,但它们却不是我居住的地方,
我只是通过它们进入我居住的区域。

我词汇里涉及属性的比较少,
更多的是涉及未曾揭晓过的生活,自由和解脱羁绊,

---

① 这种耐寒植物常在民间被用作愈合伤口的草药。杉木则常和墓地联系在一起。在惠特曼吊林肯的挽歌中,丁香是一种象征爱情和男性间伙伴关系的植物。
② 这是指见于古代埃及帝王墓碑的象形文字,五十年代中惠特曼常去参观百老汇的埃及古文物博物馆。

轻视的是中性和阉割了的事物,表彰的是机能完备的男子和妇女,
还敲起那号召叛乱的锣鼓,与亡命徒和密谋造反的人们在一起逗留。

二十四

沃尔特·惠特曼,一个宇宙①,曼哈顿的儿子,
狂乱,肥壮,酷好声色,能吃,能喝,又能繁殖,
不是感伤主义者,从不高高站在男子和妇女们的头上,或和他们脱离,
不放肆也不谦虚。

把加在门上的锁拆下来吧!
甚至把门也从门框上拆下来!

谁侮蔑别人就是侮蔑我,
不论什么言行最终都归结到我。

灵感通过我而汹涌澎湃,潮流和指标也通过我。

我说出了原始的口令,我发出了民主的信号,
天啊!如果不是所有的人也能相应地在同样条件下得到的东西,我决不接受。

借助我的渠道发出的是许多长期以来喑哑的声音,
历代囚犯和奴隶的声音,患病的、绝望的、盗贼和侏儒的声音,
"准备"和"增大"轮转不息的声音,
那些连接着星群的线索和子宫与精子的声音,
被别人践踏的人们要求权利的声音,
畸形的、渺小的、平板的、愚蠢的、受人鄙视的人们的声音,
空中的浓雾,转着粪丸的蜣螂。

---

① 参阅本诗第五十一节"(我辽阔博大,我包罗万象。)"。

通过我的渠道发出的是被禁止的声音,
两性和情欲的声音,被遮掩着的声音而我却揭开了遮掩,
猥亵的声音则我予以澄清并转化。

我没有用手指按住我的口,
我保护着腹部使它像头部和心脏周围一样高尚,
对我说来性交和死亡一样并不粗俗。

我赞成肉体与各种欲念,
视,听,感觉都是奇迹,我的每一部分每一附件都是奇迹。

我里外都是神圣的,不论接触到什么或被人接触,我都使它成为圣洁,
这两腋下的气味是比祈祷更美好的芳香,
这头颅胜似教堂、圣典和一切信条。

如果我确实崇拜一物胜于另一物,那将是横陈着的我自己的肉体或它的某一局部,
你将是我半透明的模型!
你将是多荫凉的棚架和休止之处!
你将是坚硬的男性的犁头!
凡在我地上帮助耕种的也将是你!
你是我丰富的血浆!你的乳白色流体是我生命的淡淡奶汁!
贴紧别的胸脯的胸脯将是你!
我的头脑将是你神秘运转的地方,
你将是雨水冲洗过的甜菖蒲草根!胆怯的池鹬!看守着双卵的小巢!
你将是那蓬松、夹杂着干草的头,胡须和肌肉!
你将是那枫树的流汁,挺拔的小麦的纤维!
你将是那十分慷慨的太阳!
你将是照亮又遮住我脸的蒸汽!
你将是那流着汗的小溪和甘露!

你将是那用柔软而逗弄人的生殖器摩擦我的风!

你将是那宽阔而肌肉发达的田野,常青橡树的枝条,在我的羊肠小径上留恋不去的游客!

你将是那我握过的手,吻过的脸,我唯一抚摸过的生灵。

我溺爱我自己,我包含许多东西,而且都特别香甜,

每时每刻,不管发生了什么,都使我欢喜得微微发抖,

我说不清我的脚踝是怎么弯转的,也不知道我最微弱的心愿是哪里来的,

也不知道我所散发的友谊起因何在,我重又接受了友谊是为什么。

我走上了我的台级,我停下来考虑它是否真是台级,

我窗口一朵牵牛花给予我的满足胜似图书中的哲理。

竟看到了破晓的光景!

小小的亮光冲淡了庞大、透明的阴影,

空气的滋味是美好的。

在天真地玩耍着的转动着的世界的主体在悄然出现,汩汩地渗出一片清新,

忽高忽低地倾斜着疾驶而过。

某种我看不见的东西举起了色情的尖头物,

海洋般的明亮流汁布满了天空。

大地紧贴着天空,它们每天都接连在一起,

那时我头上升起了在东方涌现的挑战,

用嘲讽的口气笑说,看你还是否作得了主人!

二十五

耀眼而强烈的朝阳,它会多么快就把我处死,

如果我不能在此时永远从我心上也托出一个朝阳。

我们也要像太阳似地耀眼而非凡强烈地上升,
啊,我的灵魂,我们在破晓的宁静和清凉中找到了我们自己的归宿。

我的声音追踪着我目力所不及的地方,
我的舌头一卷就接纳了大千世界和容积巨大的世界。

语言是我视觉的孪生兄弟,它自己无法估量它自己,
它永远向我挑衅,用讥讽的口吻说道:
"沃尔特,你含有足够的东西,为什么不把它释放出来呢?"

好了,我不会接受你的逗弄,你把语言的表达能力看得太重,
啊,语言,难道你不知道你下面的花苞是怎样紧闭着的吗?
在昏暗中等候着,受着严霜的保护,
污垢在随着我预言家的尖叫声而退避,
我最后还是能够摆稳事物的内在原因,
我的认识是我的活跃部分,它和一切事物的含义不断保持联系,
幸福,(请听见我说话的男女今天就开始去寻找。)

我决不告诉你什么是我最大的优点,我决不泄漏我究竟是什么样的人,
请包罗万象,但切勿试图包罗我,
只要我看你一眼就能挤进你最圆滑最精彩的一切。

文字和言谈不足以证明我,
我脸上摆着充足的证据和其他一切,
我的嘴唇一闭拢就使怀疑论者全然无可奈何。

二十六

现在我除了倾听以外不作别的,

把听到的注入这首歌,让声音为它作出贡献。

我听见鸟类的华丽唱段,正在成长的小麦的喧闹声,火苗在闲嚼舌头,煮着我饭食的柴枝在爆炸,

我听见了我爱听的声音,人的声音,

我听见各种声音在同时鸣响着,联合在一起,互相融入,或互相追随着,

城里的声音,城外的声音,白天和黑夜的声音,

健谈的青年们对喜欢他们的人说话,工人们在进食时的放声大笑,

友谊破裂后的粗声粗气,病人们的微弱声调,

法官的手紧攥着桌子,他苍白的嘴唇宣判着死刑,

码头上卸货工人的杭育声,起锚工人的齐声哼唱,

警钟的鸣响,喊叫失火的声音,伴随着警铃和颜色灯光呼呼疾驶而来的机车和水龙车,

汽笛声,列车渐渐走近时的隆隆滚动声,

两人一排的行列前面吹奏着慢步的进行曲,

(他们是前去守灵的,旗杆头上还蒙盖着黑纱。)

我听见了低音提琴,(这是那青年人的内心在悲鸣,)

我听见了那安着键钮的短号,它迅速地滑进了我的耳鼓,

它穿过我的胸与腹,激起了阵阵蜜样甜的伤痛。

我听见了合唱队,这是一出大型歌剧,

啊,这才是音乐,这正合我的心意。

一个和宇宙一样宽广而清新的男高音将我灌注满了,

他那圆圆的口腔还在倾注着,而且把我灌得满满的。

我听见那有修养的女高音,(我这项工作又怎能和她相匹配?)

弦乐队带着我旋转,使我飞得比天王星①还远,

它从我身上攫取了连我自己都不知道我怀有的热情,

---

① 太阳系九大行星之一,按离太阳由近及远的次序为第七颗,过去曾被认为是最远的星星。希腊人把这个星星代表天堂。(冥王星已于2006年被降格为矮行星,现太阳系仅有八大行星。——编者注)

211

它使我飘举,我赤着双脚轻拍,承受着懒惰的波浪的舔弄,
我受到了凄苦而狂怒的冰雹的打击,我透不过气来,
我浸泡在加了蜜糖的麻醉剂中,我的气管受到了绳索般的死亡的窒息,
最后又被放松,以体验这谜中之谜,
即我们所谓的"存在"。

二十七

"以随便什么形式出现",那是什么?
(我们绕着圆圈转,我们都这样作,而且总是回到原地,)
如果发展仅止于此,那么硬壳中的蛤蜊也足够了。

我身上的却并非硬壳,
不论我是动是静,我周身都是灵敏的导体,
它们攫取每个物体,并引导它安全地通过我身。

我只要稍动,稍按捺,用我的手指稍稍试探,我就幸福了,
让我的身体和另一个人接触已够我消受。

二十八

那么这就是一触吗?在抖颤中我成了一个新人,
火焰和以太朝着我的血管冲过来,
我那靠不住的顶端也凑着挤过去帮助它们,
我的血和肉发射电光以便打击那和我自己无多大区别的一个,
引起欲念的刺激从四面八方袭来,使我四肢僵直,
压迫着我心的乳房以求得它不肯给予的乳汁,
向着我放肆地行动,不容我抗拒,
像是有目的地剥夺着我的精华,
解开着我的衣扣,搂抱着我赤裸的腰肢,
使我在迷茫中恍若看见了平静的阳光和放牧牛羊的草地,

毫不识羞地排除了其他感官，
它们为了和触觉交换地位而施加贿赂并在我的边缘啃啮，
毫不考虑，毫不照顾我那将被汲干的力量或我的憎恶，
召集了周围余下的牧群以享受片刻，
然后联合起来站在岬角上干扰我。

我的哨兵全部都撤离了岗位，
他们让我在凶恶的掠夺者面前束手无策，
他们都来到岬角睁眼看着我受难，并协力反对我。

我被泄密者出卖了，
我说话粗狂，我失去了理智，不是别人，是我自己才是最大的泄密者，
是我自己首先登上了岬角，是我自己的双手带了我去。

你这险恶的一触！你在作什么？我喉头的呼吸已十分紧张，
快把你的闸门打开吧，你已经使我经受不住。

二十九

盲目的、蜜甜的，挣扎着的一触，躲藏在鞘内、帽内有着利齿的一触！
在离开我时你竟也如此痛楚么？

离去之后紧接着就是再来，不断积下的债务必须不断偿还，
丰厚的甘露紧跟着就是更加丰厚的酬报。

幼芽扎下了根便能繁殖，在路边茂密而又生气勃勃，
是伟然男子气概的景色，壮硕又金黄。

三十

一切真理都在一切事物内部静候着，

它们既不急于促进自己的分娩也不抗拒分娩,
它们并不需要外科医生的催生钳子,
极微末的对我说来也和任何事物一样巨大,
(比一次接触少一点或多一点的又是什么呢?)

逻辑和说教从来没有说服力,
黑夜的潮湿更加能深入我的灵魂。

(只有能在每一个男子和妇女面前证实自己的才是实证,
只有无人能否认的才是实证。)

我的一刹那和一点滴使我的头脑清醒,
我相信湿透了的泥块会成为情侣和灯光,
一个男子或妇女的肉体是要领中的要领,
他们对彼此的感情是顶峰又是花朵,
他们会从这一教训中无限地孳生,直到它能够创造一切,
直到一切的一切都使我们欣喜,我们也使它们欣喜。

三十一

我相信一片草叶就是星星创造下的成绩,
一只蝼蚁,一颗沙粒,一枚鹪鹩产下的卵也一样完美,
雨蛙是造物者的一件精心杰作,
那蔓生植物悬钩子能够装饰天上的厅堂,
我手上一个最狭小的关节能使一切机器都暗淡无光,
母牛低头嚼草的形象超过了任何雕塑,
一只老鼠这一奇迹足以使亿万个①不信宗教者愕然震惊。

---

① 惠特曼在这首诗里用了许多加不同数目的 0 的巨大数字,也许有所区别,但也可能没有多大区别。译者在此都译为"亿万",只有加 12 个 0 的数字(许多大数字之中是较小的)译为"无数"。在这里的"亿万"原文为 sextillions,是 1 后面加 21 个 0 的数。

214

我发现我身体里包含着片麻岩、煤、长须的苔藓、果实、谷米、可口的根芽,①

　　遍体粉刷着走兽和飞禽,
　　满有理地把身后之物远远抛在身后,
　　但在愿意的时候又可以把任何一物召回。

　　超速奔跑或羞怯是徒劳的。
　　火成岩因我的来到而喷射它们古老的烈焰是徒劳的,
　　柱牙象走避在它自己已碾碎的骨粉下是徒劳的,
　　事物远远站在一边以千变万化的形体出现是徒劳的,
　　海洋伏在深渊里,怪兽躲起来是徒劳的,
　　秃鹰和苍天住在一起是徒劳的,
　　蛇在藤蔓和木材中间滑行是徒劳的,
　　麋鹿躲藏在树林深处是徒劳的,
　　利喙的海鸟远远北航到拉布拉多去是徒劳的,
　　我急急跟去,直上悬岩裂缝中的巢穴。

三十二

　　我想我能够转而和动物生活在一起,它们是这样淡泊又自满自足,
　　我站着将它们观察了很久很久。

　　它们并不为它们的处境挥汗又哀号,
　　它们并不为自己的罪过哭泣而在黑暗中通宵不眠,
　　它们并不议论它们对上帝应尽的责任而使我生厌,
　　没有一个感到不满足,没有一个犯有严重的占有狂,
　　没有一个向另一个屈膝,也不向一个生活在数千年前的同类屈膝,
　　整个地球上没有哪一个是体面的或愁苦的。

---

① 惠特曼曾在笔记中写道:"灵魂或精灵能透入一切物质——进入岩石而过着岩石的生活,进入大海而感到自己就是大海——进入橡树或别的树——进入动物,而感到自己是马,鱼,或是鸟——进入大地——进入太阳和星星的运转动作。"

215

它们向我如此表明了和我的关系,我接受了下来,

它们给我带来的是我自己的各种代号,并且明白地告诉我已在它们的掌握之中。

我惊讶那些代号它们是从哪里得来的,
莫非我曾经老早走过那地方,漫不经心地把它们丢下了?

彼时此时乃至永远,我自己总在向前移动着,
一直在以高速度收集并展示着更多的东西,
无穷无尽,无所不包,在它们中间也有和它们类似的,
并不过分排斥我的记忆所及,
还在这里选中了我所喜爱的一个;此时和他像兄弟般在一起行动。

一匹雄壮健美的骏马,精神抖擞,对我的抚爱又有所反应,
它额骨高耸,两耳之间宽广,
肢体光滑而又柔顺,尾巴扫地,
两眼闪烁着机警,耳朵轮廓俊美,灵巧地抖动着。

我的两踵抱紧它时它的鼻孔张开,
我们飞跑一圈而还归时它那匀称的肢体因喜悦而微微颤抖。

我只使用了你一分钟就即刻将你交出,骏马啊,
我自己能超出你的速度时又何须请你代步?
即使我在站着或坐下时也比你更加快速。

三十三

空间和时间!现在我才认识到我的猜想是对的,
我在草坪上逍遥时所猜想的,

我独自睡在床上时所猜想的,
又是在清晨那些逐渐暗淡的星星下、在海滩散步的时候所猜想的。

我的羁绊和压力离开了我,我的双肘倚靠着港湾,
我绕着锯齿形的山脉而走,我的手掌覆盖着大陆诸州。
我的目力伴随着我周游。

在城市里列成方形的房屋旁——在木屋里和木材工人一起露宿,①
沿着关卡的车辙,沿着干涸的峡谷和河床,
铲除着我葱头地里的杂草或是沿着一排排胡萝卜和防风根锄松土地,跨过草原,在森林中寻路而行,
探矿,掘金,把新购进的树木都剥去一圈树皮,
齐脚踝受到热沙的烫伤,把我的小船拖下那浅浅的河流,
在那里豹子在头顶的树枝上来回走动,在那里牡鹿回头来怒气冲冲地面对着猎人,
在那里响尾蛇在岩石上曝晒它那松弛的长长身躯,在那里水獭正觅鱼而食,
在那里鳄鱼披着它坚硬的瘰疬在河湾里熟睡,
在那里黑熊正寻觅树根或野蜜,在那里海狸用它的桨形尾巴拍打着污泥,
在成长着的甘蔗上空,在长着黄桃的棉花株上空,在低湿的稻田上空,
在尖顶的农舍上空,它那些扇贝形的层层浮污和沟洫里的柔条,②
在西部的柿林上空,在叶子长长的玉蜀黍上空,长着纤巧蓝花的亚麻上空,
在那白色和褐色的荞麦上空,除其他以外还有一种嗡嗡和营营的声音,
在深绿色的黑麦上空,麦子在微风中吹成了阴阳交错的细浪,
爬着高山而上,谨慎地提着身子攀登,紧紧抓住了低矮而参差的树枝,
走在青草已被踏平的小路上,拨开了矮树丛的枝叶,
在那里鹌鹑在树林和麦垄之间啭鸣,
在那里蝙蝠在七月的黄昏时飞绕,在那里一只大号的金甲虫在黑暗中跌

---

① 从这里开始作者用了他的典型的"列举法",多写自然界、劳动和户外生活,反映大千世界和诗人的博大胸怀。
② 这里指屋顶上被风雨冲刷下的碎片在沟洫里成为扇贝形的浮污并滋生着杂草。

落下来，

在那里小溪穿过古树的虬根直流到草地，

在那里牛马站着用皮肉的抖动驱赶苍蝇，

在那里抹布挂在厨房里，在那里薪架支在炉石上，在那里蛛网从橡上挂下来结成了花彩，

在那里大槌在沉重落下，在那里印刷机的滚筒在转动，

只要是人的心脏在肋骨下极端痛楚地跳动的无论什么地方，

在那里梨形的气球在向上飘升，（我自己也在里面飘浮，安详地朝下探看，）

在那里救生装置用活扣拖拉着前进，在那里高温孵化着沙坑里浅绿色的鸟卵，

在那里母鲸带着幼鲸游泳，从不把它抛弃，

在那里汽轮的尾部拖着长长的一面烟幡，

在那里鲨鱼的鳍翅像出水的一个黑色薄片似地划破水面，

在那里那烧剩了一半的方帆双桅船在不知名的水流上前进，

在那里贝壳牢长在粘滑的甲板上，在那里死尸在舱底腐烂；

在那里星星密布的旗帜在队伍前头高举，

通过那伸展得长长的岛屿朝着曼哈顿走近，

在尼亚加拉下面，飞落着的瀑布像面纱似地罩在我脸上，

在门前的台级上，在门外硬木制的踏脚台上，

在赛马场上，或者享用野餐或者跳快步舞，或者畅快地玩一场棒球，

在单身汉的狂欢会上，用下流话骂人，刻薄又放肆，跳水牛舞，饮酒，哄笑，

在苹果酒厂里品尝捣碎了的褐色甜浆，用麦管吮吸着汁水，

在削苹果皮时我找到多少红色果实就要求多少次接吻，

在举行集会、滩头聚会、联谊会、碾米会和建房会时；

在那里学舌鸟发出它十分动听的咯咯声，清脆地鸣叫，尖叫，哭泣，

在那里干草垛堆在禾场上，在那里枯茎散放着，在那里为育种豢养的母牛在棚里等候，

在那里公牛走上前去执行雄性的职务，在那里种马走向母马，在那里公鸡踩着母鸡，

在那里小母牛在吃草，在那里鹅群在一口一口啄食，

在那里夕阳投下的阴影在无边际的、寂寞的草原上拔长，

在那里水牛群在远近的方英里内散开着爬行，

在那里蜂鸟闪烁着微光，在那里长寿的天鹅在弯曲着、绕转着它的颈项，

在那里笑着的鸥擦着岸边飞过，在那里她的笑声近似人的笑声，

在那里花园里的蜂房排列在半为深草遮没的灰色木架上，

在那里颈绕花环的鹧鸪围成一圈栖息在地上，只露出它们的头部，

在那里送葬的马车走进了墓园的拱门，

在那里冬天的狼群在荒凉的雪地和结着冰柱的树木那里嗥叫，

在那里戴着黄冠的苍鹭在夜间来到了沼泽的边缘地啄食小蟹，

在那里游泳者和潜水者溅起的水花使炎热的中午变得凉爽，

在那里纺织娘在水井那边的核桃树上吹弄她那支是和声又不成和声的管箫，

走过那种着带有银色网络叶子的香橼与黄瓜的小片土地，

走过那含盐地或柑橘林，或走在圆锥形的冷杉下面，

走过那健身房，走过挂着帘子的酒吧间，走过办公室或大会堂，

喜爱本地的，喜爱外地的，喜爱新的和旧的，

喜爱美貌的也喜爱不好看的女人，

喜爱那正在摘下软帽、美声美气说话的贵格会女教徒，

喜爱那粉刷得雪白的教堂里唱诗班唱的曲调，喜爱那流着汗的美以美会牧师的恳切言辞，野营布道会给人们留下了深刻印象，

整个上午逛了百老汇商店的橱窗，把我的鼻子压扁在厚厚的玻璃窗上，

就在同天下午我仰脸朝着云空游逛着，或是走进一条小巷或是沿着海滨走去，

我的左右臂搂着两个朋友的腰部，而我则是走在中间；

和那沉默的、黑脸庞的乡下孩子一同回家，（天黑时他在我身后同骑着一匹马，）

离开居民点老远时研究着动物的足迹或鹿皮鞋留下的脚印，

在医院病床旁把柠檬水递给一个发烧的病人，

在一切都静寂时走近棺材里的尸体，擎一支蜡烛仔细观察，

乘船到每个港口去做生意，冒风险，

和那群新派人物一起东奔西颠，和大家一样热心，一样三心二意，

我对我恨的那人是怒火中烧,恨不得马上用刀把他刺死,
午夜我在后院里很孤单,很长时间头脑走了神,
步行在朱迪亚①古老的丘陵地带,美丽而温柔的上帝在我身旁,
飞快地穿过空间,飞快地穿过天空和星群,
飞快地在七个卫星和大圆环②里穿行,直径为八万英里,
和带着尾巴的流星一同飞奔,和它们一样抛掷着火球,
携带着那肚里正怀着它自己的母亲满月的孩子,新月③,
冲击着,欣赏着,计划着,热爱着,叮咛着,
不断变换着方向,出现了又不见了,
我日夜走着这样的道路。

我访问了各个天体的果园,观看了产品,
观看了亿万个④红熟的果实也观看了亿万个青的果实。

我像一个流体⑤,像一个能够吞咽一切的灵魂那样一次一次飞翔,
我道路的方向在探测深度的测锤下方。

我取用物质的、也取用非物质的东西,
没有一个守卫能截断我的去路,没有一条法律能阻止我。

我的船只下锚也只是片刻,
我派出的使者不断在各地巡游或者把他们的果实带来给我。

我前去猎取北极熊的皮毛和海豹,持一柄尖头杖越过峡谷,攀附着蓝色的容易脆裂的冰柱。

---

① 巴勒斯坦南部的古名,耶稣曾在那里活动。
② 指土星光环。
③ 新月日后会成为满月,所以说女儿怀着母亲。
④ 原文为 quintillions,是 1 后面加 18 个 0 的数。
⑤ 惠特曼惯常把精神的东西叫作流体,物质的东西叫作固体。流体可塑性大,融会贯通,比较灵活,甚至可以翱翔。

我登上了前桅楼，

深夜里我在瞭望台值班，

我们在北冰洋航行,有充足的光线，

透过那清亮的空气,我饱览了面前的绝妙美景，

巨大的冰块从我身边经过,我也从它们的身边经过,各个方向的景物都看得很清楚，

能看见远处群山的白色顶峰,我朝着它们把我的遐想抛去，

我们在接近一个辽阔的战场并将立即参加战斗，

我们从营地庞大的前哨站那里经过,脚步轻轻,十分小心，

或者我们正在经过郊区进入一座巨大的已成为废墟的城市，

障碍物和倒塌的建筑物比地球上一切活跃的城市还要多。

我是个没有牵挂的伴侣,我在进犯者的营火旁露宿，

我从床上把新郎赶走,自己和新娘在一起歇宿，

我整整一夜用大腿和嘴唇紧紧贴住她。

我的声音是妻子的声音,是楼梯栏杆边的尖叫声，

他们把我男人的尸体抬了上来,滴着水,已经淹死。

我懂得英雄们的宽阔胸怀，

那种当代和一切时代所表现的勇敢，

那船长是怎样看见那拥挤的、失去了舵、遇了难的轮船的,而死神则是在风暴里上下追逐着它，

他又怎样紧紧把持着一寸也不后退,白天黑夜都一样赤胆忠诚，

还在一块木板上用粉笔写着偌大的字母："振作起来,我们决不会抛弃你们"；

他又怎样跟着他们和她们一同抢风行驶,一连三天未尝失去希望，

他又怎样终于救出了漂泊着的人群，

在用小船载着她们离开已经掘下的坟墓时,那些瘦长、穿着宽舒大袍的妇女又都是什么样子，

那些沉默的、面目像老人的婴儿,那些被扶起的病人,那些嘴唇刺人的、未曾剃须的男人又都是什么样子；

所有这些我都吞咽下去了①,味道很美,我很喜欢,它成了我自己的东西,
我就是那人,我蒙受了苦难,我在现场。②

烈士们的轻蔑和镇静,
过去曾有作母亲的被判为女巫,用干柴把她烧死,子女们在一旁看着,
那被紧紧追赶的奴隶在奔跑时力竭了,他倚靠着栅栏,喘着粗气,满身是汗,
他腿部和颈部的针刺般的剧痛,那足以致命的大号铅弹和子弹,
这些我都能感受,我就是这些。

我是那被追赶的奴隶,狗来咬我时我畏缩,
地狱和绝望临到了我头上,射击手射出了一发又一发的子弹,
我一把抓住了栅栏的栏杆,我的血滴着,血浆因皮肤渗出的液体而变得稀薄,
我跌倒在杂草和石子堆里,
骑马人鞭策着不愿前进的马匹,逼近我身边,
在我眩晕的耳畔辱骂着,并用鞭杆猛击我的头。

剧痛是我替换的服装中的一件,
我不去盘问受伤者他如何感觉,我自己已成为受伤者,
我倚在杖上细看时我的伤口显得又青又紫。

我是那被压成重伤的救火员,胸骨已经断折,
倒塌的墙壁把我埋葬在瓦砾中,
我吸进了热和烟,我听见我的伙伴们在大声喊叫,
我听见远远传来镐和铲的喀嚓声,
他们已经挪开了横梁,他们把我轻轻地抬了出来。

---

① 参看本节"能够吞咽一切的灵魂"。
② 这里描写的遇难情景是写1853年12月22日驶离纽约,前往南美的"旧金山"号。它在离纽约几百英里以外遇到了大风。船只从12月23日至次年1月5日间一直漂泊无主,在某个海域一次丧生的就有一百五十人。报道见1854年1月21日纽约的《一周论坛》,惠特曼遗物中曾有此报。

我穿着红衬衫躺卧在夜空中,为了照顾我四处是一片沉寂,
我并不疼痛,只是力竭地躺倒着,但也不是很不愉快,
我周围那些人们的脸又白又美丽,头上已摘去了救火帽,
那跪着的人群随着火炬的亮度渐渐看不见了。

遥远的和死去的又重新复苏,
他们看来像钟的表面,移动着的像是我的两手,我自己就是那台钟。

我是个老炮手,我讲一讲我要塞炮战的情景,
我又回到了那里。

又是鼓手们经久不绝的隆隆击鼓声,
又是那进攻的大炮、臼炮,
又是炮火的还击声送进了我的耳鼓。

我参加,我看见并听见了全部,
喊叫声、诅咒声、吼叫声、弹药命中后的喝彩声,
救护车缓缓经过,一路留下了血迹,
工人们在寻找坏损的地方,进行着必要的修补,
手榴弹落进裂开了的房顶,一次扇形的爆炸,
嗖嗖的肢体、头颅、石块、木片、铁片在高空飞驰。

我那奄奄一息的将军,他嘴里又在发出咯咯声,他用力挥动着手,
他透过血块咽着气说:"不要管我——注意——那些堑壕。"

三十四

现在我讲讲我少年时在得克萨斯州听说的事情,
(我不是讲阿拉莫①的陷落,

---

① 1836年3月6日,墨西哥军队攻打了得克萨斯州圣安东尼奥的阿拉莫,消灭了驻军。

223

没有谁逃出来讲阿拉莫的陷落,

在阿拉莫的一百五十人到现在还没有人发言,)

这是一个四百一十二个青年被残酷杀害的故事①。

撤退时他们摆了一个空方阵,用辎重充作胸墙,

他们已经赢得的代价是包围着他们的敌人中的九百条生命,九倍于他们的力量,

他们的上校受了伤,弹药也用光了,

他们提出了体面的投降,取得了签署的文书,缴了械,并作为战俘往后撤退。

他们是巡逻骑兵这个兵种的光荣,

马术,枪法,歌唱,宴饮,求爱,都是举世无双,

宽厚,十分活跃,慷慨,俊秀,骄傲,又多情,

长着胡子,晒得红黑,穿着猎人的便装,

没有一个长于三十岁。

第二个星期日的早晨他们被分别带出屠杀了,这是在美丽的初夏季节,②

这个行动是五点左右开始的,八点钟便结束了。

没有一个服从命令下了跪,

有的疯狂而徒劳地向前冲突,有的笔直地站着,

有几个立即倒下了,击中了太阳穴或心脏,活的死的都倒卧在一起,

负重伤和血肉模糊的在泥土里挣扎,新带到的看见了这种情况,

有的打得半死的试图爬走,

这些人被刺刀解决了,或遭到了枪托的连连猛击,

一个不到十七岁的少年揪住了刽子手,直到又上来两人帮他挣脱,

三个人都受到了撕伤,都染满了少年的鲜血。

---

① 在墨西哥战争时法宁上尉的墨西哥敌人把部队里的三百七十一个得克萨斯人全部杀死了,他们是在 1836 年 3 月 27 日投降后被杀死的。

② 星期日是安息日,在这一神圣的日子行凶,益显其残暴。

224

十一点开始焚烧尸体；

这就是四百一十二个青年被屠杀的故事。

三十五

你愿否听一听早年的一场海战？
你愿否知道谁在月光和星光下取得了胜利？
听这个故事吧，这是我外祖母的父亲那水手讲给我听的。①

我们的敌人可不是一个在自己船舱里躲躲藏藏的人，我告诉你，（他说，）
他②粗鲁，有着英国人的勇气，谁也没有他耐磨损，忠实可靠，不曾有过，也不会再有；
一天黄昏他凶恶地朝着我们搜索前进。

我们和他肉搏了，帆桁和帆桁缠牢在一起，炮口相接，
我的船长亲手把船只牢牢拴系在一起。③

我们在水里遭受了几发十八磅重的炮弹，
刚开火时我们的下层炮舱有两发巨大的炮弹爆炸，杀死了周围士兵，头上也到处开花。

战斗到日落，战斗到天黑，
夜间十点时，满月高高升起，船的裂缝扩大了，据报进水已经五英尺，
纠察长把后舱关着的俘虏放了出来让他们自己逃生。

出进弹药库的通道现在被守卫截住了，
他们看见这么多陌生的脸，不知信得过谁。

---

① 这是作者听外祖母的父亲讲的。老人曾在约翰·保罗·龚斯手下服役。战争发生在1779年9月23日，作者也曾读过龚斯写给富兰克林的信，信中讲了这一战役。
② 这里作者把敌人这个集体当成了一个人，用"他"这个单数来代表一团人。
③ 把敌船和自己的船绑在一起，便于短兵相接。

我们的舰只着了火,
对方问我们是否要求投降?
是否降下旗帜就此结束战斗?

现在我满意地笑了,因为我听见了我那小舰长的声音,
"我们没有降旗,"他安详地叫道,"我们这边战斗还只开始。"

只有三尊炮可用,
一尊是舰长自己指挥的,对准着敌人的主桅,
两尊有效地发射了葡萄弹和霰弹,打哑了敌人的步枪,肃清了他的甲板。

只有桅楼上在协助这个小炮台开火,特别是主桅楼,
它们在整个战斗中勇敢地坚持着。

一分钟都不停歇,
船的裂缝比抽水机进展得快,火苗马上就要吞食弹药库。

一架抽水机被打掉了,大家都认为我们就要沉没了。

小舰长从容地站着,
他不慌不忙,他的声音不高也不低,
他眼睛为我们提供的光,胜似我们的军用提灯。
将近十二点他们在月光下向我们投降了。

三十六

午夜伸着腿静静地躺着,
两只巨大的船壳一动不动地趴伏在黑夜的胸脯上,
我们那满身是窟窿的船只在缓缓沉没,正准备要过渡到我们征服了的舰只上去,
舰长的脸色雪白如纸,他在后甲板上冷冷地发布命令,

附近是在舱里值勤那孩子的尸体,

那留着白长头发和用心卷着胡须的老水手的那张僵死的脸,

虽尽力扑灭但仍在上下闪烁着的火苗,

那两三个还能值勤的军官们的沙哑嗓音,

乱堆在一起和单独躺着的尸体,桅杆和帆桁上涂抹着的肉浆,

砍断的船缆,晃荡着的半截子绳索,平滑的波浪微微震动着,

漆黑而冷漠的大炮,散乱的一包包火药,刺鼻的气味,

头上是几颗巨星,沉默而忧伤地照亮着,

轻轻吸进的海上微风,岸边芦草和田野的气味,幸存者被委托送出的死耗,

外科医生手术刀的嘶嘶响声,他那锯上的尖利锯齿,

吸气声,咯咯声,鲜血的泼洒声,短促的尖叫声,时间长而沉闷又渐渐消失的呻吟声,

一切就是这样,一切已不可挽回。

三十七

你们这些站着岗的懒虫!注意你们手中的武器!

他们挤进了被攻下的大门!我被迷住了心窍!

我化身为所有的亡命徒或受苦的人,

看见我自己在狱中换成了另一人的形状,

而且感受到了那单调的、持续不断的疼痛。

为了我,那监视犯人的守卫扛着卡宾枪警戒着,

那早上放出、晚上关进的就是我。

没有一个戴上手铐走进监狱的叛变者不是连我也和他铐在一起在他身旁走着,

(我比不上那里那快活的人,而是更像那个沉默的人,我抽搐着的唇边挂着汗珠。)

没有一个小青年因盗窃罪被捕而不是连带我也走上前去受审判并被定了罪。

没有一个患霍乱的在躺着咽他最后一口气时不是有我也躺着咽最后的一口,
我面如土色,肌肉扭曲,人们从我的身边走开。

有所求的人们借托我的形体,我则借托他们的形体,
我拿着帽子伸出手来,脸上含羞,坐着乞讨。

三十八

够了!够了!够了!
我惊得有点不知所措了。靠后面站吧!
给我一点时间醒醒我那受过打击的头,让我从昏睡,梦乡和呆滞中休息过来吧,
我发现自己已到了犯一次通病的边缘。

我竟然能忘记那些嘲笑者和侮辱!
我竟然能忘记那簌簌落下的眼泪和大头短棒和铁锤的打击!
我竟然能换一种眼光看待我自己被钉上十字架并戴上血污的王冠。

我现在记得了,
我重温了被撇在一旁的那一小部分,
石墓①把托付给它或别的坟墓的死者增加了好几倍,
尸体复活了,创口愈合了,锁链从我身上滚落。

我重又充满了无上力量在前进,成为一个平常而又漫长无比的队伍里的一员,

---

① 指基督死后葬身的石墓。在此作者认为像基督那样死而复生的人不在少数。

我们到内地和海滨去,越过一切边界,
我们迅速推广的条例正向全世界传播,
我们帽子上簪着的花朵是已经生长了千万年的。

学生们啊①,我向你们致敬!站出来吧!
继续你们的评注工作,继续提出你们的问题吧。

三十九

那友好而潇洒的野蛮人,他是谁?
他是在等待文明呢,还是已超越了它、掌握了它?

他是个户外长大的西南地方的人么?是加拿大人吗?
他是从密西西比流域来的吗?是从依阿华,俄勒冈,加利福尼亚来的吗?
是山里来的?是习惯于草原生活、未开垦的丛林生活的?还是从海上来的水手?

不论他走到哪里,男人女人们都接受他,渴望亲近他,
他们渴望他喜欢他们,触碰他们,和他们说话,和他们同住。

行动像雪花一样放荡不羁,言语像青草一样朴实无华,头发缺乏梳理,笑声不绝而且天真无邪,
脚步迟慢,相貌平凡,平凡的举止和表情,
它们②从他的指尖降落时又出现了新的形式,
它们散发着他身体或呼吸的气味,它们从他的眼神里飞出。

四十

阳光在自鸣得意,我不需要你的温暖——到一边等着去吧!

---

① 原文用法语 eleves,也有门徒或弟子的意思。
② 指"平凡的举止和表情"。

你只照亮表面,我用力透过表面、也进入深处。

大地!你似乎想在我手里找到什么,
说吧,你这一撮毛①,你想要什么?

男人或女人啊,我本可说明我是如何喜欢你,但是我不能,
也可以说明我心里在想些什么,你心里在想什么,但是我不能,
也可以说出我的渴望,我那日夜跳动着的脉搏。

看哪,我并不发表演说或给些小恩小惠,
我给的是我自己。

那边的那个人,软弱无能,站立不稳,
露出你那围巾裹着的脸,②让我给你吹进点勇气吧,
伸出你的手掌,掀开你口袋上的袋罩吧,
我不许可人拒绝,我施加压力,我的储存绰绰有余,
只要是我的我就给。

我不必问你是谁,那对我并不重要,
除非是我容许你的,此外你什么都做不成,什么也不是。

我把身体挨近那棉田里的苦力,或打扫厕所的清洁工,
在他的右颊上我留下一个只给家里人的亲吻,
而且我在灵魂深处起誓,我永远不会拒绝他。

在可以怀孕的女人身上我种下较大、较灵巧的婴儿,
(今天我射出的物质是属于比一般傲慢得多的共和国的。③)

------

① 这是给予一个印第安人的爱称,因为某些部族常在头顶留着一撮头发或戴上别的装饰品。
② 参看本诗第四十二节:"永远是颔下的绷带。"
③ 惠特曼认为人们都太谦虚、太卑微,应该更加骄傲一些。参阅下面几行诗句:"我抓住那往下走的人,用不可抵抗的意志把他举起……"

对任何一个将死的人，我都是飞跑去拧开门的旋钮，
把床上的被褥堆在床脚，
请医生和神甫都回家去。

我抓住那往下走的人，用不可抵抗的意志把他举起，
啊，绝望的人，这里是我的脖子，
天哪，决不能容许你下沉！把你的全部重量压在我身上吧。

我吸足了气使你膨胀，我使你浮起，
我使屋里的每一间房都驻满武装，
爱我的人们和战胜了坟墓的人们。

睡觉吧——我和他们彻夜站岗，
疑惧和死亡将不敢侵扰你，
我已经拥抱你，使你从此成为我自己所有，
等你早晨起床时，你会发现我说的不假。

四十一

我就是给那躺着喘气的病人们带来援助的人，
给那健壮而能站立的人们，那就带来更多必要的援助。

我听见了有关宇宙的各种议论，
听了又听，已经有几千年，
总的说来还过得去——但是仅只如此而已吗？
我的到来就是为了把它扩大而应用，
一开始就比那些谨慎的老年贩子们①定出更高的价钱，
我自己用的是耶和华的准确尺寸，

---

① "那些谨慎的老年贩子们"是指神和担任神职的人们，他们轻视人类的神圣气质。

平版印刷了克罗诺斯,他的儿子宙斯,和他的孙子赫尔克里斯,

买下了奥西利斯、艾西斯、贝鲁斯、波罗贺摩和释迦牟尼的手稿,

在我的文件包里散放着曼尼陀,印在单页上的真主,刻成图版的十字架,

还有欧丁和那面貌丑陋的麦西特里和各个偶像和肖像,①

按照他们真正的价值论价,一分钱也不多出,

承认他们曾经存在并在他们的时代起过作用,

(他们曾给羽毛未丰的雏鸟运载过虫蚁,现在小鸟应该自己站起飞翔而唱歌了,)

接受了那些粗糙的神的速写以补充自己的不足,又大量分赠给我遇见的每一个男人和女人,

在一个搭造房屋的建房者身上发现同样或更多的神的气质,

那个卷着袖子在挥舞木槌和凿子的人更加值得尊重,

并不反对接受特殊的启示,把一缕烟或我手背上的一根汗毛也当作是意味无穷的启示,

对我来说驾着救火车、攀援着绳梯的小伙子们并不亚于古代的战争之神,

在毁灭性的倒塌中能听见他们一阵阵传来的声音,

他们健壮的肢体在遇到烧焦的木板时竟安然无恙,他们洁白的前额没有在火苗中受损伤;

机械师的妻子给婴儿喂奶②就是在为每个人申请生的权利,

收割时使三把镰刀排成一排呼呼响着的是三位健壮天使,她们的衬衣在腰际鼓得圆圆的,

那牙齿不齐的红发马夫为了赎免过去和未来的罪过,

卖去了所有的一切,走着路去为他的兄弟付律师费用,并在他因伪造字据而受审理时坐在他身旁;

散布得最广的东西也只在我周围散布了三十平方杆,甚至还没有能把三十平方杆铺满,

---

① 克罗诺斯,希腊泰坦神,是天神和地神的儿子,他篡夺了父亲的王位,又被儿子宙斯篡夺了他的王位。奥西利斯是埃及地府之神。艾西斯是主繁殖的女神,奥西利斯之妻。贝鲁斯传说是阿西利亚的国王。波罗贺摩是印度教中的宇宙的灵魂。曼尼陀是印第安某部族的自然之神。欧丁是北欧挪威的战争之神。麦西特里是墨西哥印第安人的战争之神。

② 这里有点像圣母的形象。

公牛和小虫从来也没有受到过足够的崇拜,①
粪土和泥块有着梦想不到的许多优点,
神怪不足道,我自己正等待着跻身于至圣的行列,
那一天正在到来,我将和成绩最佳者一样做出优异成绩,而且同样惊人;
我指着生命的块状物②起誓!我已经是个造物者,
此时此地我已把自己放进潜伏着暗影的子宫里③。

四十二

人丛中的一声呼唤,
我自己的声音,洪亮,横扫一切,且有决定意义。

来吧,我的孩子们,
来吧,我的男孩和女孩们,我的妇女、家属和亲人们,
现在那位演奏家已在放胆让他内心的笙管弹奏序曲。

容易写下的、随意奏出的和声啊——我感觉到了你在拨弄的高潮和结尾。

我的头在我颈上转动,
音乐滚动着,但并非来自风琴,
亲人在我周围,但他们不是我的家属。

永远是那坚硬平坦的大地,
永远是那些吃着喝着的人们,永远是那升起又落下的太阳,永远是空气和那不停歇的潮汐,
永远是我自己和我的邻居,爽朗,恶毒,真切,
永远是那陈旧的不能解释的疑问,永远是肉里的刺,那使人发痒而口渴的鼻息,

---

① 公牛和小虫曾在古代宗教中受到崇拜,但是它们是被当作神来崇拜的。
② 指睾丸或精液。
③ 诗人作为造物者将深入破坏黑暗,创造生命,证明一切都是神圣的。

永远是那使人烦恼的呵斥声,直到我们发现了那狡猾的人藏身的地方,把他揪了出来,
永远是情爱,永远是生活里抽泣着的液体,
永远是颔下的绷带,永远是死者的尸床。

这里那里是眼睛上放着钱币的人在走动,①
为了满足肚子的贪婪,就要消耗大量脑力,
买卖着并领取着票子,但是宴会则是一次未去,
许多人流汗、耕种、打场,却把糠秕当作报酬,
几个吃闲饭的拥有一切,他们不断把麦子占为己有。

这是那座城市,而我是其中的一个公民,
凡是别人感兴趣的我也感兴趣,政治、战争、市场、报纸、学校、
市长和议会、银行、税率、轮船、工厂、存货、堆栈、不动产与动产。

那些渺小而为数不少的侏儒穿戴着硬领和燕尾外套在到处蹦跳,
我知道他们是谁,(他们肯定不是蛆虫或跳蚤,)
我承认他们是我自己的复本,其中最脆弱最浅薄的也和我一样不死,
我所行所说对他们也同样适合,
我胸中挣扎着的每一个思想也一样在他们胸中挣扎。
我十分清楚我自己的自我中心主义,
我熟悉我那些兼容并蓄的诗行,而且决不能因此少写一些,
不管你是谁我要使你也充满我自己。

我这首歌可不是一些例行公事的辞句,
而是直截了当提出问题,跳得较远但含义却较近;
这是一册已经印好、装订好的书——但是印书者和印刷厂的少年工人呢?
这是些照得不错的照片——但是在你怀里紧紧搂着的实实在在的妻子或朋友呢?

---

① 这里写爱钱如命的人,但死尸入葬前常被人用硬币放在眼睛上使它们紧闭。

这艘装配着铁甲的黑色船只,在她的炮塔里是火力极猛的大炮——但是舰长和工程师的英勇呢?

　　房子里是碗盏、食物和家具——但是主人、主妇和他们眼睛的表情呢?

　　那上面是高高的天——但是这里、隔壁或对过呢?

　　历史上的圣贤——但是你自己呢?

　　宣教文、信条、神学——但是那深不可测的人脑又怎样,

　　什么是理性?什么是爱?什么是生命?

四十三

　　我并不轻视你们这些僧侣,无论在何时何地,

　　我的信仰是最伟大的、也是最渺小的信仰,

　　包括古今和古今之间的一切崇拜,

　　我相信五千年后我还会来到世上,

　　我等候着神的指示作出回答,尊奉诸神,赞美太阳,

　　把第一块岩石或木桩当作偶像,在巫咒①的圈子里执杖集会,

　　帮助喇嘛或婆罗门在神像面前修剪佛灯,

　　在膜拜男性生殖器的游行队伍中沿街跳舞,在树林中则是一名狂热而严厉的苦行僧②。

　　从头骨杯中饮啜蜜酒,崇敬《沙斯塔》和《吠陀经》③,信奉《古兰经》,

　　在从石头和刀子那里流出的血染污了的神庙④里走动,敲击着蛇皮鼓,

　　接受福音,接受那被钉在十字架上的人,确信他是神圣的,

　　做弥撒时下跪,或是在清教徒祈祷时又起立,或者耐着性子坐在教堂的座位上,

　　在精神失常的关键时刻我大声咒骂并口吐白沫,或像死人似地等候着,直到苏醒,⑤

---

① 这里的巫咒指西印度黑人、圭亚那和美国东南部黑人所施行的巫术。
② 这里的苦行僧往往不穿衣服,或穿很少的衣服。
③ 《沙斯塔》和《吠陀经》都是印度教的圣典。
④ 阿兹台克(墨西哥印第安部族)的神庙。
⑤ 也是一种宗教狂热者有时达到的境界。

注视着马路和地面,或马路与地面以外的地方,
从属于那些在众圈之圈中绕行者。①

作为内向和外向的人群中的一员我转过身来像一个即将出门的人那样叮咛嘱咐着。

垂头丧气的怀疑者沉闷而孤独,
轻浮、阴沉、闷闷不乐、愤怒、情绪激动、失望、没有信仰,
我认识你们每一个人,我懂得苦恼、怀疑、绝望和没有信仰汇成的大海。
鲸鱼的尾鳍溅起了多大的浪花!②
它们又如何像闪电一样快速地扭动,一阵阵喷出鲜血!

安静吧,像带血的尾鳍那样的怀疑者和闷闷不乐者,
我参加到你们中间来就像在任何人中间一样,
"过去"推动了你、我、一切人,大家都一样,
未曾经历过的和其后的一切,对你、我、一切人,也全都一样。

我不知道未曾经历过的和其后的一切究竟是什么,
但是我知道它终究会被证明是足够的,决不会失误。

每个过路的人已被考虑过,每个留下来的已被考虑过,它不会辜负任何一个。

它不会辜负那已经死去并被埋葬了的青年,
或那死后被安置在他身旁的少妇,
或那在门口偷偷张望,然后又抽身退去又再也看不见的小孩子,
或那活着没有目的、只觉得这比苦胆还苦的老年人,
或那在济贫院里因饮酒过度、生活不规则而患了肺结核的人,

---

① 这里和下一行"内向和外向的人群"都是指基督教美以美教派的巡回牧师。
② 这里指被击伤了的鲸鱼的尾鳍。

或那些不计其数的被杀戮被毁灭的人们,和那被称为人类粪便的禽兽般的巨港人①,
或那些只是漂来浮去、张口等待食物灌进的珊瑚虫,
或那在大地内部,或在大地最古老的墓穴深处的任何一物,
或那在众星球中的任何一物,或在星球上卜居的无穷数量中之无穷数量,
也不会忘记当前,或人们所知道的最细微的东西。

四十四

该是说明我自己的时候了——我们站起来吧。

凡是已知的我就把它剥下丢掉,
我带着所有的男人和女人们和我一起步入"未知"的世界。

时钟指出分秒——但是永恒又指出什么呢?

我们目前已历尽无数②个冬天和夏天,
前面还有无数个,无数个还在前面的前面。

出生给我们带来了丰满和多样性,
更多的出生会给我们带来丰满和多样性。
我不会称某一物比较伟大,另一物又比较渺小,
凡是占领了自身的时间和空间的事物,那就和其他事物完全同等。

人类想谋杀你、妒忌你吗,我的弟兄,我的姊妹?
我为你难过,他们没有想谋杀我或妒忌我,
人人对我温和,我从来不和忧伤打交道,
(我和忧伤有什么相干呢?)

---

① 即苏门答腊东岸的巨港人。
② 原文为 trillions,是 1 后面加 12 个 0 的数。

237

我是已完成事物的顶点,又包含着未来的事物。

我的脚踏着阶梯的最高级中的最高级,
每一级上是成捆的岁月,级与级之间又是更大的一捆又一捆,
下面的一切都已一一走过,而我却仍然在攀登又攀登。

上升又上升,幽灵们伏在我身后,
在下面的远处我看见那巨大的第一个"无有",我知道我甚至曾经在那里涉足,
我总是等候着,没有人看见,并在冷漠的迷雾中一觉睡了过去,
我从容不迫,碳的恶臭没有伤害我。①

我长时间地被拥抱得很紧——持续了很久很久。
为我作的准备是范围广阔的,
扶助我的臂膀是忠实而友好的。

无数个世纪引着我的摇篮摆渡,像快乐的船夫们在摇啊摇啊,
为了给我让路星星们遵循着它们自己的轨道待在一旁,
它们施加了影响以照看我将要留住的地方。

在母亲生我之前,多少个世代引导了我,
我的胚胎从未曾麻木,没有什么东西能使它窒息。

为了它,星云凝固在一颗星球上,
漫长而缓慢的地层堆积起来让它在上面栖息,
无比多的植物类给它提供营养,
巨大的蜥蜴用它们的嘴运载着它并小心地把它存放好。②

---

① "冷漠的迷雾"和"碳的恶臭"指人类以前的时代,甚至早于"巨大的蜥蜴"。
② 传说中,蜥蜴把自己的卵含在自己的嘴里。

一切力量都一直被用来完成我并使我欣喜,
现在我和我那健壮的灵魂就站立在此地。

四十五

啊,青年的这段时光!施展不完的弹力!
啊,男子的成年时期,匀称、红润又饱满。

我的情人们使我窒息,
压挤着我的嘴唇,堵塞了我皮肤的毛孔,
在街上和公共的厅堂里推挤着我,夜间又赤身前来找我,
白天从河流的岩石那里叫一声"嗨!"在我头上摇晃着,喊喊喳喳地吵闹着,
从花圃、藤蔓架上和枝叶交缠的树丛中叫着我的名字,
停落在我生命的每一分钟里,
用温软而甜润的香吻吻遍了我的全身,
又悄没声地从他们的心里掏出一把又一把东西,交给我变成了我的东西。

老年在壮丽地往上升腾!啊,欢迎,临终时的不可言传的娴雅多姿!

每种情况不只宣告了自己的存在,还宣告了它自身此后能长出的东西,
而那黑暗的静寂也宣告了同样多的东西。

我在夜间打开天窗看见了那远远散布着的星斗,
而我所看到的一切再倍以最高数字也只是更远的星斗的边缘。

它们愈来愈宽阔地向四面散开,扩张着,永远扩张着,
朝外又朝外,而且永远在朝外扩张着。

我的太阳又有它自己的太阳并围绕着它顺从地旋转,
它联合了它的同伙,即周线更高级的一组,

随后又是更大的几组,使它们中间最伟大的成为微细的颗粒。

没有停止也绝不会停止,
即使我、你、万物,以及在它们的表面以下和以上的一切此刻都降为苍白的浮游物,那也终究是徒然的,①
我们肯定会重又回到我们现在站立的地方,
而且肯定会走得一样远,然后会远了还远。

几个亿万②年代,几个亿万③方英里,不会危害这段距离或使之急不可待,
它们只是局部,任何事物都只是局部。

不管你看得多远,在此之外仍有无穷的空间,
不管你如何计算,在此之上仍有无穷的时间。

我的约会已经定妥,已经不会更动,
上帝会在那里等候,直到我来的条件已完全成熟,
那伟大的"同志"④,我日夜思念的忠实情人一定会在那里出现。

四十六

我知道我享有最优越的时间与空间,而且从来没有被衡量过也不可能衡量。

我踏上的是一次永恒的旅行,(请都来听一听吧!)
我的标志是一件防雨大衣,一双耐穿的鞋,从树林里砍来的一根手杖,
我没有朋友坐在我椅子上休息,

---

① 指太阳系形成以前的时期。有的注释者认为"苍白的浮游物"是陆地未形成前的一片大水。
② 原文为 quadrillions,是 1 后面加 15 个 0 的数。
③ 原文为 octillions,是 1 后面加 27 个 0 的数。
④ 原文为 Camerado,译者在此译为"同志"而不是"伙伴"。原文这个称谓是大写,是一种最高一级的关系。

我没有椅子,没有教堂,没有哲学,
我没有带过人到饭桌旁,图书馆,交易所,
但是你们中的每个男女我都引着去一个小山头,
我的左手勾住你的腰,
我的右手指着各个大陆的景致和那条康庄大道。

我不能,也没有谁能代替你走那条路,
你必须自己去走。

路并不远,在你的能力范围之内,
也许你出世以后曾经走过,只是自己不知道,
也许水上、陆上到处都是它。
扛起你的衣服吧,亲爱的儿子,我也扛着我的,让我们快些向前走吧,
我们沿途会路过美妙的城市和自由的国土。

如果你累了就把两个包都给我,把你的手掌放在我的腰际,
到了适当的时候你也会同样为我服务,
因为我们出发以后就再也不会躺下休息了。

今天在破晓之前我登上了一座小山望着那拥挤的天空,
我对我的精灵说:"我们一旦拥有了这些星斗,和它们所赐予的每一件事物的愉悦和知识,我们就丰满、就知足了吗?"
我的精灵说:"不,我们只会夷平地面从头越过,向更远的地方前进。"

你也在问我问题,我听见了,
我回答说我不能回答,你必须自己寻找答案。

坐一会儿吧,亲爱的儿子,
这里有饼干可吃,这里有牛奶可喝,
但是只要你睡过一觉换上了轻便的衣服恢复了精神,我就用一个告别的吻吻你并打开大门让你从这里走出去。

你那些卑鄙的梦已做得够了,
现在我把你眼睛里的污垢洗去,
你自己必须习惯于炫目的光照和你炫目的生命的每一分秒。

你在岸边抱住一块木板怯懦地在水里跋涉已经够久了,
现在我要求你做一个勇敢的游泳者,
跳进海里又浮出水面,向着我点头,叫喊,笑着把头发甩在脑后。

四十七

我是运动员们的老师,
那个在我身旁挺起一副比我更宽阔的胸膛的人证实了我自己的有多宽阔,
那真正尊重我的风格的人是那为了推翻老师才学它的人。

我所爱的少年是那靠自己而不是靠外来力量才长大成人的,
出于顺从或恐惧决非美德而是罪恶,
热爱他的女友,津津有味地吃着他的牛排,
把单相思或受到轻视看作比锋利的钢刀更加能伤害人,
骑马、决斗、射击、驾舟、唱歌、弹奏五弦琴都是一把好手,
喜欢伤疤、胡子和长着麻子的脸胜于所有涂上肥皂沫子的男儿,
喜欢晒黑了的人胜于躲着太阳的人。

我教导人应当偏离我而去,但是谁能偏离我呢?
从此时此刻开始不管你是谁我都跟随着你,
我的话使你的耳朵发痒,直到你理解它们为止。

我说这些话不是为挣一元钱也不是为在我等船的时候消磨时光,
(这是我说的话,也是你说的话,我代你充当了舌头,
舌头在你嘴里受着拘束,在我嘴里却已经开始放松。)

我发誓决不在一所房屋里再提爱情或死亡,

我发誓决不解释我自己,只有和他或她单独在户外待在一起的时候是例外。

如果你想理解我就请来到山上或水边,

近在身旁的小昆虫是一种解释,一滴水或一个微波是一把钥匙,

木槌、桨、锯子能支持我说的话。

一间紧闭着的房间或学校不能和我交流,

粗鲁人和小孩要比它们好得多。

那年轻的机械工和我最亲密,他很了解我,

那带着斧头和水罐的伐木工人会整天把我带在他身边,

那在地里耕田的农家子喜欢听我说话的声音,

在海上航行的船只里我的话也一样能航行,我和渔夫与水手们交往,我热爱他们。

那宿营或行军的士兵是属于我的,

在战役打响的前一天晚上许多人前来寻找我,我从不使他们失望,

在那个庄严的晚上(也许是他们的最后一晚)凡认识我的都来找我。

猎人在他独自盖着毯子睡下时,我用脸去摩擦他的脸,

赶车人在想到我时,不把车子的颠簸放在心上,

那年轻的母亲和年老的母亲理解我,

那女孩和那妻子暂时停住了针线,忘记她们已讲到了什么地方,

她们和大家都一样,会接下去讲我所告诉她们的事情。

四十八

我曾经说过灵魂并不优于肉体,

我也说过肉体并不优于灵魂,

而且对于一个人来说,没有什么,包括上帝,能够比一个人的自我更加

伟大,

　　谁要是走了将近一英里路而尚未给人以同情,就等于披着裹尸布走向他自己的坟墓,

　　而我或你口袋里虽没有分文,却能购买地球上的第一流商品,

　　用眼一瞥或让人看一看豆荚中的一颗豆粒能够使古往今来的学问不知所措,

　　不管是什么行当或职业只要一个青年干了它就能成为英雄,

　　没有什么事物太柔弱,竟不能成为转轮般宇宙的中心,

　　我对任何男人或女人都说,让你们的灵魂在一百万个宇宙面前保持冷静和镇定。

　　我对人类说,不要对上帝觉得好奇,

　　因为我这个对每样东西都好奇的人,对上帝却不好奇,

　　(不管罗列多少名词也难说明我对于上帝和对于死亡是多么坦然自若。)

　　我在每一件事物中听见并看到上帝,但我对上帝仍毫不理解,

　　我也不能理解谁能够比我自己更加神奇。

　　为什么我应当要求比今天更好地认识上帝呢?

　　二十四小时中我每小时,甚至每一分钟都看到上帝的某一点,

　　在男人和女人的脸上,也在镜子里我自己的脸上看见上帝,

　　我在街上拾到上帝丢下的信件,每封信上都签署着上帝的名字,

　　我把它们留在原处,因为我知道我无论到哪里去,

　　永远会有别的信件按期到来。

四十九

　　至于你呢,"死亡",还有苦苦揪住人终有一死的你啊,你休想使我惊慌。

　　助产士毫不畏缩地前来做他的工作,

　　我看见那只左手在压挤着、接受着、支撑着,

我斜倚在那精致而柔韧的屋门的门槛边,
注视着出口,注意到苦痛的减轻和免除。

至于你呢,尸体,我认为你是很好的肥料,但这并不使我犯恶心,
我闻到白玫瑰的气味香甜而且它们还在成长,
我伸手去抚摸那叶子般的嘴唇,我伸手去碰那甜瓜的光滑胸脯。

至于你呢,"生命",我算计你是许多个死亡留下的残余,
(无疑我自己以前已死过一万次。)
我听见你们在那里悄语,啊,天上的星星,
啊,恒星——啊,坟上的青草——啊,不断的调换和前进,

如果你们不说什么我又能说什么呢?

至于那秋天的森林里躺着的混浊水潭,
从萧瑟的黄昏的悬崖上下降的月亮,
摆动吧,白天和薄暮的闪光——在污秽中腐烂的黑茎上摆动吧,
伴随着枯枝发出的带着呜咽声的呓语摆动吧。

我从月亮那里上升,我从黑夜那里上升,
我看到那惨淡的微光是正午时日光的反照,
不管起点大小我要在稳定的中心处出现。

五十[①]

我胸中有物——我不知道它是什么——但是我知道胸中有它。

受到折磨而且流着汗——然后我的身体又变得平静而清凉,

[①] 西方评论家曾为这一节写过一篇专文,认为这一节中的"它"是指一种天赋而神秘的"直觉",或名之为"灵魂的慧眼"。

我入睡了——我睡了很久。

我不知道它是什么——它没有名字——它是个没有说出的词，

字典里，话语里，符号中都没有它。

它依附着某物荡漾，超过了我所依附的大地，

对它来说万物是朋友，它的拥抱使我苏醒。

也许我还能多说一点。只能提纲挈领！我为我的弟兄姊妹们申辩。

你们看到了吗，啊，我的弟兄姊妹们？

它不是混沌，不是死亡——它是形体，联合，计划——是永恒的生命——是"幸福"。

五十一

过去和现在凋谢了——我曾经使它们饱满，又曾经使它们空虚，

还要接下去装满那在身后还将继续下去的生命。

站在那边的听者！你有什么秘密告诉我？

在我吸进黄昏的斜照时请端详我的脸，

（说老实话吧，没有任何别人会听见你，我也只能再多待一分钟。）

我自相矛盾吗？

那好吧，我是自相矛盾的，

（我辽阔博大，我包罗万象。）

我对近物思想集中，我在门前石板上等候。

谁已经做完他一天的工作？谁能最快把晚饭吃完？

谁愿意和我一起散步？

你愿在我走之前说话吗？你会不会已经太晚？

五十二

那苍鹰从我身旁掠过而且责备我,他怪我饶舌,又怪我迟迟留着不走。

我也一样一点都不驯顺,我也一样不可翻译,
我在世界的屋脊上发出了粗野的喊叫声。

白天最后的日光为我停留,
它把我的影子抛在其他影子的后面而且和其他的一样,抛我在多黑影的旷野,
它劝诱我走向烟雾和黄昏。

我像空气一样走了,我对着那正在逃跑的太阳摇晃着我的绺绺白发,
我把我的肉体融化在旋涡中,让它漂浮在花边状的裂缝①中。

我把自己交付给秽土,让它在我心爱的草丛中成长,
如果你又需要我,请在你的靴子底下寻找我。

你会不十分清楚我是谁,我的含义是什么,
但是我对你来说,仍将有益于你的健康,
还将滤净并充实你的血液。

如果你一时找不到我,请不要灰心丧气,
一处找不到再到别处去找,
我总在某个地方等候着你。

---

① 美国研究惠特曼作品的学者艾伦教授认为这是指"各种形状的白色气体"。

《我自己的歌》译后记

1855年7月4日,一本在美国诗坛是划时代的著作出现在书店里了。这就是现在为世人所称颂的美国伟大诗人惠特曼(1819—1892)的《草叶集》初版。它以崭新的面目(从形式到内容)出现,却并未引起什么注意,而是几乎无人问津,备受冷落。这是惠特曼自己出资、自己也参加了排印的薄薄一个对开本。他寄了几本给当时美国文坛的名流。他们大半把它搁置起来不予理睬,诗人惠蒂埃甚至把书略一翻阅就轻蔑地把它扔进了炉火;只有大文豪爱默生被深深感动了,给惠特曼写了那封著名的热情洋溢的信:"这是美国至今所能提供的一部结合了才识与智慧的极不寻常的作品……我因它而感到十分欢欣鼓舞……我从中找到了无与伦比的内容用无与伦比完美的语言表达了出来……我向你伟大事业的开端致敬……"后来为了某些原因,爱默生收回了他的热情,但是从今天看来,他的寥寥数语仍然是对《草叶集》最恰当、最公允的评价。

《草叶集》初版共九十五页,其中序九页,而十四到九十五页中有诗十二首。书的扉页上没有作者和出版者(亦即作者自己)的姓名。面对书名页的是一幅和传统的衣冠楚楚的作者像颇为不同的银版造像:这是一个工人模样的放荡不羁者,一个三十来岁的留着一撮胡子的男子,头上歪戴着一顶宽边黑呢帽,右手漫不经心地搭在腰际,左手插在粗布长裤的口袋里,上身没穿背心或外衣而是一件露出深色内衣的衬衫,那姿态好不潇洒("那友好而潇洒的野蛮人,他是谁?"见《我自己的歌》,39节)!作者的姓名虽不见于扉页,却出现在初版的第29页上(即《我自己的歌》,24节):"沃尔特·惠特曼,一个美国人,一个老粗,一个宇宙。"但是在1867年的第四版里这一行被作者改为"我是沃尔特·惠特曼,强大的曼哈顿的儿子",后来又改为"我是沃尔特·惠特曼,一个宇宙,强大的曼哈顿的儿子",最后在1881年定稿时又成为"沃尔特·惠特曼,一个宇宙,曼哈顿的儿子"。这些更动都不能像原句那样有力地概括这首长诗的作者和主人公的主要特点。"一个美国人"是必要的,因为诗中的主人公是一个不折不扣、完全美国派头的普通人,他有代表性;"一个宇宙"是必要的,因为他"辽阔博大、包罗万象",而且自成一体(《我自己的歌》,51节);"老粗"也很必要("我在世界的屋脊上发出了粗野的喊叫声",52节),因为他的朋友和他自己都是些没有受过多少教育的不起眼的普通人,许多是干力气活的劳动者。"曼哈顿"却没有必要,因为曼哈顿只是作者的出生地和活动场所;在这首诗里,诗人的民族特色比出生地重要得多。

《我自己的歌》在初版的十二首诗之中居于首位。它在初版中既没有题目,也不分段落,却占据了全集的一半篇幅(它在1856年第二版[①]中题为《一个美国人沃尔特·惠特曼的诗》,1860年第三版及其后的版本中题为《沃尔特·惠特曼》,直到1881年定稿时才改为今名)。从异文版本看来,长诗从1847—1848年开始构思(见作者的早年笔记本),于1853—1854年间趋于成熟,1855年在《草叶集》的第一版中刊出,又经过七个版本的修订,于1867年版分出段落(节),1881年定稿。译者在动手翻译此诗时考虑了版本问题。有些学者认为版本之间差别不大,后来的几版主要是文字上的润色和修订,而且一般说来,多为改进。但也有学者认为初版比较标准,定稿时有些歪曲原意,增加了主人公的简要家世(只是几句话),突出了"我自己",导致"美国人"改为"曼哈顿的儿子",强调了主人公的个人特点,冲淡了他的代表性。但是译者认为删去了一些累赘的词句,文字和标点有所改进,都是好的。译者最后还是遵照了1881年的定稿,其主要原因是因为作者的遗愿是希望把他一再编排修订过的1892年的"临终版"作为此后的依据,而后来的绝大多数学者也都是遵照这个遗愿的。

《我自己的歌》是惠特曼最早写成、最有代表性、最卓越的一首长诗,也是百余年来在西方出版的最伟大的长诗之一,这是众所公认的。

近百年来惠特曼已逐渐成为许多读者、作家和学者的师法和研究对象:欧洲人很早就重视惠特曼的研究介绍(最早介绍惠特曼的如英国评论家和翻译

---

① 艾伦教授(Gay Wilson Allen)在1946年版的《惠特曼手册》(Walt Whitman Handbook)中罗列了《草叶集》的九个版本,在1975年的《手册》修订本(The New Walt Whitman Handbook)中又归结为六个版本,但是多数学者仍援用九个版本之说。

家威廉·迈克尔·罗塞蒂①);我国进步诗人也曾受他的深刻影响(郭沫若,艾青),楚图南同志于三十年代后就开始翻译他的作品,并于1955年经修订后出版了一个很好的选集。美国当然更是一直在尽力追赶这一大趋势,从上个世纪末开始,特别在最近四五十年中出现了许多研究著述与文章,若干杰出的美国诗人承认他们深受他的影响,其中有不少学者集中致力于《我自己的歌》的分析研究。但是惠特曼自己曾多次指出,他在作品中常常只是提出了某些暗示和侧面,正面肯定不是他的主要方法;这就使得人们在力图理解他的诗作时,产生了不同意见。例如评论家们历来都认为《我自己的歌》没有什么结构可言,只是一些串联在一起的各种不大相干的段落。但是后来更多的评论家则认为并非如此,完全可以跟踪长诗的内在联系,诗的整体性很强;个别学者甚至把它体系化了,认为结构十分缜密,有着严密复杂的图案,这后一种倾向却显得有些勉强了。总之,不少研究文章各持己见,各有各的根据,但研究是逐渐深化了,对这首诗的分析、理解是更加充实了,而且这方面的著述还在继续出现。译者倾向于认为长诗的结构确有内在联系可寻,全诗浑然一体;正像某一评论家所说:长诗的联贯性并不按照逻辑的程序,没有因果关系,而是一个形象勾起另一个形象,新的形象说明了一种新的情调或思想,像音乐变调时那样,又像白日做梦一样,每一变换天然和另一个联结在一起②。

有考据癖的西方学者喜欢研究长诗内容的由来,从惠特曼读过的某些书籍中寻找根据和出处,可惜很不解决问题。另外一些学者又认为作者的思想近似东方哲学,尤其近似《吠陀经》中的《奥义书》,如轮回报应之说等。惠特曼在五十年代初及之前并未读过东方经书,这是有明文记载的,但精神上的类似容或有之,而且可以互相参考比较,能起到启发作用;但重要的是惠特曼与某些文人墨客不同,博学不是他的长处。他幼年时只受过大约五年普通教育,虽由于兴趣读过不少书,但正像他自己一再指出的,他是个粗人,热衷交好的多为普通百姓。因此如果要找他的创作源泉,只能说它主要来自生活,来自观察,来自思索;要理解他,也只能是着重研究他的时代、环境、生活、爱好,他的观点、信仰,也就是说必须深入了解惠特曼这个人的个性、思想、感情,熟读他的所有著作(这一点十分重要),不然,想认识他,特别是他的"暗示"和"侧

---

① 他是英国诗人但丁·加百列尔·罗塞蒂的弟弟,编过《惠特曼诗集》(W. M. Rossetti: *Poems by Walt Whitman*, London,1868),附编者序言。
② 见卡乌里(Malcolm Cowley)《草叶集》初版重印本的引论,1959。

面",他的真正意图,那几乎是不可能的。这也是译者今后努力的方向。

在这里,译者只是扼要地说一点自己阅读并翻译《我自己的歌》的初步认识,有些认识还可能不很成熟。

惠特曼的一生是一个普通人的平凡的一生。除了内战期间(1862—1865)他在华盛顿当了三年左右的伤员护理,又曾短期在新奥尔良当过几个月的报纸编辑,短期在西部旅行,一度访问过在加拿大的好友勃克医生外,他一直在纽约和东部一带活动,从没有出过国门一步。他作为诗人的一个特点是勤于思考,不甘于只是描写现实生活,而是总在考虑着生活中的一些重要问题。把这些考虑适当理论化以后,那就叫它作"宗教"也好,"信仰"也好,或像某些美国学者所说的"一种新的美国式的宗教"也好。他从来没有皈依过任何一种传统的宗教,也没有把他自己的信仰十分体系化,但是他说他不能理解世界上竟会有"不信宗教者"("永远永远使人惊奇的是天下竟会有小人或不信仰宗教者",22节;"一只老鼠这一奇迹足以使亿万个不信宗教者愕然震惊",31节)。这也是为什么他喜欢漫步悠悠,或独坐在大树下晒半天太阳,被人目为懒惰,不事生产。结果,这也成为《我自己的歌》这首诗的一个结构特点:既有现实主义的描写,也有说理的(哲学的)部分。这两个部分是相辅相成的。

美国当时先进的民主思想是惠特曼思想结构中的一个重要组成部分。《我自己的歌》的头三行是"我赞美我自己,歌唱我自己,/我承担的你也将承担,/因为属于我的每一个原子也同样属于你"。这个思想后来归结为"我歌唱'自己',一个单一、脱离的人,/但是也说出'民主'这个词,'全体'这个词"(见《我歌唱自己》,1867)。其实质也就是说:一方面是"个性",离心的,独立的,与众不同的;另一方面却是"民主",向心的,属于集体,人人平等的("那单纯、紧凑、衔接得很好的结构,我自己是从中脱离的一个,人人都脱离,然而都还是这个结构的一部分",见《一路摆过布鲁克林渡口》,1856)。在这一思想指导下,他强调个性,写过一篇十分重要的文章论《个性神圣》(*Personalism*,1868),歌唱"自己",承认"自我中心主义"(42节),肯定每个普通人的价值,并认为人人都是神圣不朽的,他自己也是"神圣的","不死的"("我里外都是神圣的,不论接触到什么或被人接触,我都使它成为圣洁,/这两腋下的气味是比祈祷更美好的芳香,/这头颅胜似教堂、圣典和一切信条",24节,"我知道我是不死的",20节)。他所说的"自我中心主义"也只是"个性神圣"而不是图谋私利的个人主义。"向心力"的一个重要方面是嘤嘤求友,邀请同伴,热爱同伴的深挚感情("所有世间的男子也都是我的兄弟,所有的女子都是我的姊妹和情侣,/造化用来加固龙骨的木料就是爱",5节;"我要使具有巨大吸引力的国家变为神圣,/用伙伴之间的友爱,/用伙伴之间终生不衰的友爱",见《为了你,啊,民主!》1860)。这是《芦笛》这一诗组的根据,也是他在内战时忘我地护理伤员的根据。

惠特曼一直以"草叶"作为他全部诗作的题目,是有深意的。草叶的特点是青绿、平凡、普遍、众多;诗人在长诗的一开始,在主人公最早注意到客观世界时,就首先提到草叶:"我闲步,还邀请了我的灵魂,/我俯身悠然观察着一片夏日的草叶"(1节);而在他神秘地和自己的灵魂结合后(后面还要谈到这一点),就有一个孩子走了过来,他两手满满捧着许多草叶拿给他看,并且问他:"这草是什么?"他的回答是:"我猜它定是我性格的旗帜,是充满希望的绿色物质织成的。"他的性格近似草叶,他喜爱草叶,他喜爱这个充满希望的绿色物质,他喜爱它的平凡,他喜爱它无论"在宽广或狭窄的地带都能长出新叶,/在黑人中间和白人中一样能成长"(6节),并且只要"有土地有水"它就能成长,它就是"沐浴着全球的共同空气"(17节),是"一种统一的象形文字"(6节)。作为诗人,他高高举起的旗帜就是普通人的旗帜;一切生气盎然、一切充满希望的生灵的旗帜。在诗的头十一节中就有三个段落是写普通人生活的,写得又是多么感情深挚、情节动人啊。那就是描写收留逃亡黑奴的那一段,描写印第安捕兽人婚礼的那四句,和二十八个青年在岸边洗澡和那无比寂寞的姑娘的那一节。诗人又说:"我是那个同情心的见证人"(22节),说:"谁要是走了将近一英里路而尚未给人以同情,就等于披着裹尸布走向他自己的坟墓"(48节)。在24节中他又说:"借助我的渠道发出的是许多长期以来喑哑的声音,/历代囚犯和奴隶的声音,/……被别人践踏的人们要求权利的声音,/畸形的、猥琐的、平板的、愚蠢的、受人鄙视的人们的声音";"我把身体挨近那棉田里的苦力,或打扫厕所的清洁工,/在他的右颊上我留下一个只给家里人的亲吻,/而且我在灵魂深处起誓,我永远不会拒绝他"(40节)。

惠特曼求友、爱友心切,同情卑微的人们,平等待人;既歌颂和卫护个性又强调同一性和"全体"("历代留下的词句不断展现在眼前!/我的是一个现代词,'全体'这个词",23节)。这已经成为他世界观的重要核心部分。在赞扬、卫护个性时,他申斥卑躬屈节和甘于走下坡路的人们。他说:"我歌颂'扩张'或'骄傲',/我们已经低头求免得够了"(21节)(他常用"骄傲","傲慢"等同义词)。又说:"我抓住那往下走的人,用不可抵抗的意志把他举起,/啊,绝望的人,这里是我的脖子,/天哪,决不能容许你下沉!把你的全部重量压在我身上吧。/我吸足了气使你膨胀,我使你浮起,/我使屋里的每一间房都驻满武装"(40节)。他认为十分舒展而发达的个性是大有可为的,是神圣的,诗人对那个"我自己"无限赞赏,不断咏唱,他赞美他的肉体,也赞美他的灵魂。在强调同情和同一性时他还有一条特殊经验,即有时他把他所遭遇的场合和对象和自己完全等同起来,以致改变了自己的形体。例如他说:"我懂得英雄们的宽阔胸怀。"然后他描写了一个勇敢的船长在船只遇到飓风即将沉没时,英勇而顽强地与风暴搏斗,挽救了船中的男女老少。诗人在结尾说:"我就是那人,我蒙受了苦难,我在现场"(33节)。接着他和慷慨就义的烈士、被焚烧的女巫、逃亡的黑奴、被压成重伤的救火员、在战火纷飞中掌握着大炮的老炮手等等同起来,并且说:"这些我都能感受,我就是这些。"他甚至和物品也等同起来了:"他们看来像钟的表面,移动着的像是我的两手,我自己就是那台钟。"

惠特曼主张把传统和教条暂搁一旁,直接面对生活,接触实际。这一点反映了资本主义大发展前夕的革新精神:"信条和学派暂时不论,/且后退一步,明了它们当前的情况已足……/顺乎自然,保持原始的活力"(1节)。不那么崇尚传统意味着一定程度的叛逆精神,而叛逆精神的一端就是诗人对肉体的赞美,对性活动和繁殖力的大胆描写。赤裸裸地描写性的活动恐怕和他的歌颂个性,酷爱自由、民主也是有联系的。诗人对性的兴趣和关注决非"好色",而是他的思想结构的一个必要部分。西方学者对于惠特曼的性生活曾多方考查,但始终找不到惠特曼在这方面的"劣迹",相反,惠特曼终生未娶,一贯和女性保持距离;他嘤嘤求友,喜欢结交青年男子,但好奇的考据家们至今没有能找到诗人的任何"越轨行动"。正因为诗人的胸怀是光明磊落的,因此有些朋友,尤其是有着清教徒倾向的文人(包括爱默生等)"规劝"他删去那些"不能登大雅之堂"的有关性的段落和诗作,惠特曼却一直予以断然拒绝。这是他性格的一个特点,也是他信仰的一部分:"沃尔特·惠特曼,一个宇宙,曼哈顿的儿子,/狂乱、肥壮,酷好声色,能吃,能喝,又能繁殖,/不是感伤主义者,从不高高站在男子和妇女们的头上,或和他们脱离,/不放肆也不谦虚"(24节)。

这幅图画如果用作者的毕生经历来衡量,那"好声色"的部分就显得有些夸张了。夸张是惠特曼惯用的手法,主要在强调,但这并不影响内容的实质。在思想上,惠特曼当然决非清教徒。

惠特曼十分强调生活、行为、思维和禀赋的精神价值,相信精神不朽,相信物质是暂时的,精神是永恒的;认为物质是凝固的、生硬的,而精神则是流动的,融会贯通的,是吸收并消化一切的。多数西方学者把他的思想结构过分体系化了,因此总是不倦地去探讨他的所谓"神秘主义"。特别那些悉心把他的人生观和东方哲学作详细推敲与比较的学者们,他们片面夸大他的"神秘主义",甚至否认他的深刻现实主义和他对物质存在与先进科学的充分肯定。在诗歌写作中他有时把抽象的东西物质化了,或把物质的东西抽象化了。那也不足为奇,这是一种思想方法,也是一种艺术方法。关于肉体与灵魂,他认为两者一样重要,他都要歌颂,都要描写:"我是肉体的诗人也是灵魂的诗人"(21节),"我的灵魂是清澈而香甜的,不属于我灵魂的一切也是清澈而香甜的"(3节)"我相信你,我的灵魂,那另一个我决不可向你低头,/你也决不可向他低头"(5节)(句中"那另一个我"即指肉体)。长诗的第四行把"灵魂"当作某一具体的身外之物:"我闲步,还邀请了我的灵魂。"而在著名的第五节中他又把自己和灵魂的圆满结合写成了性的交配,则是进一步把抽象具体化。但极为重要的是"自我"和"灵魂"交配之后的精神和认识上的升华:"超越人间一切雄辩的安宁和认识立即在我四周升起并扩散,/我知道上帝的手就是我自己的许诺,/我知道上帝的精神就是我自己的兄弟,/所有世间的男子也都是我的兄弟,所有的女子都是我的姊妹和情侣,/造化用来加固龙骨的木料就是爱。"在这里上帝不是基督教徒信奉的上帝,而是一种最高的精神原则,接近于同志之间的友爱和人类的团结。他把上帝称为"伟大的同志"(45节:"我的约会已经定妥,已经不会更动,/上帝会在那里等候,直到我来的条件已完全成熟,/那伟大的'同志',我日夜思念的忠实情人一定会在那里出现。")西方学者认为惠特曼的"上帝"近乎先验主义者的"超灵"。这可能有些类似;但在《我自己的歌》里这个早期阶段,更像是诗人所十分憧憬的民主原则,是同志与伙伴之间的友爱,是兄弟;或带有泛神论色彩的、十分"人"化了的某种原则("为什么我应当要求比今天更好地认识上帝呢?/二十四小时中我每小时,甚至每一分钟都看到上帝的某一点,/在男人和女人的脸上,也在镜子里我自己的脸上看见上帝,/我在街上拾到上帝丢下的信件,每封信上都签署着上帝的名字,/我把它们留在原处,因为我知道我无论到哪里去,/永远会有别的信件按期到来。"48节)。这里也意味着人人都是神圣的,每个人里面都有一点上帝,人人也都是同志。"

惠特曼常常把生活和人生当作一次漫长而不会穷竭的旅程(《从鲍玛诺克开始》,《大路歌》,《通向印度之路》等);有一条宽阔的康庄大道,而他是旅行者。在《我自己的歌》中他写了极其动人的一节,在这里我只能引开始的那几句:"我踏上的是一次永恒的旅行⋯⋯/我的标志是一件防雨大衣,一双耐穿的鞋,从树林里砍来的一根手杖,/我没有朋友坐在我椅子上休息,/我没有椅子,没有教堂,没有哲学,/我没有带过人到饭桌旁,图书馆,交易所,/但是你们中的每个男女我都引着去一个小山头,/我的左手勾住你的腰,/我的右手指着各个大陆的景致和那条康庄大道⋯⋯"(46节)。他总是邀请同路人,他称呼的"你"就是他的同志,他的伙伴,他总是结伴朝前行进,一路遭遇着丰富多彩而多样化的复杂生活。他说他自己也是多样化的:"我抵制可能压倒我自己的多样性的一切,/吸进空气,但还给人们余下很多,/我并不自负,而是占有着我自己的位置"(16节),"出生给我们带来了丰满和多样性,/更多的出生会给我们带来丰满和多样性"(44节),世界总是在发展,在不断丰富、进步。

生活是前进的旅程这个设想是和作者喜爱并歌颂户外生活紧密联系着的,他认为空间是无限的,时间也是无限的;这也是为什么他夸张地说:"我辽阔博大,我包罗万象。"在诗的结尾,诗人又对"你"发出了邀请,他歌颂个性,歌颂"骄傲",但他也可以谦逊,可以献身:"我把自己交付给秽土,让它在我心爱的草丛中成长,/如果你又需要我,⋯⋯请不要灰心丧气,/一处找不到再到别处去找,/我总在某个地方等候着你。"

惠特曼对于音乐不是外行。在《我自己的歌》里他描写或提到了大型歌剧,大提琴,女高音,女中音,男高音,合唱队等:"一个和宇宙一样宽广而清新的男高音将我灌注满了,/他那圆圆的口腔还在倾注着,而且把我灌得满满的"(26节)。这是一个线索,他创造的自由诗体有着一定的、比较含蓄的音乐性。

限于篇幅,关于惠特曼大胆创造的自由诗体就不多介绍了。他的这种创新曾经给他带来麻烦,连十九世纪末卓越的美国作家亨利·詹姆斯都曾经一度认为惠特曼对诗歌艺术是一窍不通的。这里只说一说多数读者有时讨厌的"列举法"。它有时冗长、乏味、多余。但是"列举法"也反映了作者思想方法中的"无所不包主义",其内容也不是完全没有选择。主要写大自然、各种生物,绝大多数写各行各业、普通人、劳动者、卑贱者。其中写得较好的"项目",很生动、很形象,像吸鸦片者,妓女,外科手术等:"吸鸦片的僵直着头,微张着口,斜躺着,/妓女胡乱披着围巾,她的软帽在她那醉醺醺、长满小瘰疬的颈脖上颤悠,/众人嘲笑她的下流咒骂,男人们嗤笑她,还彼此挤眉弄眼,/(可耻!我决不笑话你的咒骂,也不嗤笑你)";"畸形的肢体被绑在外科医生的手术台上,/割掉的部分被丢落在桶里,好不怕人"(15节),等等。如上所说,与其说"列举法"是一种写诗的手法与格式,不如说也是一种思想方法:诗人的目力所及,其中有一部分是那转瞬即逝的大千世界:生活的表现形式纷繁、多样,处处都是生活,例如诗人在劝人不要对"上帝"存好奇心的同时,不也说过"二十四小时中我每小时,甚至每一分钟都看到上帝的某一点"吗?

最后附加一笔:美国学者把《我自己的歌》评价为新时代的史诗,它篇幅巨大,内容丰富,英雄是有时代特色的主人公"我自己"。另外,惠特曼始终目自己为"粗人"、"野蛮人",他的诗作有时显得粗糙,思想也有很大局限性,但是以他的赞美个性,热爱大众,宣扬民主的博大胸怀来看,他仍不失为他那个时代与国家的伟大代表。

译者这篇文章仅为介绍《我自己的歌》的"译后记"。目前,译者正在翻译《草叶集》的全部,准备在全集完成时写个"序",而此篇只涉及全集的一小部分。

译者在这里要特别感谢翻译《草叶集》的前驱楚图南同志,我常把他的1956年版的《草叶集》译本放在案头,时常翻读、参考,得益匪浅。也要感谢美国友人乔治·梅森大学的柯大卫教授(Prof. David Kuebrich),他对惠特曼深有研究,是专攻惠特曼的专家;他在北大授课一年,我有疑问必向他请教,得到他的全力帮助与启发,今后还要向他请教。还有一些替我解答问题或提供资料的美国朋友我同样感谢,但不一一在这里提名了。

最后要说明的是,本诗译文和译注主要根据《草叶集》的"读者综合版"(H. W. Blodgett 与 S. Bradley 编,1965年版)。

赵萝蕤

"中国翻译家译丛"书目

(以作者出生年先后排序)

第 一 辑

书　名	作　者
罗念生译《古希腊戏剧》	[古希腊]埃斯库罗斯 等
朱光潜译《柏拉图文艺对话集》《歌德谈话录》	[古希腊]柏拉图　[德国]爱克曼
纳训译《一千零一夜》	
丰子恺译《源氏物语》	[日本]紫式部
田德望译《神曲》	[意大利]但丁
杨绛译《堂吉诃德》	[西班牙]塞万提斯
朱生豪译《莎士比亚戏剧》	[英国]莎士比亚
罗大冈译《波斯人信札》	[法国]孟德斯鸠
查良铮译《唐璜》	[英国]拜伦
冯至译《德国,一个冬天的童话》	[德国]海涅 等
傅雷译《幻灭》	[法国]巴尔扎克
叶君健译《安徒生童话》	[丹麦]安徒生
杨必译《名利场》	[英国]萨克雷
耿济之译《卡拉马佐夫兄弟》	[俄国]陀思妥耶夫斯基
潘家洵译《易卜生戏剧》	[挪威]易卜生
张友松译《汤姆·索亚历险记》《哈克贝利·费恩历险记》	[美国]马克·吐温
汝龙译《契诃夫短篇小说》	[俄国]契诃夫
冰心译《吉檀迦利》《先知》	[印度]泰戈尔　[黎巴嫩]纪伯伦
王永年译《欧·亨利短篇小说》	[美国]欧·亨利
梅益译《钢铁是怎样炼成的》	[苏联]尼·奥斯特洛夫斯基

第 二 辑

书 名	作 者
钱春绮译《尼贝龙根之歌》	
方重译《坎特伯雷故事》	[英国]乔叟
鲍文蔚译《巨人传》	[法国]拉伯雷
绿原译《浮士德》	[德国]歌德
郑永慧译《九三年》	[法国]雨果
满涛译《狄康卡近乡夜话》	[俄国]果戈理
巴金译《父与子》《处女地》	[俄国]屠格涅夫
李健吾译《包法利夫人》	[法国]福楼拜
张谷若译《德伯家的苔丝》	[英国]哈代
金人译《静静的顿河》	[苏联]肖洛霍夫

第 三 辑

书 名	作 者
季羡林译《五卷书》	
金克木译天竺诗文	[印度]迦梨陀娑 等
魏荒弩译《伊戈尔远征记》《涅克拉索夫诗选》	[俄国]佚名 涅克拉索夫
孙用译《卡勒瓦拉》	
朱维之译《失乐园》	[英国]约翰·弥尔顿
赵少侯译《莫里哀戏剧》《莫泊桑短篇小说》	[法国]莫里哀 莫泊桑
钱稻孙译《曾根崎鸳鸯殉情》《日本致富宝鉴》	[日本]近松门左卫门 井原西鹤
王佐良译《爱情与自由》	[英国]彭斯 等
盛澄华译《一生》《伪币制造者》	[法国]莫泊桑 纪德
曹靖华译《城与年》	[苏联]费定

第 四 辑

书 名	作 者
吴兴华译《亨利四世》	[英国]莎士比亚
屠岸译《济慈诗选》	[英国]约翰·济慈
施康强译《都兰趣话》	[法国]巴尔扎克
戈宝权译《假如生活欺骗了你》《海燕》	[俄国]普希金　[苏联]高尔基
傅惟慈译《丹东之死》	[德国]毕希纳
夏济安译哲人随笔	[美国]亨利·戴维·梭罗 等
赵萝蕤译《荒原》《我自己的歌》	[美国]T.S.艾略特　惠特曼
黄雨石译《虹》	[英国]D.H.劳伦斯
叶水夫译《青年近卫军》	[苏联]法捷耶夫
草婴译《新垦地》	[苏联]肖洛霍夫